Der Aldi-Äquator teilt Deutschland in Aldi Nord und Aldi Süd. Die Cousins Johannes und Christoph Wilkes fahren mit zwei Freunden diese imaginäre Linie binnen einer Woche ab – von der tschechischen bis zur holländischen Grenze. Die vier machen Stippvisiten bei Aldi-Filialen und erkunden Ortschaften und Örtlichkeiten drum herum. Eine Expedition ins Herz der Finsternis: die Provinz. Ein Abenteuertrip durch Deutschlands unbekannte Mitte: unsere wilde Heimat.

»Der Aldi-Äquator« ist der witzige Reisebericht einer Erstbefahrung, der skurrile Begegnungen dokumentiert und erhellende Einblicke liefert in das Billig-Imperium der reichsten Deutschen: der Aldi-Brüder.

Der ultimative Aldi-Schmöker? Definitiv.

Christoph Wilkes, Philosophiestudium; Autor, Redakteur, *story analyst* (Film, Fernsehen, Werbung, PR); Architektur-Fotografie; lebt in Berlin.

Dr. Johannes Wilkes, Arzt für Kinder- und Jugendpsychiatrie; diverse Buchveröffentlichungen (u. a. dtv, ars vivendi, Brunnen-Verlag); lebt in Erlangen.

Christoph Wilkes
Johannes Wilkes

DER ALDI-ÄQUATOR

4 Jungs, 20 Filialen, 660 Kilometer

Fischer Taschenbuch Verlag

Veröffentlicht im Fischer Taschenbuch Verlag,
einem Unternehmen der S. Fischer Verlag GmbH,
Frankfurt am Main, Oktober 2012

Satz: Dörlemann Satz, Lemförde
Druck und Bindung: CPI – Ebner & Spiegel, Ulm
Printed in Germany

ISBN 978-3-596-19471-1

Meinen Freunden,
meinen Frauen
Christoph Wilkes

Den tapferen Aldi-Verkäuferinnen
Johannes Wilkes

Tag 1

Deutsch-tschechische Grenze – Rehau – Oelsnitz – Konradsreuth

Alles Richtungweisende ist einfach.
Erich Limpach

»Wie heißt das Aldi-Bier?«
»Karlskrone.«
»Schon mal getrunken?«
»Nur in Notzeiten.«

Das so ungefähr der erste Wortwechsel, als wir vier uns getroffen haben. Getroffen zu einem einwöchigen Abenteuer: den »Aldi-Äquator« abzufahren. Jene Linie also, die einst die Gebrüder Albrecht, Theo und Karl, durch Deutschland gezogen hatten, um ihre geschäftlichen Wirkungsfelder voneinander abzugrenzen. Es hatte Streit gegeben: Sind Zigaretten Lebensmittel? (Was für eine Frage – klar sind sie das.) Sollen Zigaretten ins Sortiment?

Der Aldi-Äquator machte der Auseinandersetzung ein Ende. Fortan konnte jeder in seiner Hemisphäre machen, was er wollte. Das erst mal zu den Brüdern. Später mehr.

Die vier auf dem Aldi-Äquator, das sind wir: Jablonski, Ulf, Jo und ich. Vier Brüder im Geiste, wenn man so will. Seit Jahren, ja Jahrzehnten sind wir miteinander befreundet. Jo und mich, uns verbinden gar Blutsbande – Cousins sind wir.

Für ein paar Tage klinken wir uns einmal aus. Aus aus dem Alltag und aus aus dem, was uns jobmäßig so umtreibt. Und deswegen auch hier nichts davon. Nur Freundschaft, Freude, Freiheit, Sonne, Kuchen. Beziehungsweise Bier.

Losgehen soll es am ehemaligen Drei- und jetzigen Zweiländereck zwischen Bayern, Sachsen und Tschechien. Eine Reise von Ost nach West also, mitten durch Deutschland durch, immer den Äquator lang. Denn nur, was man bereist hat, erfahren, abgefahren, darüber kann man wirklich was ablassen. Etwas aus erster Hand. Alles andere ist kalter Kaffee.

»Man sieht nur, was man weiß!«
So unterhaltsam eine Fahrt ins Blaue auch sein mag – wovon man überhaupt keine Kenntnis hat: das übersieht man leicht.

So studieren viele schon lange vor dem Start einer Tour ausgiebig alles, was ihnen über ihr Ziel in die Hände fällt. Ein Bekannter von Jo frisst sich bereits ein Jahr vor der geplanten Reise durch sämtliche Reiseführer, um sich dann, wenn die Fahrt endlich losgeht, auf ein schmales Taschenbuch zu beschränken. Alles andere hat er im Kopf. »Man sieht nur, was man weiß!«

Eine hübsche Illustration dieser Weisheit fand sich vor Jahren in einer Zeitung abgedruckt, ein kleiner Strip, nur vier Bilder lang: Zu sehen war ein älteres Ehepaar, das sich im Zug gegenübersitzt. Der Kölner Dom gleitet vorbei, die beiden schweigen. Das Siebengebirge mit dem Drachenfels gerät in den Blick, keine Reaktion. Ein steiler Felsen taucht auf: die Loreley! Die beiden Alten verziehen keine Miene. Auf dem vierten Bild erscheint ein tristes Gewerbegebiet mit einem Supermarkt. Da regt sich ein Lächeln auf dem Gesicht des alten Mannes. Er deutet hinaus und sagt befriedigt: »Aldi!«

»Man sieht nur, was man weiß!«

Wer uns was weismacht? Jo – er in erster Linie zeichnet für das verantwortlich, was hintergrundhalber erwähnenswert und hier als Einschub beziehungsweise Exkurs in anderer Schriftart erscheint.

Ich wiederum führe das Logbuch, kritzle nieder, was bei 'ner Sause wie der unsrigen alles so an- und abfällt. Und kann am Ende mein Gekrakel manchmal kaum noch entziffern …

Franken, äußerster Nordosten dieses nordbayrischen Landstrichs. Nachmittag. Das Wetter hält – noch. Eine Senke. Parken am Ende einer schwer abschüssigen Sackgasse auf einem dafür vorgesehenen Asphaltfeld. Aus unsrem Ford Mondeo Kombi – jeder Lord fährt 'nen Ford, jeder Popel 'nen Opel – rausfallend, finden wir eine regelrechte Idylle vor. Keiner hier außer wir.

Drei von vier samt Vierrad auf Parke an Grenze

Von ’nem Zaun oder ’nem Vorhang, ’nem eisernen, wie noch vor zwanzig Jahren, keine Spur. Lediglich eine Grenzmarkierung an einem Pfosten. Dafür Büsche, Bäume mit Baumpilzen dran, ein brüchiges Brückchen über ein versumpftes Bächlein, drinnen lässt sich kurz ein Molch blicken. Dazu Hinweise auf einen Fernwanderweg. Für Äquator-Nachfahrer: Vorsicht – loses Brett auf dem Steg! Andere Bretter morsch – Obacht!

Der Ford Mondeo – ein idealer Äquatorsegler

Er ist die perfekte Aldi-Einkaufskiste, zumal in der Kombi-Version. Wer baut schon größere Kofferräume als Ford? Früher hatte Jos Vater seine in die Jahre gekommenen Taunusse und Granadas, immer wenn mal wieder eine neue Familienkutsche anstand, problemlos losbringen können, weil die Türken im Ruhrgebiet ganz heiß waren auf die »Raumschiffe aus Kölle«. Das ist allerdings schon ein Weilchen her, das war in den siebziger Jahren, als viele unserer türkischen Mitbürger noch mit dem Auto in die alte Heimat schipperten, bis übers Dach bepackt mit Mitbringseln und Schnäppchen aus Deutschland. Heute hingegen, heute wird ja mehr geflogen anstatt tagelang über den staubigen Balkan zu juckeln.

Kurz hatten wir überlegt, die Tour mit Chris’ Tourenwagen, einem alten Chevy, zu machen. Doch der, wiewohl ein Viersitzer, ist keine Limousine, sondern ein Coupé, und im Fond wär’s wohl auf die Dauer arg eng geworden. Man sieht auch nicht sonderlich viel, sitzt man hinten, des Fließhecks mit der breiten, angeschrägten Dachstütze wegen. Der Kofferraum zudem ist kaum größer als das Handschuhfach. Und am Ende bleibt’s noch liegen, das Blech, das gute, oder muckt sonst irgendwie. Bei alten Autos ist man ja schon froh, überhaupt anzukommen. Und »Besser ankommen« – war das nicht mal der Slogan von Ford? Also besser keine Experimente.

Jo, er führt die Fordsche Tradition seines Vaters unverdrossen fort. Zehn Jahre alt und schwarz ist er, unser fahrbarer Untersatz, rabenschwarz. Wie sagte schon Henry Ford, der legendäre Unternehmensgründer: »Ein Auto darf jede Farbe haben, Hauptsache es ist schwarz!«

Ulf, Jablonski und ich am Äquator (von rechts nach links)

Einen Medizinballwurf vom Zweistaateneck weg ein weiträumig von einem Jägerzaun eingefasstes Grab vom Juli '45, auf dem Holzkreuz ein Soldatenhelm. Nach dem Krieg noch umgekommen? Kriegsende verpasst? Scheußlich, die Vorstellung.

Seltsam, dass den losen Helm auf dem Grabkreuz in all den Jahren keiner geklemmt hat … Aus Pietät? Oder war der Helm vielleicht tatsächlich schon mal verschwunden – und ist dann durch einen anderen ersetzt worden? Ist der Helm da also gar nicht echt?

Fotos werden geknipst, und nicht wenige. Muss ja alles dokumentiert werden. Glaubt uns ja sonst keiner, unser Unternehmen. Jablonski, der hat ein seltsames Gerät, eine von ihm so genannte »Hybridkamera« mit.

Hybridkamera? Hybrid von was? Funktioniert jedenfalls noch mit Film, das Teil, mit Filmröllchen, in Fotofachgeschäften zu erwerben. Umständliche Prozedur, das! Wir anderen, mit Haut und Haaren der Moderne zugewandt, machen Fotos, wie es sich für Modernisten gehört: mit Digi-Dingern.

Jo, ich und Tüte (von rechts nach links)

Zweiländereck
Wir blicken hinüber nach Tschechien. Tschechien ist Aldi-freie Zone. Noch. Warum das so ist?

Nun, das Aldi-Reich nach Südosteuropa hin zu erweitern, hat die Ladenkette beträchtliche Mittel gekostet. So existieren zwar sowohl in Slowenien wie in Ungarn heute jeweils über 50 Aldi-Niederlassungen; hinzu kamen etwa drei Dutzend in Griechenland (mittlerweile aufgegeben). In jedem dieser relativ kleinen Länder war eine komplette Infrastruktur aufzubauen, inklusive Warenbeschaffungsprogramm, ausgefeilter Logistik und Informationstechnik. Investitionen, die sich – wie man inzwischen weiß – erst ab 200 Filialen rechnen. Wird der Aufwand, nach Tschechien zu expandieren, von Aldi demnach als zu hoch eingeschätzt?

Vielleicht sind die Pläne ja nicht endgültig begraben, sondern liegen nur auf Eis. Denn eine Aldi-Gesellschaft, die Aldi-Czechia, besteht längst, in Pilsen ist sie vor wenigen Jahren gegründet worden. Pilsen – der Brückenkopf für die Aldisierung des östlichen Nachbarn? Man darf gespannt sein.

»Gutes Bier jedenfalls hätten sie schon …« Jablonski lacht und macht, Finger gekrümmt, eine Trinkgeste, Kopf in den Nacken kippend. »Ahh …«, stöhnt er genüsslich und wischt sich imaginären Pilsschaum von den Lippen.

Ab hier also würde alles abgehen – von der tschechischen Grenze bis zur holländischen am anderen Ende des Äquators. Der Autoatlas wird vorgekramt, auf die Motorhaube das Ding, und aufgeschlagen! Wir beugen uns über die Deutschlandkarte – Ulf fährt die markierte Linie des Äquators mit dem Finger nach. Diese Strecke also wollen wir, werden wir machen, von A bis Z abfahren, so Gott will. Die Christophorus-Plakette nicht zerbricht. Und wir heil ankommen.

Aber wozu die Chose überhaupt, warum gerade der Äquator?

Nun, Amundsen ist auch nur zum Südpol seinerzeit, weil es den zufällig gab und vorher noch keiner da war. Reinhold Messner und seine Achttausender – dasselbe in Grau.

»Und die Erstbesteigung des Kahlen Astens im Sauerland ohne Sauerstoffmaske …?«

»Eben.«

Alles genau wie wir und der Alligator … der Aldigator … der Aldi-Äquator.

Wir schauen einander starr in die Augen. Die Welt, sie will entdeckt werden! Und nicht bloß so unentdeckt da rumliegen. Nur nicht beißen lassen!

Ulf murmelt, verschwörerisch klingt es: »Wir werden die Ersten sein.«

Er grinst, der Kamerad, seine Äuglein funkeln, listig sieht's aus, lustig auch. Wir grienen zurück – reiselustig, abenteuerlustig, zum Äußersten entschlossen.

Abenteuer ab also!

Wir steigen ein. Satt sacken Türen ans Polster. Rückwärts geht's raus aus der Parkbucht. Beim Wiedervorwärtsbrummen erhaschen wir ein Motorradpärchen, das inzwischen angeknattert gekommen war, haltzumachen an diesem lauschigen Plätzchen. Ist ja Pfingsten, und an solchen Tagen neigen Kraftmobile schließlich seit Urzeiten dazu, Landstraßen und Zielpunkte zu bevölkern.

Sollen sie halt. Wir jedenfalls frohgemut fortgerumpelt, den steilen Hang hoch, oben rechts schwenkend …

Auf nach Rehau, zum ersten Aldi Süd! Der Feiertag, dass der Aldi geschlossen haben wird – all das kratzt uns nicht. Im Gegenteil. Wie ruhig, stellen wir uns vor, der Aldi-Parkplatz sein wird, ruhig und verträumt daliegend in den Strahlen einer nachmittäglich mild glimmenden Sonne, lässig vor sich hin schimmernd, jungfräulich unberührt ...

Die Aufteilung Deutschlands oder: Wie alles begann

Blaue und rote Klebepunkte in einem Deutschlandatlas: Sie markieren die Aldi-Niederlassungen und weisen uns den Weg. Doch wie um alles in der Welt kam dieser seltsame Äquatorverlauf zustande?

Die ehemalige innerdeutsche Grenze, die Grenze zwischen Sachsen/Thüringen und Bayern, das ist noch nachvollziehbar. Aber der Rest? Kein System ist erkennbar, kein Verlauf entlang eines bestimmten Breitengrades, wie bei gewissen US-Bundesstaaten, keine Orientierung an Kreisgrenzen, auch nicht an geographischen Besonderheiten, an Flussläufen etwa, Gebirgskämmen, Wasserscheiden. Ein wirres Hakenschlagen durch Hessen, durchs Siegerland, hinauf ins Bergische, durchs einstmals raue Ruhrgebiet und schließlich durch die liebliche Münsterländer Parklandschaft. Wie kam nur dieser zerklüftete, bizarr anmutende Äquatorverlauf zustande?

Vielleicht so: Wir schreiben das Jahr 1961. Die beiden Brüder, Theo und Karl, stehen vor einer großen Deutschlandkarte, die auf eine Wandtafel gezogen ist, daneben ein Tisch mit zwei Tellern. Auf dem einen liegen Stecknadeln mit blauen Fähnchen, auf dem anderen ebensolche in Gelb. Keine Käsewürfel, in denen die Fähnchen stecken, keine Gürkchen gibt's, keine Silberzwiebeln – Konzentration ist gefragt. Geht es doch um die Zukunft. Noch ist die Deutschlandkarte unangetastet – lediglich im Zentrum befindet sich eine leuchtend rote Nadel: im geographischen Mittelpunkt Deutschlands, knapp nördlich von Fulda. Die Spielregel lautet: Im Wechsel darf jeder eine Nadel in Deutschland pieksen, ausgehend von der roten Markierung in der Mitte. Und los!

Ein wildes Hauen und Stechen in Städte und Städtchen beginnt, schnell wächst der Aldi-Äquator in beide Richtungen, hin und her geht es dabei, in einem irrwitzigen Tempo, keiner soll einen Vorteil haben, wie beim Schnellschach geht's zu, ein Packen und Picken von Fähnlein bis zur DDR-Grenze rechts, bis zur niederländischen links oben. Erschöpft, aber glücklich, betrachten die Brüder nach vollbrachtem Werk das Ergebnis: Deutschland ist geteilt. Mit leuchtenden Augen schütteln sich die zwei Hobbyfeldherrn die Hände. An die Arbeit! Es darf gebaut werden! Eine Aldi-Filiale nach der anderen.

Ulf auf dem Beifahrersitz übernimmt die Eingabe der Ziele ins Navigationsgerät. Auf der Mittelkonsole kommt die Autokarte mit den markierten Aldi-Filialen zu liegen. Die zwischen diesen Punkten verlaufende Linie erscheint geknickt. Berücksichtigt man die Lage der Firmenzentralen Mülheim an der Ruhr und Herten (später: Essen), west-östlich also positioniert, ergibt sich im nordrhein-westfälischen Bereich ein äquatorialer Nord-Süd-Verlauf – irritierend, aber letztlich logisch. In Ergänzung zur Karte habe ich immer mal wieder das Konvolut mit den Adressen all der Aldis auf den Knien: um Ulf die Orte, gegebenenfalls die Postleitzahlen, sowie die Straßennamen und Hausnummern durchzugeben.

Und Kamerad Numero 4, Jablonski? Was macht er so?

Er, nun, er hat kein besonderes Betätigungsfeld, er ist mehr so der Mann für … na, fürs Allgemeine halt. Auch ohne spezielle Tätigkeitszuweisung glücklich und zufrieden, ja gerade ohne, ist er unser Maskottchen, wenn man so will – unser Glücksbringer. Dass das Ganze auch gut ausgeht. Ist er, der

Bonvivant, unser »klein Sonnenschein« – ein Sonnenschein, der mit Adlerblick sofort jede Kneipe beleuchtet, die offen hat. Auf dass wir unverzüglich einkehren. »Liebe und Besoffensein, des kleinen Mannes Sonnenschein« – so denn auch seine Rede, seine stehende, fallende, lallende … (Neinnein, so schlimm ist's natürlich nicht. »Kein Bier vor vier«, sagt Jablonski immer.)

Ach so, klar, fünfter Mann an Bord ist natürlich das Navigationsgerät, eingeklemmt im sogenannten »Penisring« unten an der Windschutzscheibe, auch »Penishalter« genannt.

»Penishalter?«, wundert sich Ulf.

»Penishalter … wie Büstenhalter.«

»Penishalter – Unsinn. Der Penis, der hält von selbst.«

Jedenfalls, dieser fünfte Mann unten ohne, dafür aber mit Halter, spricht nicht mit kastratenhaft hellem, vielmehr mit dunkel getöntem Timbre zu uns. Das liegt daran, dass des Autoeigners bessere Hälfte das ursprünglich einmal weiblich plappernde Gerät umgeswitcht hat. Sie hatte die Männerstimme eingestellt, denn sie vertraue orientierungsmäßig mehr Männern, so sie – so Jo.

»Na und ich – ich krieg die Frauenstimme jetzt nicht wieder reingefuckelt …«

Ist ja egal. Ist vielleicht sogar besser so: Bleibt halt so alles unter Männern auf unsrer Tour. Keine weiblichen Abbiegekommandos, die nur ablenken, dafür männliche, die man bedenkenlos überstimmen kann, weil, ein Mann weiß es einem anderen gegenüber ja immer besser. Erst recht einem gegenüber, der in einem kleinen Teil hockt, aber große Töne spuckt.

Wir diskutieren eine Weile, ob es »Reh-au« oder »Re-hau« heißt. Die Mehrheit votiert für die erste Variante, des hübscheren lyrischen Beiklangs wegen. Ein Reh, das auf einer Au äst. Welch' märchenhaft-zartes, welch' friedlich' Bild!

Nachdem das Navi uns um Rehau herum- und zu guter Letzt sogar zum Aldi geführt hat – obzwar uns kurzzeitig alle Hoffnung flöten- und, das Ortungsgerät verfluchend, die Orientierung verschüttgegangen wär beinah beziehungsweise das Gesäß auf Grundeis –, biegen wir zielgenau in den mit Buschwerk und Bäumchen bepflanzten Parkplatz ein. Dort überrascht ein grün-weißes, vom Flughafen her bekanntes, sogenanntes »Treffpunktschild« an einem Mast:

Treffpunkt Aldi

Na ja, verlaufen kann sich eigentlich nur »ein Blindfisch« hier, auf der übersichtlichen Parke an Hügelkuppe und Siedlungsrand, »wo Fuchs und Has sich ›Gut Nacht‹ sagen«; verlaufen – um sich dann beim Treffpunktschild glücklich wiederzufinden. Symbolisieren die gesichtslosen vier des Piktogramms gar uns vier, waren wir vier gemeint? Man hätte es fast meinen können …

Ziemlich schick jedenfalls, jetsettig fast, dieser Aldi-Vorplatz in der fränkischen Provinz, im Grenzland.

Parkzeitmaximum

Eine Stunde. Maximal. Länger ist das Parken auf vielen Aldi-Parkplätzen nicht erlaubt. Wer es dennoch länger versucht, speziell in belebten, parkplatzarmen Gegenden, dem drohen Konsequenzen.

Eine kleinliche Regelung? Wer möchte sich denn schon vorschreiben lassen, wie lange sein Einkauf dauern soll? Wem danach ist, soll der nicht das Recht haben, wenn's sein muss, auch zwei Stunden lang einzukaufen, wonach das Herz vielleicht förmlich schreit?

Nun, wir als erfahrene Aldi-Kunden bekunden: Der Mensch, der für seinen Aldi-Einkauf länger als eine Stunde benötigt, der ist noch nicht geklont worden. Denn das ist ja gerade einer der entscheidenden Vorteile von Aldi, dass man seine Zeit nicht mit unnötiger Suche zwischen den Regalen verplempern muss. Erstens befindet sich in jeder Aldi-Filiale alles an der immergleichen Stelle, und zweitens findet sich von jeder Warengruppe in vielen Fällen nur ein Artikel. Alternativen gibt es zwar, aber meist lediglich zwei, maximal drei – also keineswegs so viele, dass die Entscheidung schwerfiele und einen aufhielte. Denn Aldi trifft die Vorauswahl für seine Klientel. Hier hat man nie das Gefühl, etwas Falsches zu kaufen. Der Discounter vereinfacht das Leben. Ich muss mir keine Gedanken machen. Den ständigen Preisvergleich, ich kann ihn mir sparen. Hier ist »grenzenlos billig«. Bei Aldi muss niemand zehn verschiedene Spaghettisorten vergleichen, muss man nicht mühsam studieren, welche Stangennudeln mit Hartweizen, aber ohne Ei hergestellt wurden, braucht man keinen Gewichtsvergleich anzustellen. Einfach hinein in den Einkaufswagen damit und weitergeschoben, auf zum nächsten Grundnahrungsmittel. Kurzum: Wer mehr als eine Stunde bei Aldi zubringt, der muss zum Personal gehören.

Gräulich-silbrig verkleidet, der Giebel des Aldi in breitem, ja überbreitem, disproportioniertem Hüttenformat – und, über Eck, die Einkaufswägelchen schützend und bedachend, noch einmal eine Giebelkonstruktion. Zwei Giebel für einen Aldi – wow! Eine Hohlform übrigens, die wir auf unsrem Trip noch öfter zu sehen bekommen. Giebliges kennt man zur Genüge inzwischen, nicht nur von Aldi, auch von der Kaufladenkettenkonkurrenz her: Heimatstil – nein, nicht nazimäßig, 1935, vielmehr: Heimatstil, mäßig modern, 2005. Beziehungsweise postmodern. Retro-Style.

Zwerchhäuser, sanft geneigte Dachschrägen – Formbekanntes soll für Vertrauen bei der Kundschaft sorgen, dieses untermauern. Hier ist's, wie's sein soll: solide, einfach, überschaubar. Eine Formensprache, die sich auf einen allseits bekannten Formenkanon stützt. Gerade deswegen unterschwellig besonders wirksam. Wirkend mittels gezielter Reduktion. Einer Reduziertheit, die gerade durch ihre offensichtliche Unübersehbarkeit wie ein Vexierbild sogleich ins Unsichtbare kippt, ins Zutrauen schaffende Gefühlige.

Wiedersehen macht Freude. Hach – Giebelzier und Satteldach, ziegelbelegt zumal … Vertrautheit mit positiv besetzten Formen und Baustoffen, Bestandteilen des eigenen: des Eigenheims, öffnet und macht geneigt, stimmt ein, stimmt günstig. Auf dass der Käufer im Kaufmarkt kaufe.

Rein funktional gesehen jedenfalls tät's auch ein Flachdach. Doch nackter Funktionalismus ist eben out und von gestern.

Ist zu kühl, zu kalt, versetzt nicht in Kauflaune. Ein bisschen Gemütlichkeit und Wohlfühl-Ambiente, und sei's noch so aufgesetzt und kalkuliert: Giebeldreiecke auf schnöder Kiste – ein bisschen Heimat darf's schon sein.

All-time-Klassiker: die Hütte

In der Mitte des Tympanons prangt dick das orangerothellblaudunkelblauweiße Aldi-Süd-Logo. Mal abgesehen vom Klimpern auf der Heimatklaviatur – braucht man die Giebelfläche vor allem, um an dieser weithin sichtbar das Markenzeichen dranzuhängen?

Hinter dem Ladenfenster ein Hinweis mit der Aufschrift: »Wir nehmen alle«. Wie das? Die Zeile drunter macht's klar. Alle »PET-Einwegpfandflaschen zurück. Egal, wo Sie diese gekauft haben.« Das ist doch mal was, das ist doch mal nett. Dinge nehmen sie zurück, auch wenn man diese woanders erstanden.

»Fragt sich nur, was ›PET‹ bedeutet …«

»Pets – sind das nicht diese Kleintiere, also die Kuscheltiere, die Schmuselappen? Für so ins Bettchen, oder für auf die Couch mit …«

Na, ob da nicht jemand heftig was durcheinanderbringt?

»Verantwortung heißt, fair miteinander umzugehen«, ist auf einem weiteren Schild hinter Glas zu lesen. Darüber ein Foto mit fröhlich winkenden Aldi-Mitarbeiter(inne)n. »Verantwortung hat einen festen Platz bei ALDI SÜD …«, geht das Geschwafel weiter. Wir haben es uns erspart. Die Wirklichkeit, wissen wir, sieht anders aus.

Mitbestimmung unerwünscht

Fast kein Betriebsrat bei Aldi Süd. Massive Behinderung von Betriebsratswahlen in München. Als die *Süddeutsche Zeitung* über den Skandal berichtet, werden sofort keine Anzeigen mehr von Aldi im Blatt geschaltet. Jüngst dokumentiert: bedenkliche Vorgänge beziehungsweise einschüchternde Maßnahmen im Zusammenhang mit Betriebsratswahlen im Rhein-Main-Gebiet; wo es nun zwar einen Betriebsrat gibt, bestehend freilich nicht aus den Initiatoren, drei Kassierern, sondern besetzt mit drei Filialleitern.

Bei Aldi Nord scheint's besser auszusehen, mitarbeitermitbestimmungsmäßig. Dort gibt es eine Anzahl Betriebsräte. Aber können es unabhängige Interessenvertreter der Arbeitnehmer sein – in Anbetracht dessen, dass Aldi Nord einen Referenten des arbeitgebernahen Berufsverbands AUB, von dem Aldi-Betriebsratseinheiten geschult worden sind, mit mehreren hunderttausend Euro jahrelang verdeckt finanziert hat?

Wegen Verdachts auf Verstöße gegen das Betriebsverfassungsgesetz strengte die Gewerkschaft ver.di ein Ermittlungsverfahren an. Gegen 50 000 Euro Geldauflage, vom verantwortlichen ehemaligen Aldi-Nord-Verwaltungsratschef gezahlt an die Staatsanwaltschaft Essen, wurde das Verfahren eingestellt. Wie der Konzern darüber hinaus lästiges Dreinreden der Mitarbeiter verhindert?

Aldi Nord und Aldi Süd sind in diverse Regionalgesellschaften gesplittet. Diese gelten als rechtlich selbstständige Unternehmen. Arbeitnehmer können also weder in einem Konzernaufsichtsrat noch in einem Gesamtbetriebsrat mitbestimmen. Werden diese Einzelfirmen mit maximal tausend Angestellten größer, so dass nach dem Gesetz mehr Mitbestimmung gewährt werden müsste, dann spaltet man die Filialkonglomerate einfach weiter auf.

Wenn auch keinen Betriebsrat, so besaß dieser Aldi da vor uns zumindest einen Backofen. Was natürlich kein Ersatz ist. Gern hätten wir uns was backen lassen – der Pfingstmontag indes hinderte uns dran. Und auch später gab's keinen Back-Aldi mehr, so viel sei schon jetzt verraten. Schade. Aber, wie sang schon Herr Jagger: »*You can't always get what you want.*«

»Einkaufswagen für Babysafe« gab's auch. Babysafe? Nun, es handelt sich hierbei nicht um einen Tresor, in den man Babys sperrt, vielmehr um speziell für Babys beziehungsweise Babyrumkutschierer konstruierte Einkaufswägelchen mit einer breiten Babyablagefläche vorn nahe der Lenkstange. Von wo aus man bei Bedarf das hauseigene Baby tätscheln kann. Damit das Baby sich sauwohl fühlt.

»Vielleicht kann man das Baby darauf auch wickeln …«

»Vielleicht …« Ulf verzieht die Nase. »Vielleicht unterlässt man das aber lieber.«

Dem nicht einmal besonders auffälligen Treffpunktschild übrigens schien nichtsdestoweniger eine magische Anziehungskraft innezuwohnen. Denn tatsächlich trafen sich zwei auf der Aldi-Parkfläche. Zwei Menschen, Mann und Frau. Ein fernöstlicher blauer Kleinwagen Typ Straßenwanze stand quer zu den markierten Parkfeldern (Verbundpflaster in Knochenform). Davor ein silbrig glänzendes Audi-Cabrio. Hinterm Steuer das Weib, daneben Männe. Ein Rendezvous vor der Aldi-Kaufe. Ziemlich gesittet, talken die zwei.

Wagenpark und ominöses Pärchen

Handelte es sich um zwei Verheiratete auf Abwegen? Warum sonst sollten sie sich hier verabredet haben? Warum nicht in 'ner Pizzeria? Oder 'ner Eisdiele? Etwa weil der Aldi-Parkplatz so besonders romantisch ist? Wohl kaum, so viel sagt einem schon der Grips. Bei Aldi geht's um Kohle, um nichts als um Kohle – um Liebe oder Romantik jedenfalls nicht. Nicht einmal um sexuelle Erfüllung. Nein, nichts dergleichen.

Weil die beiden nicht zusammen gesehen werden wollten,

deswegen das Treffen vorm Aldi. Weil sie etwas verheimlichen, die zwei. Ein heimliches Verhältnis – das des Pudels Kern. Und weil die zwei wohl annahmen, auf die Aldi-Parke kommt feiertags eh kein Schwein, das schwiemelige Geheimnis aufzudecken, deswegen haben sie sich genau dort getroffen eben. Womit sie sich allerdings geschnitten hatten. Wir waren da. Wir sind immer da. Wie der Hase und der Igel.

»Aber dass sie uns gar nicht beachten, dass wir ihnen so total am Arsch vorbeigehn …?«

In der Tat, die zwei haben nur Augen füreinander. Seltsam.

»Muss Liebe sein …«

»Gefährlich, gefährlich«, meint Jablo und hebt den Zeigefinger. »Man sollte sie warnen.«

»Genau – was, wenn wir nun von ›der Sitte‹ wärn?«

Was uns lange beschäftigte: Gehörte der Brünetten die bombige Schleuder? Und dem Kerl die Mickerkiste?

»Die Mikrobe …«

Oder hatte er sie hinters Steuer seines Schlittens, des silbrigen, des schicken, gelassen? Wollte sie es so? Und wollte er sich *gentlemanlike* erweisen? Um, im Gegenzug, anderes von ihr zu erlangen? Doch was nur?

»Na was wohl?«

Die Tour immerhin ließ sich, was die Geschlechterdynamik anging, ziemlich gut an. Wenn auch von »jungfräulich unberührtem Aldi« nach diesem Erlebnis naturgemäß keine Rede mehr sein konnte. Schienen auch die zwei da vor uns lediglich zu quatschen – was sich unten, vom Türblech verdeckt, abspielte: Wer weiß? Und überhaupt soll ja auch Laber-Laber zur Erotik gehören. Zumindest denken Frauen sich das ja wohl so.

Interessant für Fans: Dieser Aldi besitzt sogar eine eigene Bushaltestelle. Man könnte also das Auto ruhig einmal in der heimischen Garage lassen und mit dem Omnibus hertrudeln. Via »Rufbus« nämlich. Hierbei bestellt man fernmündlich ein Gefährt zur gewünschten Haltestelle, das einen dann beim Aldi anliefert. Montags bis freitags erhältlich. Wer Einkaufsanfahrtsvarianten mag – hier kann er sich einmal so richtig austoben. Oder sie.

Im Übrigen ein sogenannter »Rechtsdreher«, der Laden. Das heißt, vom Eingang aus geht man im Uhrzeigersinn, rechts herum also, zur Kasse.

Gebongt? Okay, dann weiter im Text. Wir nach Rehau rein, ins Zentrum, wenn man bei 'ner Ortschaft wie dieser überhaupt von so was reden kann. Niederlassen draußen vor einem Lokal mit freundlich informierender junger Wirtin. Wirtinnen-Kind kommt auch bald angekrabbelt. Europafahne am Mast vorm Rathaus, wehend im Wind. Hauptplatz rausgeputzt, neu angelegt – ein längliches Rechteck, das auf uns jedoch reichlich überdimensioniert wirkt. Bäume in Würfelform gestutzt. Große Linde mittenmang. Moderner Brunnen mit scheibenartiger menschlicher Figur als Blickfang. Nach genauerem Hinsehen erkennt der Kunstkritiker freilich: in die Hose gegangen, die Chose. Was man auf dem Land hier halt so für 'nen tollen modernen Brunnen hält.

»Toll, liebe Leut, is was gaanz anders …«

Museum gleich nebenan von wo wir hocken. Was wohl drin sein mochte? 0,0 Interesse. Gut, dass zu ist. Entspannen bei Bier und Limo, Abhängen vom Nichtstun. Hinten dunkel abgeklebter Sport-Spoiler lässt seinen Auspuff beim Platzumrunden röhren … Was soll die Jugend auch sonst tun, an 'nem Feiertag wie diesem in 'nem Nest wie Rehau? Eben – Gas geben, rumröhren.

»Rumröhren, dass' auch jeder hört.«

Hoch die schlappen Ärsche! Raus aus Rehau und weiter, nach Norden diesmal. Denn es soll munter hin und her gehen über den Äquator, immer eine Aldi-Nord-Zweigstelle abwechselnd mit einer von Aldi Süd. So zumindest unser Plan.

Der Wald, er wird plötzlich von einem Streifen mit Niedrigbewuchs durchschnitten. Auf einer Anhöhe ein alter Wachturm – es geht über die ehemalige deutsch-deutsche Grenze. Zum ersten Mal fahren wir über ihn drüber, über den Aldi-Äquator! Bewusst drüber, nicht, wie früher, irgendwie. Ein unbeschreibliches Gefühl – beziehungsweise, um bei der Wahrheit zu bleiben, halten sich unser aller Emotionen doch ziemlich in Grenzen …

Die Aufteilung Deutschlands oder: Wie es weiterging

1989, der Volksaufstand im Osten forderte auch dem zweigeteilten Aldi-Reich neue Entscheidungen ab. Nicht, dass nun, im allgemeinen Vereinigungsüberschwang, auch Aldi Nord und Aldi Süd zusammenschmeißen und wiedervereint auftreten hätten wollen, das nicht. Aber spätestens 1990, als die deutsche Einheit durch war, dürften sich die Aldi-Brüder erneut zusammengesetzt haben. Einziger Tagesordnungspunkt: der Äquator. Um es kurz zu machen: Man ging nach dem Alles-oder-Nichts-Prinzip vor. In der Tat ein weiser Entschluss, die neuen deutschen Länder nicht aldimäßig gleich wieder zu zerschneiden. Wer aber sollte künftig seine Filialen im Osten pflanzen dürfen? Theo oder Karl? Aldi Nord oder Aldi Süd?

Nun, die gesamten neuen deutschen Länder wurden, es ist kein Geheimnis, Aldi Nord zugeschlagen. Wodurch sich Theos Reich, wiewohl zunächst kleiner als das Karls, auf einen Schlag vergrößerte. Ob man darum gewürfelt hat oder gelost, ob Karl in einem Anflug brüderlicher Gefühle Theo alles freiwillig überlassen hat oder ob der Hinweis auf das von Aldi Süd dominierte übrige deutsche Sprachgebiet – Österreich, Schweiz – Karl zum Einlenken bewegte, wir wissen es nicht. Theo hielt auf jeden Fall einen entscheidenden Trumpf in der Hand: hielt er doch bereits Berlin West besetzt.

Man stelle sich vor, in Ostberlin hätte sich Aldi Süd breitgemacht – damit wäre dann die Teilung dieser leidgeprüften Stadt auf unabsehbare Zeit neu zementiert worden. Man male sich einmal die ganze Ungeheuerlichkeit einer solchen Entscheidung aus: Ob Ossi oder ob Wessi – das hätte man sofort und unfehlbar an der Farbkombi in Verbindung mit dem Logo der jeweiligen Aldi-Tüte erkannt!

Eigentlich müssten wir hier am Aldi-Äquator anhalten und uns nass machen. »Äquatortaufe«, so nennt sich das Ritual, ein rauer, berüchtigter, ja ein widerwärtiger Seemannsbrauch. Eingeführt von den Portugiesen anno dunnemals für Erstäquatorüberquerer. So berichtet Hans Peter Jürgens, als Schiffsjunge 1939 über den Äquator segelnd, von diversen Quälereien: Er sei brutal geprügelt, mit neun anderen in einen zweieinhalb Quadratmeter engen, nicht ausgemisteten Schweinestall gesperrt worden, um anschließend, bis ihm das Kotzen kam, mit Teer eingerieben zu werden; Tabletten aus Petroleum und anderem Ungenießbaren seien zu schlucken gewesen und weiteres Sadistische mehr … Tiefpunkt der erniedrigenden Tortur: Die Täuflinge wurden bis kurz vorm Ertrinken unter Wasser getaucht. Noch heute wird die Äquatortaufe – meist in weichgespülter Version – praktiziert.

Wir hingegen, wir entziehen uns diesem Ritus. Erstens glauben wir uns schon mit allen Wassern gewaschen, zweitens haben wir unsren Äquator ja schon zigmal gekreuzt und drittens trage ich ’ne Sehhilfe, und die könnt Tropfen abkriegen. Dumm rumspritzen – nicht mit uns! Wo’s doch sowieso schon am Himmel dräut …

Einsetzender Prasselregen kurz vor Oelsnitz in Sachsen, dem nächsten Aldi. In 'ner Baumarktgegend gelegen, der Discounter. Wieder ein Rechtsdreher, wieder zweigieblig, diese Billig- beziehungsweise Grundnahrungsmittel- beziehungsweise Vorratsnahrungsversorgungsstätte unsrer Billig- beziehungsweise Grundnahrungsmittel- beziehungsweise Vorratsnahrungsversorgungsstättenkette. In der Mitte des breiten, grau »verblechten« Giebelfelds das im Vergleich zu Aldi Süd dürftigere Aldi-Nord-Emblem: weiß, dunkel- und hellblau, schmaler roter Rand. Skurril fast, das Lämpchen am Stil, um das Logo zu beleuchten. Um die Ladenfenster herum Blendziegelvermauerung. Parkplatz – dem kargeren Aldi-Nord-Prinzip verpflichtet – ohne Grün, asphaltiert, nicht gepflastert. Öde ist gar kein Wort: *Bonjour tristesse!*

Aldi Oelsnitz trist

Hier kein Pärchen auf Abwegen, sondern nur ein verzweifelt wirkender Mann, mutterseelenallein unter dem Vordach neben den Einkaufswägelchen hockend, den Regen abwartend, die ganze verdammte Malaise. Auf dass mit dem Niederschlag auch die Depression vorübergehe? Oder war dem Bemitleidenswerten schlicht schlecht geworden – hatte er sich womöglich viel zu viel viel zu schnell Aldi-Futter einverleibt? Die Wagenschlange seitlich vom Eingang beschrieb dazu eine ungewöhnliche Kurve, wohl der Neigung des Geländes nachgebend … Musste natürlich aufs Foto:

Krümmung der Wägelchen

Dieser Aldi, zu zumal, hält uns nicht lange. Apropos »zu« – hier der wohl bekannteste Aldi-Witz:

»Einer aus Wanne (Wanne-Eickel) fragt 'nen Türken: ›Ey, wo geht's 'n hier nach Aldi?‹

› … *zu* Aldi‹, verbessert der Türke.
›Was, Aldi schon zu?‹«

Wagenabstellen in der Oelsnitzer Ortsmitte. Auf dem Rathausplatz gähnende Leere. Nur noch leichter Niederschlag. Hoher Gründerzeitturm, Neorenaissance, hellgrau die Flächen der Fassade, dunkelgrau abgesetzt Ecken und Kanten, Rustika. Platanen in horizontaler Scheibenform beschnitten, an radialen Rundhölzern entlangrankend. Null amtliche Mitteilungen am Rathauseingang in der dafür vorgesehenen Vitrine. Alles schwarz. Scheint nicht allzu viel abzugehen hier. Ein abgeräumtes Grundstück am Platz, dort wo der abfällt. Renovierte alte Häuser, unrenovierte braungraue. Was das Herz begehrt. Einsamkeitsfeeling.

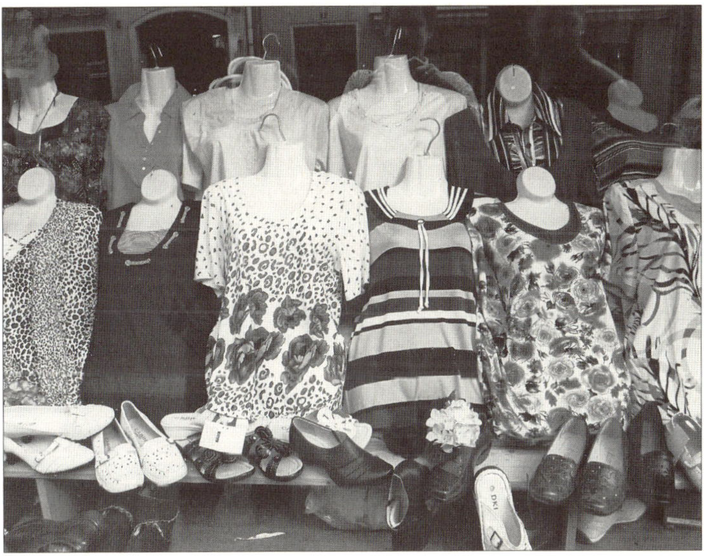

Schaufensterdekoration Oelsnitz

Seltsam verlorene und dann wieder voll *crazy* Schaufensterdekorationen in einer vom Zentrum wegführenden Straße. Uhren. Daneben Damenmode, flachgelegte Schaufensterpuppen, dichtgedrängt wie Ölsardinen, Strickschick. Für die reifere Madama. Drunter hingefetzt Schühchen und Sandaletten. Alles ziemlich irre aneinandergeknallt.

Ulf mit seiner Lederjacke: der Arbeiterführer. Ich vor ihm: der Assistent des Arbeiterführers, diesem den Weg bahnend.

»Der Arbeiterführer, assistiert vom Assistenten.«

»Genau«, bestätigt Ulf und lacht.

Sodann viermal Soljanka in altdeutscher Bierstube. Darin Stadtgeschichte, an die Wand gepinselt. Für Ahnungslose – solche zumindest, die lesen können. Fußballverein namens »Traktor Oelsnitz« – Antwort auf Lok Leipzig. Herrentoilette ohne Kloschüssel. Männer, die mehr müssen, müssen aufs Frauenklo. So ist das hier. Ziemliches Ost-Ambiente – trotz Schwarzwälder Kuckucksuhr. Oder grade wegen.

Just hatte Jablonski das dritte Bier bestellt, da wurde hart eingeschritten. Nur nicht hier festhocken, festsaufen, festkleben. Woanders ist vielleicht mehr los. (Das ist ja immer die Hoffnung.) Wirt mault sogleich über Geschäfte, die ihm kaputtgemacht … Natürlich nur im Scherz. Zahlen.

Raus aus dem muffigen Altmännerschweiß-Lokal – rauf auf die Burg! Jenes traute Gemäuer, welches vom Ende der Straße her schon grüßte und lockte geradezu. Renaissance-Burg, mit ’ner Menge Kleinholz wieder auf Vordermann getrimmt. Ein Mittelalterfest mit Markt hatte an den zwei Pfingsttagen zuvor stattgefunden, wie wir erfahren. Jetzt hängen die letzten Standbetreiber an zwei Biergartentischen im düsteren Eingangsbereich hinterm Tor herum, die Festivität feucht ausklingen lassend. Jo, in den Hof stolpernd, entfährt das Wort »Burgfräulein« … Eine rotblonde junge Einheimische bezieht's sogleich auf sich und scheint geschmeichelt – endlich mal neue Kerle! Ob wir Bier wollen, wendet sich ein Typ auf der Biergartenbank an uns.

Erst die Pflicht, dann die Kür. Beschleunigte Besichtigung des Burghofes, an dem seitlich ein Turm aufragt, einer mit Bekrönung in der Art »chinesische Reismütze«. Zugemauert die Fenster des sogenannten Archivs; die Anlage beherbergte früher ein Frauengefängnis.

Noch einmal das Angebot: Freibier. Das lassen wir uns natürlich nicht dreimal sagen. Gezapft wird am letzten noch offenen Stand. Die Brauerei würde das Bier eh wegschütten, heißt es.

Der menschenfreundliche Zapfer ist Manni, Wirt der Gaststätte »Neues Leben«. Den Namen habe er lediglich übernommen, erklärt er ungefragt, sich entschuldigend quasi, dass nicht er auf diese banale beziehungsweise ungemein anspielungsreiche Bezeichnung gekommen war. Gut das goldbraune Gesöff, das Pils, gut auch, nachdem das weggetrunken, das dunkle. Ein vor Ort gebrannter Schnaps, der fünfunddreißigprozentige »Stöss« aus Mini-Fläschchen – kostenlos verteilt an uns, die Gewinner eines wunderbar unsinnigen Hütchenspiels mit durchsichtigen Plastikbechern – sorgt für zusehends steigende Stimmung. Der junge Schnapsfabrikant ist ebenfalls anwesend, sich der Schnapstrinker freuend, die sich an seinem Fabrikat erfreuten. Geschmacksrichtung – für Neugierige, die's mal ordentlich »rappeln lassen wollen in der Zentrale«: Jägi/ Sechsämter.

Ulf erzielt einen Lacherfolg, als er den versammelten Einheimischen verrät: »Ich fahr gern in den Osten, weil's hier so billig ist.«

Klar, weniger als Freibier und Kräuterschnaps für umme kostet ja nicht mal der Aldi.

Immer mehr Eingeborene verlassen die dunkle Eingangsecke am Hoftor und gesellen sich zu uns herüber, wo die Luzzi abgeht.

Wie hatte Manni seine Paula aus Warnemünde kennengelernt, die nun auch in unsrer trauten Runde erscheint? Er hatte seine Zukünftige einst in Rostock auf einem Poller sitzen gesehen.

»›Wie heißt du?‹ – ›50 Mark.‹«

Seitdem sind sie zusammen.

»Du, Opa, warst du nicht 'n Nazi damals? – Nee, das war so. Der Goebbels hält seine Rede im Sportpalast: ›Wollt ihr den totalen Krieg?!‹ Ich steh auf (Arm wird zum ›römischen Gruß‹ erhoben – *Handfläche aber* bleibt senkrecht, eindeutig *abwehrend!*): ›Mooooment mal!‹«

Knapper kann man die Nachkriegsmär, man habe sich *nicht* mitreißen lassen von Demagogik und Vernichtungswahn, ja man habe gar couragiert protestiert gegen den kollektiven Irrsinn, diesem Einhalt gebietend – präziser also als mit diesen Worten, dieser Geste – dieser gestischen Umcodierung! – kann man die ganze elende Gemengelage ja wohl kaum auf den Punkt bringen.

»Früher konnt ich an meine Sämola (für: *Sä*chsische *Mor*gen*la*tte) einen Eimer Wasser hängen. Heut geht das nicht mehr: Die Knie machen nicht mehr mit.«

»Wie sieht Viagra von innen aus?« Gegenüber überlegt … »So, dann brauchst also auch immer 'ne ganze.«

»Wie sagt der Sachse nach 'm Sex? – Fertich.«

Unterdessen kämpft sich unser Burgfräulein – verbal freilich nur – von Jo über Ulf zu mir vor … Ziemlich unbekümmert.

Kaum achtend ihren Freund, der ihr schließlich unmissverständlich nahe rückt. Als er einen Witz auf Kosten der Juden vom Stapel lassen will, gebietet das Fräulein ihrem Begleiter allerdings prompt Einhalt. Eben – warum sich mit Ressentiments, vorgestrigen, das Hirn zumüllen?

Nach der Wende waren die Oelsnitzer einmal in Hof, im »Westen« also, gewesen, so diese zu uns – danach nimmermehr. Das zum Thema »Es wächst zusammen, was zusammengehört« …

Das vorangegangene Mittelalterfest – es hatte für Zerdepperte gesorgt: Ein verkleideter Ritter hatte einem anderen die Lippe gespalten mit seinem Holzschwert, ein Jochbein wurde mit einem Schild gebrochen – ein kleines Mädchen fiel darob in Ohnmacht. Der »Sani« jedenfalls hatte alle Hände voll zu tun gehabt im Burghof.

Wie meinte Manni: »Wir sind keine Sachsen – wir sind Vogtländer. Und wir Vogtländer sind ein kleines zänkisches Bergvolk.« Das natürlich alles auf Sächsisch vorgebracht – oder nennt man das hier Vogtländisch?

Ein paar Holländer tauchen auf, werden abgefüllt und berichten, dass einer eine deutsche Mutter habe, die als Vertriebene ins Vogtland geflohen sei und dann ins Badische.

»Holland wird nie Weltmeister«, rufen wir ihnen zum Abschied zu.

Ein Buch über den Aldi-Äquator – den »Oldi-Equodor« –, der auch hier, in Ostdeutschland, bekannt ist, würde Manni nicht kaufen.

»Schreibt lieber ’n Puff-Führer!«

Haben wir nicht geschrieben, lieber Manni, verzeih. Wir sind eben hoffnungslose Romantiker. Das Praktisch-Nützliche überlassen wir lieber andern.

Wie sprach Eckhard, einer der Oelsnitzer, beim Aufbruch: »Wir sind das Teneriffa des Vogtlands.«

Schön gesagt, lieber Ecki, das schon. Doch wo, zum Teufel, ist der Strand?

Die Oelsnitzer Sperken

Die Oelsnitzer – eigentlich sind's Sperken. Eine haarsträubende Geschichte ist's, und die geht so: Lang, lang ist's her, da kam ein seltsamer Kerl nach Oelsnitz. Er war hager, aufgeschossen, bleich, struppig sein blauschwarzes Haar. Man munkelte, dass er die dunklen Künste beherrsche. Die Leute bekamen es mit der Angst, der Rat steckte ihn ins Gefängnis und verurteilte ihn wegen Zauberei zum Tode. Als man jedoch den Scheiterhaufen anzünden wollte, erstickte die Flamme unter dem meckernden Gelächter des Mannes sofort wieder. Also beschloss man, ihn aufzuhängen. Die aufgebrachte Menge beschimpfte ihn wüst, während er die Leiter zum Galgen emporstieg. Da drehte er sich um und sah die Leute mit einem solch furchterregenden Blick an, dass sie auf der Stelle verstummten. »Auf einmal so still, ihr Sperken?«, rief er mit dröhnender Stimme und schleuderte seinen Hut in die Menge, und im selben Augenblick verwandelten sich die Oelsnitzer Bürger in ängstliche Sperken. Die Schaulustigen aber, die aus dem nahen Plauen gekommen waren, verzauberte er mit einer Handbewegung in einen stürmischen Wind, der mächtig in die verschreckten Sperken fuhr. Heillose Verwirrung herrschte nun am Galgenberg, und die Ratsherren baten den Fremden verzweifelt, den Zauber zu beenden, sie würden ihm zum Dank auch das Leben schenken. Doch der Fremde stieß nur ein höhnisches Lachen aus und löste sich in einer Luftspirale auf. Panisch versuchten sich die Sperken vor dem Plauener Sturm zu retten, und die Ratsherren hielten krampfhaft ihre Hüte fest. Nach einer schrecklich langen Viertelstunde landete ein blauschwarzer Rabe auf dem Galgen und krächzte: »Sperken und Wind, ward's und seid's bis Kindeskind!« Da war der Spuk wieder vorbei, und der Rabe flog in einem weiten Bogen in den Abendhimmel davon.

Was Sperken sind? Sperlinge natürlich.

Die Spatzen zerstieben im Sturm, und uns treibt's wieder gen Süden …

Erneut die einstmalige Zonengrenze kreuzend und damit den Aldi-Äquator, gelangen wir nach Konradsreuth unweit von Hof. Eine Pension mit dem schönen Verschreiber »Algarave« auf dem Nasenschild an der Hauswand ist unser Ziel. Nicht zu verfehlen eigentlich – dennoch gut, dass wir das Navi an Bord haben. Nachts ist's dunkler als draußen.

Eine vorab reservierte Ferienwohnung wartet auf uns. Der Pensionswirt, ein Portugiese, hatte schon nicht mehr mit dem Team gerechnet und sich zurückgezogen. Ist aber über Handy noch zu erreichen. Und schließt uns nun auf. Wirkt froh, dass wir, wenn auch spät, noch erschienen sind – indes kein Frühstück nicht wollen. Will er doch selber bald abdüsen ins heimatliche Atlantikland. Lange Kerls – Kopf einziehen im Treppenhaus!

Wir belegen die Zimmer unsres Refugiums. Auf einem Kopfkissen eine Spinne. Glatte Laminatböden mit Gefälle. Toilette aufpassen – Wasserhebel ganz in Ausgangsposition zurückdrücken! Sonst läuft's endlos.

Von Jablonski vorsichtshalber von zu Hause mitgebrachter Biervorrat wird in fröhlicher Runde am Küchentisch geleert. Die Stimmung könnte aufgeräumter kaum sein. Jaja, die Oelsnitzer und ihre Witze, das sind schon welche …

»Die Reise droht zum Erfolg zu werden.«

Jablo natürlich, er lacht. Und prostet uns zu. Auch wir stoßen an. Schade, dass Bierdosen nicht klingen.

Erlebnissatt plumpsen wir schließlich ins Bettchen. Morgen ist auch noch ein Tag. Nur nicht sämtliche Energiereserven gleich am Anfang verausgaben. Sonst heißt's bald nicht nur für vier zerquetschte Dosen, sondern auch für vier angezählte Freunde der Flüssigkeit:

»Ich mich fühlen wie Flasche leer …«

»Wie Batterie.«

»Wie meinen?«

»Wie Batterie leer.«

»Wie Batterie von Flaschen leer, genau …«

Tag 2

Konradsreuth – Hof – Mödlareuth – Saalfeld – Sonneberg – Coburg

Der große Weg ist sehr einfach,
aber die Menschen lieben die Umwege.
Laotse

Am nächsten Morgen Verkehrslärm von der Konradsreuther Durchgangsstraße her. Laster, Laster, und was noch nicht alles auf zwei, drei, vier Achsen … Lauter als in der Großstadt. Land halt. (Wer Stille erwartet, kennt das Land mit nervenaufreibendem Kirchenglockenläuten, Muh-Kühen und unablässigem Vogelgezwitscher nur noch nicht – ganz abgesehen von Treckergebrumm und Mähdreschergedröhn.)

Die Auswirkungen des Durcheinandertrinkens von gestern halten sich bei mir, bilde ich mir ein, in Grenzen. Und die andern? Nun, man wird sehen.

Jetzt erst mal frühstücken. Crosse Croissants gibt's, lecker' Brötchen, Milch und Kaffee von der Bäckerei unten, gleich nebenan. Die Bäckerzunft ist, verständlicherweise, von den Backautomaten bei Aldi, die ja eigentlich *Auf*backautomaten sind, überhaupt nicht erbaut.

»Auch wenn Aldi sie anpreist – ›frisch‹ ist an den Aldi-Semmeln natürlich nix«, weiß Jo.

Denn die Backwaren seien von der Großbäckerei Lieken – während der kleine Bäcker am Eck um zwei Uhr in der Früh aufstehen muss, um seinen Kunden wirklich frische Ware, Brot und Brötchen mit Aroma und Geschmack, zu bieten. Nicht nur die Mehlverarbeiter, auch die Kuhhalter waren schon sauer auf Aldi – des drastischen Preisverfalls bei Milchprodukten wegen.

Im weiteren Verlauf dann hakelt es. Fast vollzählig hocken wir schon im Wagen, nur auf Jo noch wartend, der rasch seinen Pullover holen will, den er in der Wohnung oben liegengelassen hat.

Jablonski neben mir im Fond untersucht seine Hybridkamera – anachronistisch wirkend, das schwarze, klobige Stück Plastik.

»Irgendwo muss man hier das Benzin einfüllen. Gluckgluck …«

Gluckgluck, jaja … Wir grinsen uns an.

Ich nehme mir die Bild-Zeitung vor, die Jo in der Bäckerei gekauft hat, wohl wegen der Bundesliga-Spielberichte. Ein Sparkassenpräsident erteilt Bild-Lesern Rat: »Was Sie mit Ihrem Geld jetzt tun sollten …« Was für 'n Präsi? Was für Geld?

Frage ich mich – und bald fragen wir uns alle, wo Jo nur bleibt? Nichts von ihm zu sehen. Ob einer mal rausgeht, nach ihm schauen?

Da kommt er endlich. Und berichtet uns das Malheur. Steckte doch der Schlüssel in der Ferienwohnung leider innen im Schloss. Hätten wir nicht gemerkt, hätte Jo nicht noch mal hineingewollt. Ulf, der Letzte, der unsre Bleibe verlassen, hatte sich zwar gewundert, einen Überzieher dort rumliegen zu sehen, den aber leider – möglicherweise noch im Tran vom Abend zuvor – nicht mit rausgenommen. Der von Jo herbeigerufene Zimmerwirt jedenfalls kann die Wohnung nicht aufsperren. Ein Fall für den Schlüsseldienst. Der würde kosten. Die schöne, ob unsres späten Eintreffens kaum mehr erwartete

Einnahme von der Nacht zuvor – perdu. So spielt das Leben. Beziehungsweise wir. Die Klamotte würde Jo nach Hause nachgeschickt werden.

Losrollen. Thema Fußball. Was für ein hinterhältiger Trick von Borussia-Dortmund-Hackern: Googelt man die Website von Schalke, erscheint der Bildschirm in Schwarz-Gelb! Belustigung beziehungsweise helle Freude und Schenkelklopfen bei den beiden BVB-Fans im Wagen. Jo intoniert den Schmähgesang »Magath auf der Bank, keine Schale in der Hand! Scheiße 04!«

Sodann holt unser Mann hinterm Lenker zu einer längeren Anekdote aus, welche BVB-Schlachtenbummler zum Inhalt hat, die in der Freiburger Trambahn ein Lied mit unterirdischem Text fehlerfrei abzusingen nicht in der Lage waren – trotz immer wieder und in zunehmender Verzweiflung Stopp gebietenden »Chorleiters«.

Wo wir grade beim Thema Nr. 1 sind: Ende der neunziger Jahre spielte Bayern München einmal in der Champions League gegen Beşiktas Istanbul. Anlässlich dieser Begegnung hielten Bayern- den türkischen Fans eine Aldi-Tüte hin, »Geht zu Aldi!« skandierend. Ein böser Fall von Aldi-Tüten-Missbrauch?

»Mein Gott, die Bayern-Südkurve stiebelt doch wahrscheinlich selber zum Aldi …«

Jedenfalls, es gab einen großen Wirbel in der türkischen Presse wegen dieses Vorfalls; und Aldi sah sich gar bemüßigt – gegen das selbst auferlegte Schweigegebot zu allem und jedem – verlautbaren zu lassen, man sei stolz auf seine türkischen Kunden. *Quod erat demonstrandum.*

Den Anweisungen des Navi folgend, biegen wir bei Aldi Süd in Hof ein – einem Laden von insgesamt drei, mit denen die

Stadt punktet, beziehungsweise die ihr das gewisse Etwas verleihen. Linksdreher, silbrig-grau und weiß, radikal zeitgemäßes Erscheinungsbild mit kantig, ja geradezu expressiv am Eck herausstehender Wellblechdach- beziehungsweise Vordachkonstruktion: einem Wetterschutz, der sich mittig asymmetrisch senkt – ironische Umkehrung des ubiquitären Satteldachprinzips! Zwischen den Eisenstützen im Obergeschoss feineres Wellblech als Füllung; filigran wirkende Zugverspannungen. Passend zu den Fassadenelementen die Ton in Ton, nämlich dunkelgrau-hellgrau abgesetzten Parkfelder. Unbedingter Stilwille mit Wiedererkennungswert – so schnittig, cool, elegant wie hier könnte eine Ladenkette, die konsequent auf Zeitgenössisches hält und nicht auf Abgelebtes, auf Verschnarchtheiten, überall aussehen. Warum sieht sie's nur nicht?

Knickdach, Locheisen, durchgehende Zierleiste: Aldi in Hof

Hier in Hof beginnt unser Contest: Welcher Aldi hat die schönste Verkäuferin? An der Kasse leuchtet's blond – nicht nur in Sachen architektonische Hülle, auch in Sachen weibliche Fülle, pardon: Schönheitsfülle, braucht sich Hof keinesfalls zu verstecken.

Im Inneren des »Teil-Sortimenters« alles proper – wie generell bei den Südlern, während die Nordler, na ja … Hempels unterm Sofa halt. Alle paar Jahre jedenfalls werden im Süden die Fußböden erneuert, regelmäßig werden Lampen ausgetauscht, Regale und Wägelchen ersetzt, bevor diese runterfallen, zusammenbrechen oder sonstwie die Grätsche machen. Überhaupt gibt sich Aldi Süd katholisch »opulenter« – Aldi Nord dagegen kommt einfacher, nüchterner, protestantischer daher. Fast schon wie ein normaler Supermarkt, fast wie ein Voll-Sortimenter, fast wie ein REWE mit mehreren Tausend Produkten: dieser Discouter hier mit nur etlichen hundert. Dazu geräumig, mit mehr Personal als die Aldis im Norden – Karl soll den Mitarbeitern auch mehr zahlen als Theo. Dafür wiederum haben die Nordler mehr Produkte im Programm. Ein Widerspruch? Schon. Aber überhaupt ist Aldi ja ein Widerspruch in sich – ist Aldi doch Konsum und Verzicht zugleich. Beschränkung in der Überflussgesellschaft – macht das am Ende »das Faszinosum Aldi« aus?

Das Kaufbare also. Nun, Aldi erfüllt vor allem die überlebensnotwendigen Primärbedürfnisse und langweilt mit sogenannten *Me-too*-Produkten: austauschbaren Artikeln. Die's woanders auch gibt, nur vielleicht nicht so günstig. FMCG: *fast moving consumer goods*. Schnell sich bewegende Konsumgüter – »Schnelldreher«.

Wir blicken uns um, machen den üblichen Rundgang durch die Gassen, alles da, wie sich's gehört, wo's hingehört. Vor allem sind's lang haltbare Standardprodukte, in den gewohnten Umpackkartons und auf Paletten, in der immergleichen, bewährten und vertrauten Abfolge: Kaffee, Tee, Flüssigkeiten, Frischware, Körner, Pasta, Aktionskrempel in der Mitte, Kühlabteilung links hinten im Eck, Büchsen, Dosen, Fläschchen, Eingelegtes in Gläsern, Haushalts- und Drogeriekram, Zuckriges und Knabbriges in Kassennähe, rechts das Toilettenpapier beziehungsweise die Windel für danach. (Bei Rechtsdrehern schreitet man exakt dieselbe Warenfolge ab, nur spiegelverkehrt.)

Ein Gutteil des Angebotenen firmiert unter Eigenmarkenlabel. Solche Handelsmarken haben den Vorteil, dass sie direkten Preisvergleich unmöglich machen. Bekannte Marken finden sich kaum. Sie waren wegen der früher üblichen Preisbindung Aldi einfach zu teuer. Immerhin, die gute Marke Toffifee gibt's. (Eine Lieblingsspeise einer Ex-Freundin nebenbei bemerkt, welche mich auf den Geschmack dieser in erhärteter Caramelcreme eingelegten Nüsse, mit oben 'nem Schokoladenklecks drauf, gebracht hat. Die Beziehung ist längst in die Brüche – die Beziehung zur Marke indes weiterhin intakt. Hieran zeigt sich wieder einmal: Hang zum Genussgaranten wie auch Freundschaft zum Freunde – sie halten länger als der Liebe Leidenschaft.)

Positiv fällt auf, dass Aldi bei der Präsentation darauf verzichtet, Artikel mit der größten Gewinnmarge, wie es andere Supermärkte machen, in Augenhöhe zu platzieren. Verführen also tut Aldi nicht. Und es gilt natürlich weiterhin Karls Diktum von 1953: »Dekorationen im Laden werden nicht ausgeführt.«

Man ködert den Kunden seit Jahrzehnten vor allem mit dem niedrigstmöglichen Preis. Fällt der Einkaufspreis für eine

Ware, wird bei Aldi auch sogleich der Ladenpreis gesenkt. Wer kennt nicht das bekannte Schild an der Straße: »Jetzt wieder Preise gesenkt«?

»Jetzt wieder *dauerhaft* Preise gesenkt.«

»Genau. Nicht ›*nur für kurze Zeit*‹ – auf *immer und ewig*«, lacht Jablo.

Preise runter!

Deutschland ist das Land der niedrigen Lebensmittelpreise. Ursachen sind: das dichte Discounter-Netz, der daraus erwachsende harte Wettbewerb – und nicht zuletzt Aldi. Der Hard-Discounter ist mit Abstand Marktführer in seinem Segment, dem der Teil-Sortimenter.

Gleichzeitig ist Aldi Preisführer: An dem, was die Billig-Brüder vorgeben, orientiert sich die Konkurrenz. Der Discounter setzt traditionell den Schwellenpreis bei Milch und einer Reihe anderer Waren des täglichen Bedarfs. Milch gilt im Lebensmitteleinzelhandel als »Leuchtturmprodukt« – die Verbraucher kennen die Preise genau und vergleichen die Anbieter. Keiner darf hier billiger sein, sonst riskiert er einen Preiskrieg mit dem Vorreiter, mit Aldi. Der Billigheimer hat in wiederholten Preisrunden gezeigt, dass er bereit ist, seine Führungsrolle auch unter hohen Kosten – will heißen: auch mit Dumping-Preisen – zu verteidigen. Senkt also Aldi die Preise, ziehen die anderen Ladenketten nach und ärgern sich. Steigen die Preise bei Aldi, reiben die anderen sich die Hände und setzen auch ihre Preise sogleich nach oben. Dennoch, in Sachen Niedrigstpreise hält mit Aldi eigentlich nur Lidl mit. Unter Einstandspreis wird die Ware zum Teil verschleudert – um die Kunden in die Läden zu locken. Aldi kann es sich leisten – der Discounter hat, als größter, am meisten Puffer, die Wettbewerber unter Druck zu setzen.

Als Preisbrecher hat Aldi sich so Vertrauen bei der Kundschaft erworben – und schneidet in Umfragen besser ab als manch anderer. Wirkt sympathischer. Fast 90 Prozent der Deutschen sollen hier schon gesichtet worden sein. Aldi-Kunden sind treu. Wieder Karl: »Der Kunde soll den Glauben gewinnen, nirgendwo billiger einkaufen zu können.«

Wir holen uns ein zünftiges zweites Frühstück. Außerdem wird eine Flasche Schnaps besorgt, an die sich eine seltsame Sage knüpft …

Das Geheimnis des Aldi-Aquavits

Anfang des 19. Jahrhunderts war ein norwegischer Schoner nach Australien aufgebrochen, an Bord unter anderem eine Ladung Schnaps. Als man nach Monaten in Australien ankam, war der Empfänger der Sendung verstorben. Was nun? Achselzuckend nahm der Kapitän die Fässer wieder mit nach Norwegen. Doch – o Wunder! – als er sich daheim ein Gläschen genehmigte, stellte er fest, dass ihm kein Schnaps je so gut geschmeckt hatte! Er nannte das köstliche Getränk »Linie«, das norwegische Wort für Äquator, und baute die Zufallsentdeckung zum Geschäftsmodell aus. Seit dieser Zeit werden ständig norwegische Schnäpse über den Äquator gefahren, um deren Reifung zum Linie-Aquavit zu vollenden.

Mal schauen und schnabulieren, nach Abschluss unsrer Tour, ob die Legende auch stimmt.

»Oder nur 'n Reklamegag is …«

Erst einmal jedoch lassen wir Sprit Sprit und Hof Hof sein – weiter geht's. Halt in Mödlareuth, beim dortigen »Deutsch-deutschen Museum«, wo der offiziellerseits vom Osten sogenannte »antifaschistische Schutzwall« einst mitten durchs Dorf verlief und damit den Weiler in zwei Teile zerschnitt. Herumstiefeln über das Ex-Grenzgelände. Ein Russenpanzer, ein russischer Hubschrauber mit zerschlagenen Kanzelscheiben stehen rum. Und die Mauer?

»Nie war sie so schön wie heute ...«

Wie bitte? Nun, erst eine »Schandmauer«, die, wie hier, keine reale Funktion mehr hat, eine Mauer, die keine Bevölkerungsteile mehr scheidet – erst eine solche »Museumsmauer« kann distanziert und mit herabgedimmter moralischer Entrüstung betrachtet werden: ästhetisch eben, als Artefakt.

»Aber deswegen ist so was doch noch lange nicht schön ...«

Ulf hat was dagegen. Na meinetwegen. Dann eben nich.

Tipp für Kinder: Leitern in den Wachtürmen raufklettern! Aufschlussreich die Sperre »Igel« der DDR-Grenztruppen, die schon fünf Kilometer im Hinterland Fluchtwillige aufhalten sollte: eine blaue Stange mit spitzen Dornen dran. Auch ein Erdbunker war zu sehen. Erdbunker »Maulwurf«?

Im – überschaubaren – Museum dokumentiert: eine einzige gelungene Flucht, mittels selbstgebasteltem Gestell über der Regenablaufrinne eines an die Mauer vorgefahrenen Lieferwagens. Alte Treter des Flüchtlings, auch dessen Klamotten können bewundert werden.

»Sehen aus wie die Schuhe von Marcel«, so Jablonski. Marcel ist der Freund von Jablos Ziehtochter.

In der separaten Fahrzeughalle ein paar Schritte den Hang hoch – wirkt wie eine umfunktionierte Scheune – DDR- und West-Mobile älteren Datums. Zum Beispiel R 28, ein verschnarcht wirkender Panzerspähwagen mit Sehschlitzen – jetzt bestens geeignet zum Reinschlüpfen für Kinder.

Voll *fascinating* die monströsen russischen Armeelaster. Was da auf die Menschheit losgelassen wurde an hochbeinigen,

Gewinnt jeden Krieg: der müffelige R 28

stollenbewehrten Brumm-Brutalos – man macht sich keine Vorstellung: echt *east*-rambomäßig! Geradezu niedlich demgegenüber die Fahrzeugbreitenmarkierer beziehungsweise Abstandhalter aus Gummi auf den olivgrünen Kotflügeln mit Kügelchen an der Spitze, die wir zum Schwingen bringen. Nacheinander zwängen sich drei von uns hinter den Lenker eines alten West-Polizei-Audi.

»Gehnse mal von der Straße wech …«, so Jablonski in perfektem Polizeijargon. »Störnse mal nich die Ermittlungen.«

Ein Besucher bricht ein kleines Stückchen Pappe von der Motorhaube eines Trabbi ab – das er nachher desinteressiert wegschmeißt. Wozu alles aufheben?

Die Grenze zwischen dem Freistaat Bayern und Thüringen, auf der Mödlareuth liegt, bildet – mit einer Ausnahme – auch die Grenze zwischen Aldi Süd und Aldi Nord. Haben die Brüder so entschieden – und deshalb bietet sich hier, auf Holzbänken, ein Picknick der *four brothers* unter freiem Himmel an mit unsren in Hof erworbenen Aldi-Produkten. Die Aldi-Kühltüte war leider gelöchert worden, und damit fürderhin funktionsuntüchtig – geritzt von einer scharfkantigen Plastikverpackung, darin ein Stück Gouda. Müsste man glatt mal Karl stecken, den Käse. Regelmäßiger Verzehr der hauseigenen Produkte ist übrigens Vorschrift bei Aldi – auch die hohen Aldi-Tiere müssen ran und probieren, sie sollen den Kontakt zum Produkt nicht verlieren.

Unsere Geschmacksprüfung ergab: Kringel, Donuts – lecker. O-Saft stinknormal. Blutorangensaft ebenfalls ohne Verletzungsgefahr trinkbar.

Die Aldi-Nord-Tüte

Über sie gibt es eine – leider – traurige Geschichte zu erzählen. So hing im Münchner Lenbachhaus, jener weithin bekannten öffentlichen Kunstgalerie, lange Zeit eine gerahmte Aldi-Nord-Tüte: direkt hinterm Schreibtisch des Museumsdirektors Helmut Friedel nämlich.

Was das profane Behältnis da sollte? Wie es da hinkam?

Nun, die Plastiktüte war von einem der bedeutendsten Nachkriegskünstler Deutschlands gestaltet worden: Günter Fruhtrunk. Heute in Vergessenheit geraten, war Fruhtrunk einst ein Exponent jener streng abstrakten Bildauffassung, mit der Deutschland in den Jahren nach 1945 wieder Anschluss an die internationale Kunstszene gewann. Unter dem Einfluss von Fernand Léger und Victor Vasarely hat sich der Künstler zum konsequentesten deutschen Konstruktivsten entwickelt, geometrische Gefüge, »Streifen-Bilder«, produzierend, mit der Diagonale als dominantem Element. Alles Persönliche ist aus dieser formal und kompositorisch bestimmten Bildästhetik verbannt. Prägend für Fruhtrunk waren, neben kunstimmanenten Strömungen, die Philosophen der Frankfurter Schule: Horkheimer, Adorno, Habermas. Größtenteils in Paris lebend, privat durchaus ein Genussmensch, nahm Fruhtrunk 1967 einen Ruf an die Münchner Kunstakademie an. Dort begegnete der spätere Museumsdirektor Friedel dem Professor und wurde ein Schüler des Meisters. Seinen Studenten ein charismatischer Lehrer, war Fruhtrunk beseelt vom Ethos unbedingter Aufrichtigkeit und stellte hohe Ansprüche an sich und seine Arbeit.

Einmal aber, 1970, so wird berichtet, sei er niedergeschlagen vor die Klasse der Akademiestudenten getreten, habe die enorme Summe von vierhundert Mark in die Kaffeekasse gesteckt und voller Zerknirschung gestanden, er habe gesündigt. Auf Nachfrage bekannte Fruhtrunk beschämt, er habe den Auftrag angenommen, die Aldi-Nord-Einkaufstüte zu entwerfen. Glaubte er, damit seine Kunst an »die Masse« verraten zu haben? Hat er sich diesen »kommerziellen Fehltritt« je verziehen?

Mehr als zehn Jahre später, 1982, wurde Fruhtrunk, er litt seit dem Krieg unter Schmerzen und hatte Depressionen, in den Räumen der Akademie aufgefunden, tot. Neben ihm eine gedruckte Anleitung zum Selbstmord, auf der Staffelei sein letztes Bild. Titel: »Sinnenfundament«.

Ein tragisches Ende – und tragische Ironie, dass seit Jahrzehnten die millionenfach verbreitete Aldi-Nord-»Mehrzwecktragetasche« (so die offizielle Aldi-Bezeichnung) an den idealistischen Künstler gemahnt, dessen einziges Zugeständnis an die Warenwelt womöglich ebenjene Arbeit für Aldi war.

Bei Aldi Nord hat man es übrigens bis heute nicht für nötig befunden, die Tüte einmal einer Design-Auffrischung zu unterziehen.

Warum unnötig Geld ausgeben? Und überhaupt: Ist gute graphische Gestaltung nicht überzeitlich? Überzeitlich wie wahre Kunst?

Bis in unsere Tage hinein also tragen Aldi-Nord-Kunden ein Multiple des Meisters spazieren. Würde der sich im Grabe umdrehen, wüsste er um die Langzeitwirkung seiner Linien? Aber – wäre es nicht vielmehr ein Grund, stolz zu sein? Wenigstens ein ganz klein wenig?

Genug gespätfrühstückt. Die Reste unsrer Mahlzeit werden in der Ruine beziehungsweise dem Wrack der Aldi-Süd-Kühltüte verstaut – nicht gerade ein Hammer und Hingucker wie Fruhtrunks mit schrägen weißen, versetzten Streifen auf blauem Grund gespickte Nord-Tüten-Version.

Wir machen zum Auto rüber, versammeln uns um die Türen desselben. Jo fährt in seine vielen Hosen- und Jackentaschen, zusehends nervöser, Augen rollend, Brauen in der Stirn, das Gesicht verziehend, klopft sodann wie wild an seinem Körper herum – und zieht schließlich eine »Panne«: findet er doch den Autoschlüssel nicht. Und wir haben schon gedacht, er will uns unterhalten, der Gute. Ist er ja sonst gelegentlichen Clownerien nicht abgeneigt. Aber das jetzt. Verdammt – so haben wir nicht gewettet!

Anscheinend verlorengegangen, das Teil, das unabkömmliche … Wir machen uns sogleich auf die Suche, schreiten, strategisch geschickt in getrennter Formation ausschwärmend, unsre letzten Stationen ab: den grob gezimmerten Picknicktisch, das steile Straßenstück zur Fahrzeughalle hin, das Entree des Museums, dessen WC gar, Blick stets hart auf den Boden geheftet. Schlüssel, wo bist du?

Doch kein Schlüssel, nirgends. In den inneren Bereich des Musentempels dürfen wir logischerweise nicht mehr. Beziehungsweise wäre dann nochmals Eintritt zu entrichten. Wir fragen an der Museumstheke nach – indes, gefunden und abgegeben wurde nichts.

Was nun? Würde unsre Tour schon am zweiten Tag massiv behindert, ja aufgehalten werden? Sitzengelassen von einem nicht mehr aufzutreibenden Autoschlüssel? Zwischen Baum und Borke – in einer Hofansammlung, Dorf ist ja fast schon zu viel gesagt, namens Mödlareuth? Müsste Jos Gattin, rettender Engel, von weither heranfliegen, uns einen Ersatzschlüssel zu bringen? Aber vielleicht wäre auch der, in der Hektik, unauffindbar? Würde unsre Expedition hier abbrech
en? Ratlos blicken wir, unerledigter Dinge wieder zurück am Wagen, aus der Wäsche. Jo tastet sich noch einmal ab – und das vermaledeite Teil taucht tatsächlich auf: in einer Brusttasche versteckt, die der Schlüsseleigner schlicht übersehen hatte, weil er sie sonst nie benutzt. Aufatmen allerseits.

Die Zentralverriegelung klickt, Abmarsch! Auch dieses Vorkommnis, wie schon der liegen gebliebene Pullover, eine Folge des am Abend zuvor abgepumpten »Allohols«? Dabei hatte Jo doch gar nicht so tief ins Glas gegrinst wie wir andern, hatte er sich doch einigermaßen beherrscht, beherrschen müssen: musste der Arme ja noch fahren.

»Es kommt nicht nur auf die absolute Menge an – die Gewöhnung macht's«, grinst Jablonski wissend.

»Die Nicht-Gewöhnung«, präzisiert Ulf mit Blick auf seinen Sitznachbarn.

Der enthält sich jeglichen Kommentars. Vollführt stattdessen einen raschen U-Turn und in null Komma nichts sind wir jenseits dieses Taleinschnitts und jenseits jener Mauer, die hier einst Nachbarn durchschnitt.

»Nachbarn durchschnitt?«

»Seelisch natürlich, seelisch nur natürlich …«

Auch ich ein Geschädigter von Freund Alkohol?

»Ach was, so du reden doch immer.«

Immer? Besten Dank, Jablo!

Apropos – hinsichtlich Aldi beziehungsweise Aldi-Tüte, Aldi-Logo und Kunst wahlweise Streetwear hab auch ich was beizutragen (gehabt). Hab nämlich, ist schon ewig her, 'n paar weiße Billig-T-Shirts erstanden, dann eine zerknitterte Aldi-Süd-Tüte mittels einiger Kopiervorgänge auf doppelte Briefmarkengröße verkleinert – um schließlich das schwarz-weiße Aldi-Signet in mini mitten auf die Brust jener Baumwollleibchen drucken zu lassen. Sah *nice* aus. Die Shirts wurden an Kumpels verschenkt und auch selber getragen, nicht nur im Fasching.

Bei einer Textilie war die schwarz-weiß faksimilierte, knittrige Aldi-Tüte auch auf dem Rücken zu sehen, in Originalgröße. *»Here comes de Aldi-man!«* Kolleginnen fanden's amüsant. Leider ist keins von den Hemdchen mehr übrig inzwischen – alle verschlissen, zerrissen. Billigfaser halt. Hätte glatt vom Aldi-Grabbeltisch – dem mit der Aktionsware, ja! – sein können. Von armen, ausgebeuteten Arbeiterinnen unter unwürdigen Bedingungen in Bangladesch zusammengenäht. War aber nicht.

Fahrt hinein nach Thüringen. Unser nächstes Ziel: Saalfeld. Schlecht ausgeschildert, die Strecke. Gut, dass das Navi vorn an der Frontscheibe dranhängt.

»Sonst is ma verlorn …«

Vor uns über Kilometer und Kilometer hinweg ein verbeulter Müll-Laster mit Hänger. Ungute Gerüche. Man kennt das, diese Land- und Bundesstraßenzuckelei, vor einem einer dieser LKWs, der nicht abbiegen, einen nicht vorbeilassen oder -winken will oder kann … Da bleibt nur, 'nen Gang zurückzuschalten.

Irgendwann schiebt sich ein gedeckelter Chevy-Pickup mit Wiener Kennzeichen zwischen uns und die Verkehrsbehinderung. Leichte Schieflage, weil ungleichmäßig bepackt, die Schleuder. Was so 'n Ösi in 'ner Ami-Kiste nur hier in Thüringen will? Den Aldi-Äquator machen wie wir? Aber was hätte ihn darauf bringen können? Gibt's doch in Österreich nur den »Hofer« – wie sich der Aldi dort nennt. Und ein Hofer-Äquator – das wär ja wohl die Härte. Was sollte er auch teilen, ein solcher Äquator? Die schmale Alpenrepublik etwa?

In Ami-Land wiederum gibt's Aldi Süd und Nord; »Trader Joe's«, von Theo einst erworben, nennt sich die Nord-Kette dort. Die Südler wiederum heißen in den Staaten schlicht »Aldi«. Ein Äquator zwischen Ost- und Westküste ist allerdings nicht auszumachen – die beiden Ladenkettendependancen sprenkeln gänzlich ungeordnet die einzelnen Bundesstaaten. Warum Aldi sich in den USA ausbreitet? »Gegessen wird immer, auch in Amerika«, so Karl zum Sprung über den großen Teich.

Der Chevy vor uns gemahnt an meinen Achtzylinder derselben Marke. Allerdings 'n besserer Jahrgang: '68er. Und 'n spannenderes Modell: Camaro, *first generation.* 'n *Fastback*: lange Schnauze, kurzes Heck. Aus einer Zeit, als 'n Schluck Benzin billiger als 'n Schluck Wasser war und die Ami-Schlitten Pony-Cars hießen, weil sie so verschwenderisch viele Pferdchen, Hunderte, unter der Haube hatten … Rassiges Slim-line- beziehungsweise Coke-bottle-Design mit Hüftschwung und ohne B-Säule. Metallic-Lackierung. Dazu der unverwechselbare Kunstledergeruch im Innenraum. Und, Sahnehäubchen sozusagen, Breitschlappen von der Corvette. »*Closest thing to a Vette yet*« – so lautete damals, als hätten sie das Customizing geahnt, der Claim von Chevrolet beziehungsweise General Motors für den Camaro.

Ist schon ein Weilchen her – inzwischen hat der vormals größte Autobauer der Welt 'ne satte Insolvenz hingelegt und konnte nur mit Staatsknete gerettet werden. Immerhin – die GM-Marke Chevrolet: es gibt sie noch. Oldsmobile, Pontiac dagegen – war einmal.

Die sogenannten »Chevrolets« aus Korea, vor ein paar Jahren liefen die Kisten noch unter »Daewoo« – lieber gar nicht erst drüber reden, über diese Ausgeburt einer dummdreisten Marketingmasche, welche eine klassische US-Marke verhunzt, sich ruchlos eines klangvollen Namens bedienend, diesen jedoch damit irreparabel beschädigend. Und damit wiederum sich selbst das Wasser abgrabend. Die Absicht also – sich aufzuwerten – konterkarierend. Wer glaubt denn den Chevrolets von heute noch den »Chevrolet«, den man ihm in Korea drangeklebt hat? Und all das, all dieser bodenlose Nonsens lediglich schnöden Mammons wegen … Beziehungsweise in der Hoffnung auf Geld, lechz, lechz!

Ami-Fahrer müssen zusammenhalten, egal wie wacklig die Karre und ob aus Österreich oder aus Schland: Das fette Geblubber eines V8 verpflichtet. Und so drückt Jo die Hupe. Und der »Weaner« schaut in den Spiegel und wundert sich. Was will der Ford bloß, der Piefke, der Vierzylinder? Joo, wenn's ein Mustang wär …

Ford vs. Chevrolet: Die ewige Jagd

»It must be a Mustang« – so der Werbespruch von Ford in den Sechzigern. Und noch immer galoppiert durchs eine oder andere Hirn von Autoliebhabern das chromblitzende Emblem vom Kühlergrill: das fliehende Pferd …

Der Camaro übrigens war die – verspätete – Antwort von Chevrolet auf den unglaublichen Erfolg, den der Ford Mustang, der erste US-Kompaktwagen, in den Staaten einfuhr. Von Louis Chevrolet, einem in der Schweiz geborenen Rennfahrer, einst ins Leben gerufen, trat die gleichnamige Firma bereits 1912 mit dem »Classic Six« vor allem gegen Fords Klassiker, das unverwüstliche »Model T«, an. Immer also die Rivalität zwischen diesen beiden US-Standards. Immer aber auch hechelt Chevrolet der Entwicklung hinterher. So ein paar Dekaden nach dem vom Mustang initiierten Muscle-Car-Boom der Sechziger bei den Retro-Boliden unserer Tage – wieder bringt Chevrolet seinen Retro-Camaro ein paar Jährchen später als Ford seinen Retro-Mustang auf den Markt. Sie lernen's einfach nicht bei GM. Kein Wunder, möchte man meinen, geht so was schließlich pleite.

Bei Fahrten über Land stimmt Jo schon mal deutsches Liedgut an, und Ulf fällt ein – zur Verwunderung des hinteren Mannschaftsteils, der eher dem mitgenommenen Herbie Hancock oder anderen Jazz- und Bluesleuten oder auch Rockern den Vorzug gibt, aber bald auch der so fremdartigen Gesangskultur etwas abzugewinnen vermag. Denn lustig sind's allweil, die zwei. »Hoch auf dem gelben Wagen«, schmettern die Sangesbrüder, soweit ihre Stimmbänder und ihr löchriges Strophengedächtnis es zulassen – na ja, diese Nummer ist's noch nich …

Dann freilich folgt, plötzlich und unerwartet, ein Höhepunkt, liedmäßig unerreicht:

»Rauschende Birken träumen von der Zeit, der glücklichen Zeit …

ja das liegt zurück so weit …

möchte noch mal die Wege geh'n,
wenn alle Birken so grün, so grün …«

Das ist Poesie, das hat alles. Alles, was ein deutscher Schäferhund braucht und ausmacht. Und reimt sich sogar – na, einigermaßen wenigstens. Ernst Mosch, der Alte, *at his best* – beziehungsweise er und seine Egerländer. Oder Oberkrainer. Bei das werden selbst die Beatles blass. Einer jener unerschütterlichen Evergreens, den Ulfs Hintermann aus Ulfs Tiefen stets gern vernimmt. Der wiederum hat der Kiste in seiner Kindheit und Jugend unzählige Male lauschen müssen. Schuld war der Vater. Und etwas scheint, trotz allen Weghörens, haftengeblieben. (Nicht, dass einer Ulf jetzt falsch einschätzt. Für Metall erwärmt er sich üblicherweise, Death Metal gar, geht's gar nicht anders …)

Munter ruckeln wir über die äquatoriale Trennlinie. Die präsentiert sich hier als breiter Streifen. Weit weichen die Nord-Filialen ins thüringische Hinterland zurück: Schleiz, Neustadt an der Orla, Pößneck … Immer schön gemächlich durch die schöne Landschaft tuckernd, begleiten wir die Sormitz auf ihrem waldbestandenen Lauf hinunter zur Saale. »Thüringer Schiefergebirge« heißt das, was uns umgibt hier, und das Aussehen der Bebauung bestätigt es: Dunkelgrau sind die Dächer in den Dörfern gedeckt, Fischschuppenmuster und phantasievolle Ornamente aus Schiefer kleiden die Häuserwände. All das im Kontrast zu jenem frischen, üppigen Grün, das der feuchte Mai mächtig hat schießen lassen, »grüngeil« nennt der Botaniker anschaulich dieses frühlingshafte Phänomen.

Deutschland, deine Grenzen

Grenzen hat es in Deutschland immer gegeben. Lange Zeit unzählige sogar davon, führt man sich den Flickenteppich aus Grafschaften, Herzogtümern und Königreichen vor Augen, aus dem Deutschland vor kaum mehr als 150 Jahren noch bestand. Nicht zu vergessen natürlich die deutsch-deutsche Grenze zwischen real existierendem Sozialismus und nicht minder real existierendem Kapitalismus. Bereits die Römer hatten die germanischen Siedlungsgebiete geteilt: in den kultivierten Südwesten einerseits – während der unzivilisierte Nordosten sich selbst und seinen Stammesfehden überlassen blieb. Um sein Herrschaftsgebiet zu sichern, errichtete Rom ein gigantisches Bauwerk zwischen Rhein und Donau: den Limes. Gar nicht einmal weit entfernt vom Aldi-Äquator – und interessanterweise nahezu parallel zu diesem verlaufend. Würde man den römischen Grenzwall nur um wenige Dutzend Kilometer nach Norden verschieben, so erhielte man nahezu exakt die Aldi-Grenzlinie. Zufall? Oder haben sich die Römer am Aldi-Äquator, pardon, die Aldi-Brüder bei ihrer Grenzziehung am Limes orientiert?

Saalfeld. Der Aldi hier ist, trotz Hinweisschild, erst überhaupt nicht aufzutreiben. Sinnlose Kehren verursachen Ratlosigkeit, Ärger. Am Ende haben wir doch Erfolg – der recht mickrig, unscheinbar, provinziell daherkommende Schuppen ist ein Rechtsdreher. Parkplatz – Asphalt, wie auch anders – umständlich anzufahren. Wir klettern aus den Polstern und besehen uns das Grauen genauer. Mini-Giebel als Wetterschutz für die Wägelchen und bräunliche Holzverkleidung à la Sauna lassen die Hütte noch piefiger erscheinen als auf den ersten Blick: ausgesprochen fimschig wirkt die Bude, verdruckst und irgendwie total verhaun. Also total sympathisch. Fast dass man das Lädchen liebevoll umarmen möcht – wie ein kleines, verlorengegangenes, dann wiedergefundenes Haustier.

»Bloß keine eleganten Läden!«

»Eben. Gibt's doch woanders *en masse* ...«

Blutbuchenbusch verdeckt Aldi in Saalfeld

Wir streben durch das Drehkreuz hinein ins Paradies der Wünsche.

»Wunschparadies? Bisse bekloppt?«

Neinnein – nur ’n bissel begeistert.

Bei Aldi spielen seit jeher Details eine große Rolle. Aufschlussreich zum Beispiel, dass Theo, der verhinderte Architekt, sich höchstpersönlich mit der Gestaltung von Drehkreuzanlagen für neue Niederlassungen beschäftigt hat. Management *by* Durchgriff – das ist Aldi, wie Aldi leibt und lebt. Und der Milliardär hat, man lese und staune, fast immer eine bessere Lösung gefunden als die eigentlich zuständigen Verkaufsleiter …

(Bei mir im Kiez gibt’s sogar mehrere Aldis mit *doppeltem* Drehkreuz. Nichts Ungewöhnliches in einem sogenannten Problemviertel, wahlweise auch »sozialer Brennpunkt« genannt: Gelenkige Jugendliche sollen daran gehindert werden, mit Unbezahltem einfach ein einfaches Drehkreuz zu überspringen …)

Grundsätzlich wollte Theo, der Hobbyarchitekt, jede Filiale sehen, bevor die zentrale Schreinerei an die Fertigung der Regale und Einrichtungsteile ging. Delegation von Aufgaben – nicht unbedingt Theos Sache.

»So sehen sie auch aus, die Regale«, wird gemeckert.

»Wie das Billy-Regal bei mir …«, grinst Jablo.

Weiter ins Ladeninnere vordringend, umgibt uns bald jene gewisse Aldi-Nord-Nonchalance, bei der einem Theos besonders ausgeprägte »Askese als Grundprinzip« aus jeder Ecke entgegenmieft und -muffelt. Man spart, wo man nur kann, verschiebt überfällige Investitionen »auf irgendwann mal«. Andererseits: Bei Aldi Nord hat's immerhin Zeitungen und Zeitschriften. Was fürs Hirn also.

»Yellow Press was fürs Hirn? Hirni, du!«

Die Würze des Lebens jedenfalls liegt im kleinen Unterschied. Was wären Mann und Frau ohne?

»Mann und Frau jedenfalls nich …«

Aldi am Ende?

Zur Regenbogenpresse zählt es zwar nicht gerade – dennoch: ob dieses Heftes gab Jo sich aufgebracht. Wie kann man das Lebenswerk verdienter Männer nur derart madigmachen? Schon die Darstellung auf der Titelseite – frech, ja eine Zumutung! Zwei graue Büsten waren dort zu sehen, die vom Sockel zu fallen drohen. Karl Albrecht und sein Bruder Theo, einst in Marmor gehauen, nun zersprungen, spröde, rissig. Einen Moment später, und sie werden, zu Staub zerfallen, auf dem Boden liegen …

»Führungskrise bei Aldi« titelt das *manager magazin* und stellt die

Brüder als Figuren dar, die es versäumt hätten, die Nachfolge richtig zu regeln. Nur Leute aus dem eigenen Stall lasse man in die Führungsetagen aufsteigen. Früher habe noch eine Kultur der Diskussion geherrscht. Das derzeitige Spitzenpersonal aber dulde entweder keinen Widerspruch oder beschäftige sich vor allem mit sich selber. Aldi lasse sich auf einen Gewinnmargen vernichtenden Preiskampf ein. Doch seit zehn Jahren schrumpfen die Marktanteile. Lidl, der einstige Nachahmer, sei längst auf der Überholspur. Zu langsam, zu wenig innovativ sei man beim Marktführer. Überdies verliere man sich zwänglerisch und kleinlich in unendlich vielen überflüssigen Einzelheiten. Die Regionalmanager höchstpersönlich müssten die Filialen ansteuern, den Zollstock auseinanderfalten und die exakte Höhe des Schaukastens mit den Produkthinweisen bestimmen. Einige Zentimeter höher oder niedriger als im Aldi-Handbuch vorgeschrieben, und es drohe gewaltiger Ärger. Korrektheit und Zuverlässigkeit jedoch als lächerlich darzustellen erscheint grundfalsch. Natürlich kann man sagen: »Egal, dann hängt der Schaukasten eben fünf Zentimeter niedriger, was soll's? Die Welt wird dadurch nicht untergehen.« Natürlich wird sie nicht untergehen. Wer aber einmal mit einer solch laxen Einstellung beginnt, der wird bald auf diesem Weg weitermachen. Dem ist es plötzlich auch wurscht, dass die Abmarkierungen der Parkplätze nicht exakt im gleichen Abstand angebracht sind, der wird sich an einer quietschenden Eingangstür nicht stören, und Dauerparker dürfen sich über goldene Zeiten freuen. Wehret den Anfängen! Wenn schon den Regionalmanager der Schlendrian packt, wie wird es erst den einfachen Angestellten gehen? Das *manager magazin* scheint nicht viel auf Psychologie zu geben. Es übersieht, was in einer Aldi-Kassiererin vor sich geht, wenn sie draußen den Manager in Nadelstreifen auf dem Erdboden kauern sieht, den Schaukasten zu vermessen. »Aha!«, wird sie sich denken, »wenn sich dieser bedeutende Mann eine solche Mühe in Detailfragen gibt, dann muss ich ja doch erst recht penibel meine Arbeit tun!« Die Vorbildfunktion als zentrales Moment des wahren und nachhaltigen unternehmerischen Erfolgs! Also: Wer beim nächsten Einkauf einen Herrn im Maßanzug dabei beobachtet, wie er im Dreck kniet, um die Höhe des Schaukastens nachzumessen, der klopfe ihm nur ruhig auf die Schulter und sage zu ihm, man habe schon lange das Gefühl gehabt, dass da fünf Millimeter fehlten.

Wir nähern uns dem Kühlregal – hoffentlich bündig angebracht und ohne unzulässige Spaltmaßdifferenzen. Auch an der Nahrungsmenge, die hier, abgefüllt in Bechern, auf den Interessenten harrt, sollte natürlich kein bisschen, kein Quentchen, kein Millimeter fehlen.

»Kein Quantum Trost.«

Einsacken der sehr leckeren Haselnusschokocreme im Eimerchen. Ein Liter beziehungsweise Kilo Stoff drin. Ich, der ich nie koche, und somit ausgewiesener Kenner der Fertigprodukt- beziehungsweise Sofortverzehrszene, schwöre auf diesen geschmacklich besonders ausgefeilten Auswurf der Nahrungsmittelindustrie. Ein Indonese (oder heißt das »Indonesier«?) fasste es einmal während einer langen nächtlichen Bahnfahrt zwischen Surabaya und Djakarta mir gegenüber so zusammen: Während er sich von »natural food« ernähre (er aß Reis aus einem Palmblatt, trank Milch direkt aus der Kokosnuss), führe der andere, der Europäer, sich »instant food« zu (Kekse und Zuckerwasser). »Junk food« – dieses hässliche, doch durchaus sprechende Wort mied der gute Mann. Höflich, diese Indonase, ausgesprochen höflich.

Der Haselcreme benachbart Erdbeerjoghurts kübelweise.

»Da sind garantiert keine Erdbeeren drin, die haben noch nie 'ne Erdbeere von weitem gesehn, wenn du mich fragst. So viele Erdbeeren gibt's nämlich gar nich, wie für all die Erdbeerjoghurts gebraucht würden ...«

»Hm. Aber wachsen denn nich immer welche nach, Erdbeeren, mein ich?«

»Schon, aber doch nicht so schnell. Hängt doch von der Saison ab, ob Erdbeersaison is. Und überhaupt – ist nämlich Rote Beete drin, in die Erdbeerjoghurts. Is billiger. Erdbeeren sind ja auch gar nicht so rosa wie die Joghurts immer, die sind ja mehr so rot ...«

»Ah so. Und Rote Beete? Rote Beete gibt's reichlich auf der Erde – für all die Joghurts zum Füllen? So dass die nicht irgendwann am Ende ist und ausstirbt, die Rote Beete ...?«

»Apropos rot«, mixt jetzt auch noch Ulf seinen Senf dazu, »'ne echte Revolution wär's, wenn's beim Aldi endlich mal Frischfleisch geben tät.«

»Frischfisch!«

»Frischkäse ...«

»... salate!«

Wenn auch bis auf weiteres ohne Frischfisch oder Frischfleisch oder Frischkäsesalate – dass Aldi kompromisslos auf Qualität achtet, bei dem, was sie so verticken, beweist klar ein am Ausgang aufgehängtes Poster: Ein Lavastein-Gasgrill war wohl nicht so übermäßig, wurde von der Stiftung Warentest als »nicht empfehlenswert« abgekanzelt – und dementsprechend von Aldi wieder aus dem Sortiment genommen.

»Aldi-Quali – kannste was drauf geben.«

»Kannste, aber volle Kanne.«

Die Aldi-Windeln – ein Produktvergleich

Über die Qualität der Aldi-Produkte kann man sich die Köpfe heißreden. Jo berichtet von einer ihm bekannten, bekennenden Aldi-

Fanatikerin, die die Zeitschrift »Test« seit Jahren abonniert hat, nur um sich an den vorderen Plätzen ihrer Lieblingsmarke zu weiden. »Platz eins für unsere Zahnpasta!«, ruft sie dann begeistert. So, wie ihr Mann die Bundesligatabelle studiert, studiert seine Frau den Warentest. Und wehe, ein Aldi-Artikel landet mal auf einem der hinteren Plätze! Dann wird sie wütend – und zwar auf die Tester!

Völlig neue Möglichkeiten des Austauschs bietet seit einiger Zeit das Internet mit seinen Chatrooms. Wie beispielsweise folgende lebhafte Diskussion über die Tauglichkeit von Baby-Windeln. Eine Preissenkung war Anlass, um sich bei anderen Konsumentinnen über deren Erfahrungen mit Aldi-Windeln zu erkundigen. Die Aldi-Nord-Hausmarke »Vibelle« kostete in den Größen mini und midi nur 10,39 Euro, knapp halb so viel wie Markenwindeln, bei immerhin neunzig Windeln pro Packung.

Die Anfrage fand ein lebhaftes Echo. Eine Mutzi berichtete warnend, ihr Kleiner habe von der Aldi-Süd-Hausmarke »Mamia« (Verschmelzung offenbar des Ausrufs »Mamma mia!«) unter dem Bündchen hässliche rote Pusteln entwickelt. Ein Wechsel zum Produkt des bekanntesten Markenherstellers, des Mercedes' unter den Windeln, habe den Ausschlag gleich zum Verschwinden gebracht. Fides antwortete prompt, obwohl ihre Kleine noch kein einziges Mal in eine Aldi-Windel geschissen hatte. Sie schwört auf Pampers Active Fit. Biene hingegen hat Probleme damit. Sei es wegen einer geringeren Wickelfrequenz, sei es, weil ihr Baby eine stolze Urinmenge produziert – die Bodys über den Pampers Active Fit jedenfalls seien stets klamm, und wer nehme schon gern ein klammes Baby auf den Arm? Zwar habe man bei Pampers Baby-Dry dieses Problem nicht (war hier ein Saugkraftverstärker eingebaut?), jedoch könne man dann auch gleich auf Babylove oder Babydream umsteigen. Auch sonst war Bienes Antwort überraschend. Sie teilte mit, sie kaufe nur dm- oder Rossmann-Windeln, diese würden aber alle in derselben Fabrik wie die Aldi-Windeln hergestellt. Ein Kevin (allem Anschein nach ein moderner Vater, der sich in den damendominierten Chatroom gewagt hat) gab eine erfreulich differenzierte Antwort. Es gebe wohl nicht *die* Windel für jedes Baby. Entscheidend sei die Gesäßanatomie, welche, was die Sache nicht einfacher mache, sich mit dem Wachsen verändere. So sei sein Kleiner bislang ein dm-Windeltyp gewesen, nun aber hätte er sich zum Lidl-Typen entwickelt. Entscheidend sei eben nicht die Marke, sondern die Passform! Hannahs Antwort elektrisiert: scheint sie doch am Aldi-Äquator zu wohnen, kennt sie nämlich beide Aldi-Windeln! Theos nördliche kommen bei ihr schlecht weg – wohingegen Karls Südwindel über den grünen Klee gelobt wird. Die Aldi-Nord-Windeln seien dick und unflexibel und würden zudem stark chemisch »duften«. Aus Idas ausführlichem Schreiben entnehmen wir einen völlig neuen Aspekt: Offensichtlich gibt es für Windeln keine verbindliche Größennormierung! Pampers fielen zum Beispiel kleiner aus als dm! Skandal! Hier ist die Europäische Union gefragt. Wo bleibt die entsprechende Babypo-Richtlinie? Die EU-Windel-Norm? Blogolinchen, deren Jüngstes offensichtlich seit zwei Jahren zuverlässig trockengelegt ist, merkte an, Aldi Süd wäre okay, wenn da nicht die kleinen Plastikkügelchen gewesen wären, die am Bund die Haut aufgerieben hätten. Die Erwähnung dieser mysteriösen Kügelchen rief sogleich mehrere Chatroomerinnen auf den Plan, die berichteten, auch Aldi Nord verwende solche Kügelchen. Welche Funktion sollen diese Kügelchen nur erfüllen? Was suchen Plastikkügelchen im Bund von Babywindeln? Fabienne, eine weitere Informantin, outete sich als überzeugter Aldi-Nord-Windel-Fan. Kein Wort über Plastikkugeln, keine Silbe über wundgeriebene Hautpartien. Die Überzeugungskraft, mit der sie schrieb, konnte nur eine Konvertitin entwickeln, und eine solche war Fabienne: »Hab es nicht glauben wollen, als mir eine Freundin die Windeln von Aldi Nord empfahl, war bis dahin ein fester Pampersanhänger mit vielen schlechten Erfahrungen bei der Benutzung anderer Billig-Windeln. Wir neigen schnell zum wunden Po. Aber nun kaufe ich nur noch Aldi-Windeln, die sind superzart auf Babys Haut und halten, wie ich finde, nachts sogar besser als die Babydry, außerdem lacht der Geldbeutel.«

Hm, vielleicht doch keine Konvertitin. Der Verdacht keimt auf, dass sich da jemand aus der Aldi-Werbeabteilung – sorry, natürlich aus der »Aldi-informiert-Abteilung« – eingeschlichen hat. Unverdächtig, aber außerordentlich aufschlussreich hinwiederum der Beitrag von Krimhilde, einer echten Windel-Spezialistin, die zudem viel herumkommt, was ja bildet: »Interessanterweise sind die Windeln bei Aldi Süd regional verschieden. Wir haben in drei Bundesländern andere Windeln erhalten (Hessen, Baden-Württemberg und Bayern). Die Außenverpackung war gleich, aber die Windeln waren unterschiedlich.« Krimhilde schrieb weiter, dass sich bei einer Packung (aus welchem Bundesland, bitte?) regelmäßig die Klebestreifen gelöst hätten: die schmalen Plastikstreifen also, welche das Windelpaket festschnüren. Dadurch hätte sie nachts stets nachwickeln müssen ... Und so weiter und so weiter und so weiter. Kirche, Kinder, Kacken – was Frauen (und Männer wie Kevin) halt so in Trab hält. Jetzt erst mal Schluss damit.

Wenn auch dem Windelstadium seit ein paar Jährchen entwachsen, sind wir jedoch auch nicht immer ganz klar, ganz da, ganz präsent. Späte Folge der Freigetränke von gestern? Alkoholverdunstungsstunde, immer noch?

Jedenfalls, im Ortskern von Saalfeld irren wir nun hin und her von Stadttor zu Stadttor, unterm Gehen Eis – Frischeis, keins vom Aldi – schleckend: Wo ist das Schloss?

Immerhin: Renaissance-Rathaus wird sogleich von der Truppe erkannt und verhaftet. Vor die Fassade gestellter Treppenturm, Prunkerker mit Steinmetzkunst vom Feinsten, hohe Zwerchhäuser am Dach. Gegen solch ein Prachtstück sieht sogar der schickste Aldi alt aus. Das war zuzugeben.

»Na ja, ist doch klar.« Ulf.

Hinsetzen draußen vor dem Café »Hinter der Mauer« am Rande der Altstadt, unmittelbar an dem einen, dem Darrtor. Ausruhen, abspannen. Netter Ort, dieses Saalfeld. Hat was. Über Jahrhunderte erhaltene Bausubstanz, Mittelalter und was danach alles so angesagt war: Es ist da und alles schnieke wieder hergerichtet.

In der gotischen Johanneskirche – unser Chauffeur, gleichen Namens wie der Kirchenpatron, lächelt übers ganze Gesicht – rote Pfeiler und Rippen: »Christi Blut«. Netzgewölbe überm Chor, deren Gewölbefelder mit Ausmalungen versehen sind: 200 Pflanzen, darunter achtzig ausgestorbene. Warum sind diese Pflanzen ausgestorben, fragen wir uns. Was hat dazu geführt? Welche Umweltschweinereien? Und in wie vielen Jahren wird auch die letzte Pflanze ausgerottet sein? All das muss ins Buch, beschließen Jo und ich.

Jablonski: »Ihr zieht das ja ganz groß auf.«

Aber immer. Schloss schließlich gefunden – nicht sehr eindrucksvoll. Die Linienführung der Pilaster am Mittelflügel des Ehrenhofs ist ein wenig krumm geraten. Ulf zur barocken Monumentalordnung, die sich über zwei Stockwerke zieht:

»Ist ja nur so 'n langes Ding …«

So kann man's natürlich auch sehen. Im angrenzenden Schlosspark ein Esel. Zu Ulfs Belustigung. Nein – nicht nur zu Ulfs natürlich, zu unser aller, um der Wahrheit die Ehre zu geben.

Fahrt der *4 brothas* entlang der Linie der zwo. Gen Süden geht's, Richtung Coburg. Wieder entrollt sich der durchbroch'ne weiße Mittelstreifen, streichelnd unsre zwei linken Reifen …

Mittelgebirge. Rechts Thüringer Wald, links Frankenwald. Schmale Täler – wenn's nicht grad übern Bergrücken rübergeht.

»Nichts als Gegend.«

Unter Brüdern

Die Aldi-Äquator-Tour ist natürlich auch eine Brüder-Tour. Ohne das Geschwisterpaar Karl und Theo Albrecht wäre dieser Äquator nicht entstanden – ein Grund, sich etwas näher mit Brüdern im Allgemeinen zu beschäftigen. Reich ist die Geschichte nicht an harmonischen und berühmten Brüderpaaren, eher an berüchtigten. Neid und Eifersucht – wie viele Geschwisterbeziehungen sind daran zerbrochen! Wer kennt nicht die Geschichte von Kain und Abel, vom grausamen Brudermord? Die Wut darüber, Gott würdige allein das Opfer des Bruders, ließ Kain Abel erschlagen. Kain und Abel sind die ersten Brüder, von denen wir erfahren, und – das sollte zu denken geben – wir alle stammen von Kain ab. Nicht von Abel! Wenige Bibelseiten später begegnen wir einem zweiten Brüderpaar, Jakob und Esau. Letzterer war der Ältere der Zwillinge und besaß deshalb das Erstgeborenenrecht. Das heißt, er sollte alles erben. Jakob aber, listig, luchste es ihm ab, so dass der blinde alte Vater den Zweitgeborenen, eingehüllt in ein Widderfell, segnete und nicht den haarigen Bruder! Auch diese Brüderstory ist geprägt von Eifersucht und vom Kampf um Segen und Nachfolge, von Verschlagenheit auch und Trickserei; kein Beispiel für eine harmonische Geschwisterbeziehung jedenfalls. Ebenso wenig wie, eine Generation danach, bei Jakobs Sohn Josef, dessen Brüder des Vaters Liebling kurzerhand in den Brunnen warfen. Unverständlich, warum der Begriff »brüderlich« stets benutzt wird, um ein besonders inniges Verhältnis zu charakterisieren. Würde man »brüderlich« im Sinne von »neidisch« oder »missgünstig« gebrauchen, wir dürften uns dessen nicht wundern.

Ein Beispiel, nicht aus der Bibel, vielmehr aus jüngerer Vergangenheit: die Brüder Dassler aus Herzogenaurach in Franken. Beide im Streit auseinandergegangen, beide durch Unternehmensgründungen in derselben Branche bekannt geworden: Adidas und Puma; beide bis heute in harter Konkurrenz zueinander. Noch immer sind viele Ältere entweder Puma- oder Adidas-Fans. Dazwischen gab es (lange) nichts.

Umso leuchtender und herzerwärmender darum die raren prominenten Beispiele für wahrhaft gelebte Brüderlichkeit.

Auf dem Weg von Saalfeld nach Sonneberg kommen wir durch den kleinen Ort Schmiedefeld. Hier, mitten im Thüringer Schiefergebirge, am Rande des achthundert Meter hohen Rauhhügels, war einst ein Wissenschaftler tätig, der zusammen mit seinem Bruder einer der bedeutendsten Männer Deutschlands gewesen ist; zwei Brüder, die einander – trotz aller Gegensätze und ungeachtet ihres wissenschaftlichen Ehrgeizes – stets eng und freundschaftlich verbunden blieben. Die Rede ist von Wilhelm und Alexander von Humboldt aus Berlin. In Schmiedefeld arbeitete Letzterer als junger Oberbergmeister in preußischen Diensten und revolutionierte mit seinen Ideen den Abbau des Alaunschiefergesteins. Dabei ging es ihm nicht vordringlich um den wirtschaftlichen Gewinn, wichtiger waren ihm der Fortschritt in der neuen naturwissenschaftlichen Methodik und der Gewinn an Erkenntnissen. Darüber hinaus war Alexander von Humboldt ein großer Menschenfreund, der die Sklaverei bekämpfte und für Freiheit und Völkerverständigung eintrat. Weltweit knüpfte er ein dichtes Freundschaftsnetz. Der Urbevölkerung begegnete er auf seinen zahlreichen Reisen mit Respekt und Sympathie und trat für ihre Rechte ein. Seine Humanität bewies er auch bei seinem Einsatz in der Gegend hier am Aldi-Äquator. Er war es, der sich wie kaum ein zweiter für eine Verbesserung der harten Lebensbedingungen der Bergleute einsetzte. Große Gefahr ging stets von schlagenden Wettern und plötzlicher Sauerstoffarmut unter Tage aus. Wie sollte man lebensgefährlich eingeschlossenen Kumpeln zu Hilfe eilen, ohne sich selbst zu gefährden? Alexander von Humboldt tüftelte eine Weile, dann hatte er einen Luftsack konstruiert, mit dessen Hilfe man gefahrlos zu ohnmächtigen Bergleuten vordringen konnte. Was aber half so ein Atemsack, wenn nichts zu erkennen war, weil die Kerze bei Sauerstoffmangel erlosch? Also erfand Humboldt eine raffinierte Lampe, die den Sauerstoff in sich trug. Um ihre Funktion zu testen, begab er sich in einen Verschlag im Berg, in den er faulende Bretter gelegt hatte, die den Sauerstoff zersetzten. Er sank bewusstlos zu Boden. Hätten ihn nicht seine Begleiter gerade noch rechtzeitig herausgezogen, Humboldt wäre erstickt. Auch um die Ausbildung der Bergleute kümmerte sich der begabte Wissenschaftler und gründete in Bad Steben – einem weiteren sehenswerten Ort am Aldi-Äquator – die erste Berufsschule Deutschlands, eine Abendschule für Bergarbeiter: um die Kenntnisse der einfachen Leute zu erweitern und ihre Sicherheit zu erhöhen. Das Lehrbuch für die Schule schrieb er selbst. Die Gegend um den Aldi-Äquator wurde Alexander von Humboldt bald zu klein und es drängte ihn, am echten Äquator zu forschen. Sein Bruder Wilhelm, mit dem er aufgewachsen, war ein großer Sprachwissenschaftler, Kunstliebhaber und Diplomat, einer der Begründer der Berliner Universität. Wenn man einen Humboldt-Äquator definieren müsste, so verliefe dieser zwischen Natur- und Geisteswissenschaft. Viele Briefe schrieben sich die beiden Brüder, und kam Alexander von seinen späteren ausgedehnten Forschungsreisen zurück, wohnte er oft bei Wilhelm. Keiner schien je dem anderen seinen Ruhm geneidet zu haben, stets bewahrten sie sich ein vertrauensvolles Verhältnis, zwei Brüder im Herzen. Das Bergwerk hier in Schmiedefels mitten auf dem Aldi-Äquator, wo Alexander von Humboldt so segensreich wirkte, ist heute das Schaubergwerk Morassina und kann besichtigt werden. Auch wir hätten gerne einen Blick hineingeworfen, »aber der Wagen, der rollt!«

Sonneberg. Blech im Giebeldreieck dieses einzigen Aldi Süd in Thüringen – sonst nämlich Aldi-Nord-Land. Wieder ein Rechtsdreher. Direkt neben dem Ladeneingang eine Paketstelle, praktischer geht's ja wohl kaum, um das bei beziehungsweise bei*m* Aldi Erstandene gleich zu versenden und damit elegant loszuwerden.

Ein Typ auf einem ebenerdigen Balkon – ja, so was gibt's! – gleich neben dem Aldi-Parkplatz sonnt sich – Sonneberg! – und schaut der Aldi-Kundschaft beim Einparken, Einkaufen und Einpacken zu. Wohlan, du lieber Zeitgenosse! Tue recht und nähre dich redlich!

Der Aldi in Sonneberg

Ein merkwürdiger Aldi, ein Fremdgänger, ein Unikat. Der einzige Aldi Süd auf dem Territorium von Aldi Nord. Nirgendwo sonst in den neuen deutschen Ländern gibt es eine Aldi-Süd-Dependance. Wie mag das zugegangen sein?

Könnte sein, so: Theo hockt am Frühstückstisch, schmiert sich ein Brötchen, schlabbert seinen Kaffee. Auf einmal durchfährt es ihn siedendheiß. Mein Gott, der Geburtstag von Karl – der ist doch heute! Fast hätte Theo die Tasse fallen lassen. So etwas war ihm in all den Jahren noch nie passiert. Wie das nur wiedergutmachen? Schnell ruckelt er den Stuhl zur Seite, greift in die allzeit bereitstehende Kiste mit noch verwertbaren Papierschnipseln und bastelt daraus unter sparsamster Verwendung von Kleber eigenhändig eine Glück-

Gleich neben dem Breitgiebel des Aldi Sonneberg der äußerst praktikable Paketversand

wunschkarte. Dann setzt er sich ans Steuer und fährt hinüber zu seinem Bruder. Karl empfängt ihn lächelnd. Kein Problem, kann doch jedem mal passieren, lässt er Theo wissen. Vorsichtig öffnet das Geburtstagskind den Umschlag und zieht Theos Karte hervor: »Zum Geburtstag, lieber Karl, schenke ich dir Sonneberg!« Gerührt drückt Karl dem Bruder die Hand. Kann es einen überzeugenderen Liebesbeweis geben, als das Geschenk einer ganzen Zweigstelle?

Die wahre Erklärung dürfte weitaus langweiliger sein. Sonneberg liegt auf einer Landzunge, die von Thüringen nach Bayern hineinlappt. Die Belieferung von einem Aldi-Nord-Zentrallager wäre viel zu umständlich, für Aldi Süd hingegen ist sie kein Problem. Deswegen wohl rutschte Sonneberg unter den Äquator, sozusagen.

Trenner an der Aldi-Kasse hier tragen die Aufschrift: »Auf Aldi ist Verlass!« Aber ist dem wirklich noch so? Macht doch ALDI TALK draußen vor den Wägelchen und der Vitrine mit den Anzeigen für »das Neueste, was ich nicht haben muss« Reklame mit »Wer günstig spricht, spricht ALDI«. Wo, liebe Aldi-*brothers,* wo nur ist die selbstverordnete Werbeenthaltung hin? Alles schon vergessen? Nur weil gerade mal fünfzig Jahre durch sind, 'ne schlappe Jahrhunderthälfte, seit der Gründung eures Reichs? »Unsere ganze Werbung liegt im billigen Preis«, erklärte Karl 1953. Mannomann – wenn Aldi sich schon nicht mehr an die eigenen Vorgaben hält, wer dann?

»Verlass – von wegen! Verlass dich – und du bist verlassen. So schaut's aus.«

Jablonski, er schaut tatsächlich erbost, aufgebracht aus. Doch grinst sogleich breit – alles nur Spaß!

Die Kassiererin, die Jos Apfel-Sixpack über den Scanner zieht, mag zwar keine heiße Anwärterin für unsren Beauty Contest sein, ihr Lächeln aber hätte durchaus einen Preis verdient. Sie erinnert Jo an die freundlichste Aldi-Verkäuferin von allen. Er kennt sie seit mehr als 20 Jahren, sie sitzt in seiner Heimatstadt an der Kasse. Immer gutgelaunt, immer ein Lächeln für jeden Kunden, selbst beim größten Feierabendansturm schenkt sie einem noch einen freundlichen Blick. Wie schafft sie das? Wie ist das überhaupt zu schaffen? In solch einem Beruf, wo einem doch ständig der Kopf schwirrt, bei täglich Hunderten von Kunden? Ein Phänomen.

Im Papierkorb am Aldi-Auslass entdecke ich eine dort hineingeworfene Verpackung, wohl von Cornflakes, darauf zu lesen »Marienkäferrennen! Würfel dich ins Ziel.« Wenn's nur so einfach wäre – wir jedenfalls haben noch einige Kilometerchen vor uns auf unsrer Rennstrecke den Aldi-Äquator lang …

Sprachgrenze

Nahe Neustadt, südlich von Sonneberg, verläuft eine weitere, wie der Aldi-Äquator unsichtbare, doch, wer Ohren hat zu hören, vernehmbare Grenze: die zwischen thüringisch-sächsischem und fränkischem Dialekt. Der Gipfelzug des Thüringerwaldes, der Rennsteig, heute ein beliebter Fernwanderweg, trennt die beiden Gebiete. Auch nördlich vom thüringischen Sonneberg sprechen die Leute bereits Fränkisch. Gemeinsam ist beiden Idiomen ihr Gefallen an weichen, einschmeichelnden Lauten. Alles Harte, Knarrende, scharf Artikulierende ist ihnen fremd. Mit »Dadü-dada« kommt die Bolizei daher, der strenge Papa ist stets ein sanfter »Baba«, die Aldi-Tüte natürlich eine Aldi-Düde. Wie der Dialekt, so der Mensch. Gemüt und Gemütlichkeit sind sowohl dem Thüringer als auch dem Franken eigen, und die einzige Frage, über den sie in Streit geraten können, ist die, welcher wohl die besseren Würste brät.

Raus aus dem Aldi-Parkplatz – Verbundpflaster –, raus aus Thüringen, und rein nach Bayern beziehungsweise Franken, nach Coburg, rauf auf die mächtig schon von ferne in den Himmel ragende, auf einem bewaldeten Solitär sitzende Veste. Rustiziertes Eingangsportal mit Kugelbesatz (Steinmetzarbeiten in allseitiger Rundform). Burgmuseum schon geschlossen. Leider – oder Gott sei Dank? Einen eindrucksvollen Rundumblick gewährt die breite Wehrmauer über die Zinnen hinweg auf Felder, Wiesen, Wälder, Auen des Coburger Umlands – im Norden bis hinein nach Thüringen. Im Süden die Türme der Wallfahrtskirche Vierzehnheiligen, Balthasar Neumann, sonnigster Barock. Strahlend wie der Stern über uns am blauen Firmament. Urlaub – was kann es Schöneres geben! Freizeit! Besichtigungen! Steiler Abfall des Geländes jen- und abseits des Festungsmauerwerks. Putziger Kräutergarten droben mit Pflänzchen und Mini-Rabatten. Wir schnuppern an Salbei und Zitronenminze. Anschließend Rundgang über den zweiten Hof. Bäume, Blattwerk, eindrucksvolle Gemäuer.

»Was hier nicht alles an Material verbaut wurde …«

»Das hätt man locker für zehn Aldis gereicht.«

»Nord oder Süd?«

»Geschenkt.«

»Aber nich vom Aldi.«

»Beim.«

Zwei Plastiken aus Bronze – hüllenlose Damen in verschiedenen Stellungen – erwecken kurz unsre Aufmerksamkeit, verleiten zu Danebenstellen und Umarmen. Aber nur ganz kurz fürs Foto.

Sodann sogleich Einkehr im Burglokal am Ausgang. Hier Bier im Zentrum des Geschehens. Wie ja eigentlich immer.

Sieht man von der Promille Kultur mal ab. Beziehungsweise »ist Aldi Kultur? Oder Unkultur?«

»Aldi repräsentiert unsere Zeit. Sparen ist halt nun mal affengeil. Insofern …«

»… wäre Aldi Volkskultur.«

Fatalerweise haben sie kein fränkisches Bier hier droben, wo es doch nirgendwo sonst eine solche Brauereidichte gibt wie in Franken. Stattdessen Münchner Hofbräu. Auf Nachfrage ausweichende Antwort des Kellners. Die Burg ist im Besitz der staatlichen Bayerischen Schlösserverwaltung. Mag sein, »das sein der Grund«.

»Wir ham die Haselnusscreme noch nicht probiert«, bemerke ich.

Und so beschließen wir, heute Abend, auf dem Zimmer unsrer noch zu findenden Unterkunft, soll es so weit sein und der Eimer testgegessen werden.

Nach angemessener Stärkung mit flüssiger Nahrung marschieren wir hinunter von der Veste durch den Hofgarten in die Altstadt rein – riesig, dieser Park mit altem Baumbestand, nach englischem Vorbild im Landschaftsstil gestaltet. Wurde Coburg nur deswegen von den Briten nicht bombardiert, weil es verwandtschaftliche Beziehungen zum dortigen Königshaus gibt? Prinz Charles jedenfalls verbringt in einem Schloss im Coburger Land, wird's ihm in England zu eng, immer wieder mal seine Ferien vom ewigen Prinzendasein. Was natürlich, der Sicherheit wegen und möglicher Terroranschläge, immer erst rauskommt, wenn der Prinz schon wieder fort ist. Oder was überhaupt gänzlich der Öffentlichkeit verschwiegen wird.

Der würdige Schlossplatz mit Ehrenburg, Landestheater und Palais Edinburgh, das Renaissance-Stadthaus ein paar Schritte weiter am Markt mit voluminösen Eckerkern, mal böse dreinschauende Löwenköppe, mal Menschenhäupter dran, das barocke Rathaus gegenüber sowie kaum weniger bewundernswerte Fachwerkbauten und Stuckfassaden aus alten Zeiten ringsherum machen Coburg zum Hingucker, wohin man auch guckt. Historisch geschlossen das Stadtbild, angenehm unangestrengt die Atmosphäre. Zwei Christophorus-Plastiken, an der Seite der alten Hofapotheke und an der Moritzkirche, erinnern mich – an mich. Und versprechen den Reisenden Segen auf weiterer Fahrt. Moritz übrigens, der heilige Mauritius also – ein Mohr mit einem goldenen Ring im Ohr: der Stadtpatron – ist auf jedem Gullydeckel hier zu erhaschen.

Nächst dem Judentor sitzen Leute vor einer Lokalität, Hamburger mampfend. Warum nicht hierbleiben zum abendlichen Nahrung-Einwerfen?

»Kein Essen mehr«, verkündet der Wirt, ein Asiate, untätig auf einem Stuhl in der Gaststube rumhockend. So etwas haben wir wahrlich noch nie erlebt: komplett ausverkauft, die Bude. Ein Verbindungstreffen, von dem wir später erfahren, welches viele Auswärtige nach Coburg gespült hat, scheint Ursache für diesen Versorgungsengpass …

Und die Hamburger? Nun, sie waren nicht hier verfertigt, sondern mitgebracht worden von woanders her. Und wurden hier lediglich verzehrt.

Wir also wieder auf Suche. Schließlich entscheiden wir uns für das Restaurant »Loreley«. Loreley? Haben wir uns auch gefragt fließt Gevatter Rhein doch ganz woanders lang. Wie immer – in Coburg jedenfalls liegt die Loreley nicht weit vom Stadtschloss entfernt. Recht neu, die Gaststätte, doch gefällig auf alt getrimmt: dunkle Täfelung, heller Dielenboden. Coburger Bratwürste gab's zwar – doch leider nicht auf weiblichen Kiefernzapfen gegrillt. Auch nicht auf männlichen. Dazu

Kraut. Und Senf – eigentlich ein Sakrileg. Erneut Münchner Bier zum Runterspülen. Ziemlicher Gaumenkitzler, das Ganze – natürlich nur, vergisst einer, dass weibliche Kiefernzapfen außen vor blieben.

Via stetig ansteigendem Park – die Veste in Blut getaucht, will heißen: rot angestrahlt (Design-Tage!) – geht's zurück zum Auto. Nachtwanderung – nur zwei kamen durch. Der Rest machte ein wenig länger Rast – und wurde schließlich oben am Schloss von den Vorausstapfenden, die sich bis zum Wagen vorgekämpft hatten, abgeholt. (Kleines Abenteuer am Rande: die Benutzung einer öffentlichen, unbeleuchteten Toilette. Immerhin – alles, was zu treffen war, wurde getroffen.)

Fahrt hinunter in die Stadt. Hotelsuche. Dicht oder schon belegt, die Absteigen, die wir abklappern. Des gleichzeitig mit unsrer Äquatorumrundung stattfindenden Conventtreffens wegen. (Schon merkwürdig, beherbergt Coburg doch gar keine Universität in seinen Mauern.) Erst also kein Essen mehr, jetzt kein Bett mehr frei für uns vier?

Der Aldi-Hörsaal

Findet sich in Coburg auch keine Hochschule, so findet sich im Frankenlande immerhin eine ungewöhnliche universitäre Besonderheit: der erste und bislang einzige Aldi-Hörsaal der Welt nämlich.

Die Fachhochschule Würzburg-Schweinfurt hat die Namensrechte ihres größten Hörsaals am Standort Würzburg an Aldi Süd verkauft. Maler rückten an und verpassten den Wänden einen Anstrich in den Aldi-Farben mit dem Aldi-Süd-Logo an der Kopfseite als Krönung. Über die Summe der Rechteübertragung wurde Stillschweigen vereinbart.

Warum Aldi überhaupt Geld für solch eine Aktion ausgibt? Um dem schlechten Image des Discounters als Arbeitgeber bei den

Fachhochschulabsolventen entgegenzuwirken, erläutert Axel Pollossek, der zuständige Aldi-Mann der Region *Focus online*. Der Aldi-Süd-Hörsaal ist der erste gesponserte Hörsaal in Deutschland überhaupt. Und die Studenten, was sagen die dazu? Sie wurden überhaupt nicht gefragt, der Rektor der FH erklärte kurz und knapp, das Hausrecht habe er und die Studenten kein Mitspracherecht. Solch ein Vorgehen, solch eine Kommerzialisierung soll zu Imagegewinn führen? Wenn die Aldi-Rechnung da mal aufgeht …

Wir suchen und suchen – und finden schließlich eine Bleibe: die Hotelpension »Bärenturm«. Die Wirtin, Frau Günther, zeigt uns die Zimmer und bemerkt auf dem Nachttisch des einen einen vom Vorbewohner hinterlassenen leeren Shampoo-Behälter. Weg damit!

Nach Bezug der Räumlichkeiten gemeinschaftliches Beisammensein bei Ulf. Die Möbelzier dort beeindruckt den:

»Sieht besser aus als bei mir zu Hause …«

Was kein Wunder ist – sieht's bei Ulf doch aus …

(Neinnein, stimmt natürlich nicht: Bei Ulf sieht's super aus, echt. Sieht man mal von dem grellbunten Bild mit den psychedelischen Schnörkeln und Schleifen über der Couch ab, dem sich aus ungleichartigen, amöbenhaften Formen zusammensetzenden Teppich, dem schwarzen Patchwork-Lederwürfel zum Füße-drauf-Ablegen, wenn Ulf, faul hingefläzt, in seinem Fernsehsessel rumlümmelt: »Jetzt erst mal Ferni schauen«, wie der Wohner zu sagen pflegt …)

Jetzt erst mal »Probier-Time« der zuvor beschafften Aldi-Artikel! Rotwein aus der Tüte mit an dieser anzubringendem Zapfhahn – selbst für mich, den ja in Sachen Designer-Nahrung kaum was schreckt, ist ein solches Getränk in einer solchen Verpackung neu. Ulf, der geschickte Könner – der zu

Hause seine Einbauküchenzeile vollkommen allein, ohne jede fremde Hand eingebaut hat – er wird auch mit dem kaum weniger schwierigen Problem fertig, den Hahn in den Wein hineinzurammen. Aus Zahnputzbechern wird die Luft gelassen. Mmm ... tatsächlich: echter Bölkstoff, das Zeug. Wüsste er's nicht, »kein Trinker würde vermuten, dass dieser Wein aus der Tüte stammt und nicht vom Weinberg.«

»Vielleicht käm 'n Connaisseur drauf.«

»Aber höchstens vielleicht ...«

Dann kommt das vielbeschworene, von mir bereits hochgelobte Haselnussschokodessert dran. Sogar 'n Henkel hat das Eimerchen – fehlt ihm nix. Gibt's übrigens nur bei Aldi Nord, die Creme. (Tja, in diesem Fall sind die Südler, die's ja sonst in mancherlei Hinsicht besser haben, mal die Angeschmierten.)

»Ein gutes Produkt.«

»Da du sagen Wahrheit.«

Coburg zählt zu Aldi Süd. Doch was, wenn die Leute hier lieber das Sortiment von Aldi Nord und die darin befindliche Haselnusscreme hätten? Könnte ein Volksentscheid Abhilfe schaffen?

»Neinnein, das wäre dann sozusagen der klassische Fall für das McDonald's Kundenparlament.«

Jablonski, er weiß es.

»McDonald's Kundenparlament, Gott, dass ich da nicht gleich drauf gekommen bin ...«

»Es gilt hier das Subsidiaritätsprinzip. Warum die höhere Instanz einschalten, wenn die niedrigere 's ebenso besorgen kann ...«

»Das McDonald's Kundenparlament, natürlich!«

(Hilft natürlich gar nichts in einem solchen Fall. Wer die Haselnusscreme will, dem bleibt nur, den Äquator zu queren. Denn dass die Brüder sich von irgendjemandem dreinreden ließen, etwa qua »Aldi Kundenparlament« – undenkbar. *Old-school-patrons* und Unternehmer wie die *brothas* lassen sich von nix und niemandem dreinreden. Kundendemokratie und Dreinreden vom Personal – igittigitt! Und morgen dann der Sozialismus!)

Der Aldi-Fanclub

Aldi ist Kult. Auch ohne Kundenparlament. Und nicht erst seit der Entdeckung des Aldi-Äquators. Dass ein Produkt, eine Marke Kultstatus erreicht hat, erkennt man am sichersten, wenn sich eine Community gebildet hat, eine verschworene Gruppe Gleichgesinnter. Apple ist ein Beispiel hierfür. Nicht ein Allerwelts-Notebook, sondern eines von Apple zu besitzen, gibt dem *User* ein besonderes, ein erhebendes Gefühl. Er gehört von nun an zu einer Gruppe Auserwählter, zu den Individualisten, den Kreativen. Und dafür ist er auch bereit, mehr hinzublättern.

Bei Aldi erstaunt, dass hier ein Unternehmen Kult geworden ist, das gerade *nicht* auf Hochpreisigkeit und Exklusivität setzt, sondern genau aufs Gegenteil: auf völligen Verzicht jedweden elitären Marken-Pipapos nämlich und auf größtmögliche Simplizität.

Immer noch skeptisch? War Einkaufen beim Billigheimer nicht früher eher peinlich? Einmal abgesehen vom Aldidente-Schnäppchenplaner und der Aldi-Fan-Page: Wie äußert sich der Kultstatus von Aldi denn?

Durch Fanclubs natürlich. Ja, solche gibt es. Beweis: Das Aldi-Fan-Page-Gästebuch. Rührend und lustig, was die Leute da so schreiben. Nicht nur in Deutschland! Folgenden Eintrag aus den USA muss man sich in ganzer Länge zu Gemüte führen. Daryl W. schreibt: »Zuerst möchte ich mich für meine schlechte Grammatik entschuldigen. Ich verwende ein Übersetzung Programm. Ich wohne in den Vereinigten Staaten, in Tennessee. Ich kaufe mindestens einmal wöchentlich am Speicher Aldi in meiner Nachbarschaft. Es ist ein Fünfminute-Weg von meiner Wohnung. Ich kann nicht, ich ohne Aldi überleben würde! Ich erkläre allen meiner Freunde und Mitarbeiter über es. Manchmal möchten einige von ihnen nicht bei Aldi kaufen, weil sie denken, dass ist ›der Unterschicht‹. Gut lassen Sie sie ihr Geld wegwerfen. ICH LIEBE MEIN ALDI!«

Schon ergreifend, nicht? Einer von Hunderten von Einträgen. ICH LIEBE MEIN ALDI! Für diesen treuen Zeitgenossen wenigstens ist Aldi Kult, das steht ja wohl auch für den größten Zweifler außer Zweifel!

Kult-Fraß – unwillkürlich erinnert mich das an den »Feuerzauber Texas«.

»Wen?«

»Gab's mal beim Aldi. So 'ne dicke Konserve. Schmeckte super!«

»Und nach was?«

»Waren so Leberkässtreifen drin. An Bohnenpampe … Schön scharf.«

»Texaszauber, ich glaub, den kenn ich …« Ulf, Haselnusscreme zwischen den Kiemen, vermeint sich zu erinnern. »So 'n Studentenfutter. Chili con carne.«

Ich nicke. Ulf wischt sich das Mäulchen mit dem Handrücken und reicht mir den Haselkübel rüber.

»Ja, und ich hab den nicht mal geheizt, den Zauber, sondern aufgeratscht und das Zeug gleich direkt aus der Dose rein …«

Die andern schüttelt's.

»Ganz ohne Heizung?«, erkundigt sich Ulf.

»Genau, ganz kalt reingepfeffert.«

»Wahnsinn.«

»Ganz normal.«

Das ist eben Sofortverzehr. Die H-Milch von Aldi hab ich ja auch oft direkt aus der Tüte, wie 'ne Schnabeltasse, in mich reingegluckert. Muss man schon aufpassen, bei dieser Trinkweise, dass nix verschütt geht.

Wie immer – Erinnerungen an vergangene Genüsse, so schmack- und nahrhaft sie auch gewesen sein mögen: sie reichen keinesfalls an die Delikatessen, die man in Händen hält, heran. Denn beim Essen zählt nur das Hier und Jetzt, nicht die Reminiszenz, wie jeder weiß. Kehren wir also zum Testkosten zurück.

Dasselbe ergab: Einhelliger Meinung waren die Probeesser nicht. Jablonski nippte nicht einmal an der Nusscreme – auch eine hingehaltene Messerspitze konnte ihn nicht dazu verleiten.

»Creme, das erinnert mich an Sonnencreme …«

»Aber steht doch ›Dessert‹ drauf: Nachtisch.«

»Ich weiß, was 'n Dessert is. Aber auch wenn da ›Schweinebauch‹ draufstehen tät … Neenee, Leutchen, beim besten Willen: So was kommt mir nich in' Magen. Gib mich mal die Weintüte …«

Preisfrage: Handelt es sich bei der Creme eigentlich um Pudding – oder um Joghurt? Ein Schokoaufstrich, klar, ist's jedenfalls nicht, dafür ist die sogenannte Creme ja viel zu dünnflüssig. Auf dem 1-Kilo-Kübel daselbst findet sich keinerlei Hinweis.

»Der erste Eindruck ist Pudding – im Abgang dann joghurtmäßig«, lautet Ulfs Testurteil.

(Löffel, falls jemand sich fragen sollte, wie wir das Zeug denn eigentlich eingeführt haben, fanden sich im Turmzimmer von Jo und mir.) Die Vermutung wird geäußert, dass womöglich

Dr. Oetkers Paradiescreme dahinter- beziehungsweise drinstecke im Eimerchen.

Nicht ausgeschlossen: Produzier(t)en doch bekannte Marken wie Brandt, Bahlsen, Leibniz, Chio, Bauer, Ehrmann, Danone, Storck, Freixenet – unter anderen Namen allerdings – für den Discounter. Der Aldi-Kunde muss den Markennamen nicht bezahlen, die Produkte – wiewohl von Markenherstellern – können günstiger sein.

»Fast für lau.«

»Na ja, ganz für lau nu au wieder nich …«

Die Probiercreme zeigt Wirkung. Oder ist's doch mehr der Tütenwein? Rücklings jedenfalls lässt Ulf sich auf die Matratze fallen, schließt die Augen – und bald schon schnarcht der Kerl 'n Sägewerk. Wir anderen schleichen hinaus, ziehen sacht die Tür zu – und sinken unsrerseits hin, dort, wo Frau Günther unsre Betten hat hinstellen lassen.

Tag 3

Coburg – Bad Rodach – Hildburghausen – Meiningen – Tann – Geisa – Grenzmuseum »Point Alpha« – Fulda – Alsfeld

Alles Starke ist einfach.
Robert Musil

Hotellyrik I. Über einer Treppe im »Bärenturm« zu lesen in verschnörkelter Schrift das Morgenlied eines unbekannten Autors:

Frohes Erwachen,
fröhliches Lachen bringe ich dir!
Schau in dein Antlitz, du heiterer Morgen,
kenne wie du weder Bangen noch Sorgen,
schaffe im Spiel!
Schaffe im Spiele,
vorwärts zum Ziele, das ist so schön!
Lache drum froh in den sonnigen Morgen,
scheuche, verscheuche alle Sorgen:
Lichtwärts liegt's Ziel!

Lichtwärts liegt's Ziel! Gibt es ein hoffnungshelleres Motto für den neuen Tag?

Im Zimmer mit Spitzbogenfenstern und angeschlossener Küche (wie in einem Appartement), es handelt sich um die eine

Zeichnung »Cincinatti«

Hälfte im Obergeschoss des uralten Bärenturms, eine selbstgestrichelte Kugelschreiberzeichnung: ein Bild von – Cincinatti.

Ja, Cincinatti, man lasse es sich auf der Zunge zergehen und staune. So weit spannen sich also die Beziehungen – von Coburg immer Richtung Westen über Belgien, Ärmelkanal, England, Irische See, Irland und dann übern Atlantik gesprungen auf die andere Seite des Globusses: bis direktemang nach Cincinatti hinein. Wenn das mal nicht schön is …

Geschäftsführerin Frau Günther begrüßt ihre zwei Gäste, die denselben Nachnamen tragen, am Ende des labyrinthischen Wegs zum Frühstücksraum sogleich mit der Bemerkung, sie habe kaum ein Auge zutun können. Immerfort habe sie an »die arme Mutter« denken müssen …

Die arme Mutter? Wie kommt Frau Günther denn darauf?

Nun, dem Formular, in das Hotelgäste sich einzutragen haben, entnahm die Pensionswirtin, dass die beiden Herren mit dem gleichen Zunamen im Abstand von lediglich drei Tagen zur Welt gekommen sind. Das verleitete sie zu der Annahme, es müsse sich um Zwillinge handeln. Von denen der zweite drei Tage später als der erste entbunden worden sei, die »arme Mutter« folglich drei Tage in den Wehen gelegen haben müsse, bis Nummer zwei endlich den Kopf hinausgestreckt habe in diese Welt … (Welche Mutter überlebt so eine tagelange Schinderei?) Dass es sich bei ihren Gästen lediglich um Cousins handelt – wenn auch doppelt verwandte, waren doch unsre Mütter Schwestern, unsre Väter Brüder gewesen – beruhigte Frau Günther immerhin. Die Nacht, die durchwachte, konnte ihr natürlich keiner ersetzen.

Dennoch, und das muss gesagt sein: Ungeachtet des Ungemachs, das Frau Günther unsretwegen ausgestanden – so etwas loben wir uns. Das sind noch mitdenkende Hotelpensionswirtinnen. Mütterliche Hotelwirtinnen, Pensionswirtinnen mit Gefühl – Wirtinnen, die die Mütter nicht aus dem Blick verlieren. Die Schmerzen der Mütter bei der Geburt. (Da können Männer gar nicht mitreden. Und deswegen schweigen wir auch schleunigst.)

Nahrungsaufnahme im grandiosen Salon – eines Grandhotels würdig – unter Kronleuchter und Berieselung mit Johann-Strauß-Klängen. Mag es die unterschiedlichsten Gründe geben, Coburg aufzusuchen – der Walzerkönig jedenfalls war 1887 gekommen, um sich von seiner Frau scheiden zu lassen. Und um die nächste zu ehelichen. Evangelisch hatte er dazu zu werden – und Coburger Bürger. Um doch Coburg – Provinz! – bald wieder zu verlassen und schließlich in Wien, den katholischen Habsburgern zum Trotz, Hofkapellmeister zu werden.

Beim Auschecken quetscht beziehungsweise klemmt Ulf sich auf den »Kniestuhl« – ein »Beinverbiegemonster«, welches vor dem winzigen Büro von Frau Günther rumsteht. Die dazu: »Beseitigt Rückenschmerzen« – dafür jedoch handle man sich Lymph- beziehungsweise Kniebeschwerden ein …

So ist es ja immer und immer: Das eine Zipperlein verschwindet – dafür dann kommt ein anderes, ungebetenes herbeigelaufen. Leben ist Leiden. Sagte schon Schopenhauer. Buddha auch.

Schließlich erklärt Frau Günther uns allen noch, warum ein Plüscheisbär auf dem Stuhl hinter der Anmeldung präsidiert und das Bild eines Bären an der Wand daneben hängt – warum also »Hotel Bärenturm«? Im vorvergangenen Jahrhundert habe ein bulgarischer Verwandter des Coburger Fürsten diesem ein Geschenk in Form zweier Bären kredenzt. Da der Zwinger im Schloss noch nicht fertig gewesen war, habe man die beiden Bären einstweilen im Verlies des Bärenturms untergebracht. Der Name »Bärenturm« legte dies wohl nahe. Oder verhielt es sich so, dass der Turm erst danach, nach dem Hineinstopfen der Bären also, seinen Namen erhalten …?

Darüber hinaus habe sie, ergänzte Frau Günther, über dreißig Jahre in Berlin zugebracht. Klar, Berlin hat ja auch einen Bären im Stadtwappen. Beziehungsweise hat Berlin den Eisbären Knut. Beziehungsweise hatte, denn der Bär ist ja nicht mehr. Ob weiß, ob schwarz, ob braun – Bären jedenfalls, nichts als Bären allüberall …

»Ich fang bald selber an zu brummen«, so Ulf.

»Du, Ulf, was haste denn da in deiner schicken Plastiktüte drin?«

»Ha! Meine Utensilien …«

Eisbär, hinterm Rezeptionstresen des Hotels »Bärenturm« formvollendet – Fliege! – Gäste grüßend

Das erinnert frappant an eine, *meine* Geschichte mit der Aldi-Tüte. Es begab sich, dass ich einmal mit zwei Kumpels, Ditte und Hanno, in Warschau war. Dort benötigte man ein Hotel. Ein Klotz aus der Stalin-Ära sollte es sein: hohe Halle, fast einen ganzen Block einnehmend, das Teil. Marmorverkleidet – oder war's Kalkstein? Einstmals zumindest recht nobel – doch längst runter auf geschätzte zweieinhalb Sterne, der Hobel. Ich nun, unverdrossen erschien ich mit einer Aldi-Tüte in der Hand (alles Notwendige an Utensilien drin!) vor der Rezeption. Als wenn mir nichts, aber auch gar nichts heilig wäre. Beziehungsweise peinlich. Ditte – lässig, unrasiert, bezopft, in seinem unvermeidlichen Hawaiihemd der unbekümmerte Freak aus den unbekümmerten Siebzigern – mochte sich des ungeschliffenen Kerls da neben ihm mit der Plastiktüte wohl schämen –, missbilligend schüttelte er den Kopf. Doch nichts zu machen: Verbarg ich doch meinen elenden Aldi-Koffer nicht nur nicht, sondern zeigte ihn auch noch her. Nun warf auch der bärtige Hanno – in verschwitztem Sweatshirt und mit verrutschter Jeans halb überm Arsche, Kimme sichtbar (schweißtriefend übrigens deswegen, weil gerade zusammen mit Ditte erfolglos um das Hotel herum zwei Trickdieben hinterhergehastet, die ihn beim Schwarztauschen um 200 Eier – die Hälfte, 100, waren von Ditte gewesen – erleichtert hatten, also auch nicht gerade ein Ausbund an einwandfreier Seriosität, dieser Herr) – Hanno also, nun wirft auch er einen Blick hinüber: »Was is?« »Keine Ahnung, was Ditte hat. Ist doch nur 'ne Plastik-Tüte …« »Ja eben!«, darauf der. Während ich, leerlaufende Monumentalität und vergilbten Aufwand von vorvorgestern im Blick, gedacht haben mochte, passt in den Schuppen doch super, die Tüte. Passt wie 'ne Vogelspinne auf 'ne Sahnetorte, haben die anderen dagegen gedacht – beziehungsweise hätten sie denken können, wäre ihnen diese Formulierung von Raymond Chandler nur ins Hirn gerutscht. Jedenfalls, sie lifteten die Brauen, die zwei, verdrehten die Augen und schauten so vorwurfsvoll, wie zwei wie sie eben nur vorwurfsvoll schaun können …

Im Aufzug nach oben dann des Tütenträgers großer Auftritt: »Was habt ihr denn? Begreift doch: eine Aldi-Tüte – das heißt doch in Polen, man war bereits im Westen, in Deutschland, man hat dort bereits kostbares Geld gelassen. Man ist also wer.« »Ja, schon«, begann Hanno, »aber …« »Nix aber.« Genau, was könnte, was sollte an einer Aldi-Tüte denn ehrenrührig sein? Die Aldi-Tüte: ein negatives Distinktionsmerkmal? So was ist doch so was von passé … Im Gegenteil – ist eine solche Tüte nicht allemal ein Zeichen von Weltläufigkeit, mondän geradewegs geradezu?

Wir noch mal rein in die Coburger Altstadt. Jablonski ersteht für seine Ziehtochter, deren Geburtstag bevorsteht, etwas Hölzernes, ein Vogelhäuschen mit zwei geschnitzten, schnäbelnden Figürchen, Vögeln wohl, im Loch. Kitsch zwar – doch gut gemacht. Beziehungsweise gut gemeint.

Sodann übern Markt – mitten drauf Albert, Gemahl der englischen Königin Victoria. Nicht echt natürlich, der Albert, sondern »nur so 'ne Bronzefigur«.

Viktoria oder: Was eine Majestät alles bewirken kann

Mag der Albert aus Metall auch Ulf nicht sonderlich beeindrucken – die Queen, sie hat ihren Albert geliebt. Jene Victoria, nach der das über ein halbes Jahrhundert währende und im Gedächtnis haftengebliebene »Viktorianische Zeitalter« benannt wurde – Höhepunkt der Macht des einstigen britischen »Empires«. Sie und ihr Albert von Sachsen-Coburg und Gotha, beziehungsweise nach dessen frühem Ableben der »Hochlanddiener« John Brown, ein jagd- und reitkundiger Schotte, sollen aber, schenkt man jüngsten Erkenntnissen Glauben, gar nicht so »viktorianisch« gewesen sein, wie's die Legende will und das Wort vermuten ließe …

Vielleicht eine der positivsten Folgen von Victorias Regentschaft – zumindest für den Kontinent, der dergleichen bis dahin nicht kannte – war eine Hygiene-Innovation, ja manche sind gar geneigt, von einer veritablen *Revolution* zu sprechen: Wurde doch im Jahre 1860 die erste deutsche Toilette mit Wasserspülung hier in der Ehrenburg für die Königin installiert, aus England hatte man das WC kommen lassen, ausschließlich dem königlichen Allerwertesten war es zugedacht.

Zurück in die Gegenwart und damit zu dem, was *vor* jedem »dahin, wo die Königin zu Fuß hingeht« kommt: zum Essen beziehungsweise zu der diesem vorangehenden Nahrungsbeschaffung. Da können die Aldi-Märkte – auch wenn sie inzwischen Frischware anbieten: Grünzeug, Fruchtiges – sich so lange »Markt« nennen, wie sie wollen: echte Stände, echtes Gemüse und Obst aus der Gegend, echte Marktschreier wie hier auf dem Coburger Markt, persönliches Einpacken des persönlich Abgewogenen – an all das kommen Selbstbedienungsmärkte natürlich nicht im Entferntesten ran.

»Haben Sie auch Gurken?«

»Ja, welche?«

»Bauerngurken.«

Dialoge das, die das Ohr mit Schmunzeln vernimmt. Auch solch betulichen Wortwechsel bekommt man unter Kunstlicht naturgemäß kaum zu hören. Muss doch beim Aldi immer alles zackzack gehen. Zeit ist eben Geld. Das die Hartz-IV-Empfänger und Aldi-Kunden-Nummer-1 ja eigentlich nicht haben – und, im Umkehrschluss, also Zeit, Zeit *en masse*. Doch die haben wiederum die Aldi-Verkäuferinnen nicht: Sie stehen unter Stress, müssen ran, schuften. Und so passt halt nix zusammen, kommt halt kein zünftiger Plausch mehr zustande.

Am Markteck eine Bude, in der Coburger Bratwürste auf weiblichen Kiefernzapfen geröstet werden. Wir hatten schon nicht mehr drauf zu hoffen gewagt … Nun also scheint es doch noch ein gutes Ende zu nehmen mit jenen Zapfen, nach denen wir uns gestern Abend bereits sehnsüchtig – Jo hatte uns den Mund wässrig gemacht! – verzehrt hatten. Doch in der »Loreley« verzichten sie ja auf diese Zubereitungsart. Ein Fehler, wie wir jetzt sehen. Ulf, sogleich bestellt er eine Wurst vom Rost. Mit Vertikalschnitt im Brötchen. Anheimelnd riechen tut's …

Die Coburger Wurst
Sie ist einzigartig. Denn sie darf als einzige deutsche Wurst rohe Eier als Bindemittel enthalten. Ob das ihren speziellen Geschmack ausmacht? Oder ist's der leichte Hauch nach frischer Zitrone? Oder der hohe Anteil an Kalbfleisch? Eine stolze Länge weist die Coburger auf. Bevor man sie auf den Grill legt, misst sie einunddreißig Zentimeter. Welche andere Wurst kann da schon mithalten? Damit sich die hiesigen Metzger nicht vertun, gilt für alle Zeiten die Länge des Marschallstabes des »Bratwurstmännles« auf der Spitze des großen Dreieckgiebels des Coburger Rathauses als Maßstab.

Ulf hält die Wurst in den Himmel und blinzelt ins Licht.

»Könnte hinkommen.«

Nacheinander beißen wir in Ulfs Wurst. Nicht schlecht, das Teil. Die Kombination »weibliche Zapfen, männliche Wurst« ergibt das rechte Yin und Yang, eine knackige Würze, wie sie uns kaum je bei einer anderen Wurst untergekommen.

»Wo kriegen Sie die weiblichen Kiefernzapfen denn her?«

»Da haben wir so unsere Leute …«, wird uns beschieden.

Ja denn. Lassen wir den Leuten beziehungsweise den Leuten der Leute halt ihr Geheimnis. Sonst wär's ja auch keins mehr. Und *wir* würden reich – durch Coburger-Würste-Braterei.

»'ne Pommesbude leiten is gar nich so schlecht«, lässt Jablonski, Zeigefinger erhoben, Wurst mampfend, sich vernehmen. »Haste immer was zu schnabbeln.«

»Und soziale Kontakte.«

»Und soziale Kontakte, du hast es.«

Das Stadthaus durchzieht ein Gang mit Geschäften links und rechts. Wir hinein. Ulf frotzelt »Stichkappe«.

Ich: »Nee, mein Bester. Schildbogen.«

Mit Architekturbegriffen, die er von mir hat, zieht Ulf mich immer wieder gern auf. Ich kenne seine Scherze natürlich schon. Kurz ist Jablonski verschwunden. Dann ist er wieder da. Etwa schon der Wirkung der Wurst nachgebend, den Kiefernzapfen, den weiblichen?

Wir die Fußgängerzone runtergekegelt.

»An dem Tor« – es ist das Spitaltor – »waren wir doch gestern schon …«

»Nee, das war nich hier, das war in Saalfeld.«

»Ach so.«

»Aber ›gestern‹ stimmt.«

»Haha.«

Bei dem, was wir so alles sehen und runterreißen, können einem ’n paar Tore schon mal durcheinandergeraten.

Ein Designladen verleitet Jablonski, reinzuschauen, hineinzugehen, schlussendlich gar was zu erwerben. Denkt eben immer an seine Leute zu Hause, an Mitbringsel, der Gute.

»Das Einfachste ist das Teuerste«, bemerkt einer von uns übrigen drei, die wir vor dem Schaufenster stehen bleiben, in dieses hineinspähend, modischen Tand ohne Ende vor Augen.

»Bei Aldi ist's genau andersrum.«

Das Aldi-Betriebsgeheimnis

Wie kann Aldi so billig sein? Weil der Discounter sich zwar zum Teil mit äußerst geringen Verdienstmargen begnügt, doch aufgrund seiner Marktmacht einen hohen Warenumschlag hat? Macht's also letztlich vor allem die verkaufte Menge?

Aldi ist kein Spaßverein. Genauestens werden alle internen Abläufe, werden Logistik und Energieeffizienz, genauestens werden die Kosten kontrolliert: aufs Äußerste wird das Sparpotential ausgereizt. Das eigentliche Geheimnis aber, der Information eines Aldi-Angestellten aus dem Internet zufolge, ist mit dem Wort »Zahlungsziel« umrissen. Die Hersteller und Lieferanten der Waren, die bei Aldi gelistet sind, haben vom Discounter diktierte Abrechnungsmodalitäten zu akzeptieren. Aber was tut einer nicht alles, um bei Aldi im Regal zu liegen: Der Handelsriese gilt als »hart, aber fair«, hier verdirbt nichts, hier ist hoher Absatz garantiert …

Der Clou: Erst geraume Zeit nach Auslieferung der Produkte an die Aldi-Filialen wird den Lieferanten der Rechnungsbetrag überwiesen. Die Einnahmen aus dem Ladenverkauf landen zwischenzeitlich auf der Bank, Aldi ist liquide, benötigt keinen Kredit und profitiert von den Zinsen.

Ausgefuchst, das Modell, möchte man meinen. Problematisch wird's allerdings, wenn Geld billiger wird, wenn also wenig Zinsen anfallen für Bankeinlagen. Das niedrige Zinsniveau – ist es der Grund dafür, dass Aldi 2009 einen Umsatzrückgang von vier Prozent zu verzeichnen hatte? Und Lidl immer mehr aufholt?

Wir weitergetrottet. Auf Anraten eines älteren Herrn im Anzug, der die versammelte Mannschaft vor der Auslage der Coburger Hofbäckerei unschlüssig rumstehen sieht, betreten Jo und Jablonski den Laden, um sich drinnen mal umzusehen, vielleicht was abzustauben. Uns anderen zwei reicht der Staub draußen, und so lauschen wir derweil dem, was der freundliche Coburger, der freilich längst nicht mehr hier wohnt, alles über hier zu erzählen hat.

Als die anderen mit Spezereien für ihre Liebsten – Plätzchen – irgendwann wieder auf der Bildfläche erscheinen, plauscht der Herr immer noch, mittlerweile einen guten Metzger (Hofmetzger) und dessen vorzüglichen Presssack preisend.

Ulf zu ihm: »Weißwürscht sind auch nicht schlecht.«

»Ja, wenn man nix anders kennt …«

Wir schlendern weiter. In einem Ladenfenster, während Jablonski eine der immer seltener aufzutreibenden Telefonzellen ausprobiert für einen Ruf nach Hause, entdecken wir Coburger Bratwürste aus Marzipan. Für Vegetarier. Schräg gegenüber ein Schild an einem alten, unbewohnten Haus: »Baggern Bauen Bummeln«. Das sind noch Werbetexte – Hauptsache B! »Zu blöd für um aus 'm Bus zu gucken …«, hätte Jablonski dazu anmerken können – doch der ist ja grad nicht da. Na, soll wohl bedeuten, die Wortfolge, dass erst gebaggert und gebaut wird, um dann im Neuerbauten herumzuschlappen, zu bummeln eben.

Dann ist Jablo wieder bei uns – und sichtet sogleich ein Blutdruckmessgerät im Schaufenster. Schön für ihn – doch was sollen wir andern damit? So was, wenn Jablonski sieht und sagt, überlegt er sich immer erst hinterher …

Einer nimmt ein Rad in zwei Hände, vier kriegen vier Räder untern Hintern … Und ab dafür! Richtung Thüringen, von welchem Coburg und das Gebiet rundrum früher ein Teil war. Bis man sich dort für Bayern – nicht Franken! – entschied. Und so kam Coburg zum Westen. Beziehungsweise zum Süden, ins Reich Karls. Und deshalb wohl auch, der Bayern-Verbundenheit wegen, bekommt man in Coburg überall nur bayrisches und kein fränkisches Bier.

In Bad Rodach kurzer Halt. Jablonski verspürt ein Bedürfnis nach Cola, geht diesem Bedürfnis nach und betritt einen Laden am Wegesrand. Standard-Aldi, wie standardmäßiger nicht ausdenkbar. Ausgerechnet in der Kantstraße, das Ding. Kann sich der Denker ja nicht gegen wehren, posthum schon gar nicht.

Obwohl, recht bedacht, haben die Aldi-Brüder Kants kategorischen Imperativ doch tief verinnerlicht: »Handle stets so, dass die Maxime deines Tuns …« Beziehungsweise populärer:

»Was du nicht willst, das man dir tu, das füg auch keinem andern zu.« Sparsam sind sie selbst, die Brüder. Sparsam sind ihre Läden. Sparsam sollen auch ihre Kunden sein. Und sind es – warum sonst kauft einer schon bei Aldi ein?

»Wegen der tollen Produkte!«

»Au wei.«

»Nicht schon wieder Haselnusscreme, nicht schon wieder Hasel …«, tönt es mir von allen Seiten entgegen.

Na gut, geb ich mich geschlagen halt. Löffel ich die guten Flüssignüsse, schieb ich den Brei halt künftig und für alle Zeiten mutterseelenallein in mich rein.

Wir wieder losgezwitschert. In Hildburghausen – ohne es überhaupt zu registrieren, haben wir ein weiteres Mal die ehemalige deutsch-deutsche Grenze passiert – entdecken wir einen Aldi ganz verschämt im Eck … und lassen ihn dort liegen.

»Deutschland ist ein schönes Land.«

»Aldi ist ein schöner Shop.«

»›Shoppen und Ficken‹.«

»Ein schöner Titel, ja.«

Halten auf einem länglichen Freiraum, dem »Markt«, der sich vom Hildburghauser Rathaus – schlichte Renaissance mit seitlich angepflanztem Treppenturm, oben mit »Bullaugen«: Okuli – weg erstreckt. Behäbige Bebauung allseits, Fensterkreuze.

Die Stühle des Eiscafés »Firenze« haben's uns angetan. Erst mal pausieren, Ruhe tanken. Unsre Eisdiele hatte, gleich den Aldi-Brüdern vor Jahrzehnten, auch bereits eine Filiale aufgemacht, wie wir erfuhren. Musste jedoch, dem italienischen Kellner zufolge, der uns bedient, mangels Kontrolle wieder dichtgemacht werden, die Nebenstelle.

Haben die Angestellten das Eis etwa selber vernascht? Die Spaghetti? Bis zum finalen Ruin? Es wird uns nicht recht klar – doch können wir den Kellner nicht fragen, ist er doch schon wieder weg, der Mann.

Kontrollfreaks, sagen wir uns, sind auch die »Aldianer«. Natürlich, ohne eine gewisse geht's nicht.

»Da musste knallhart Realist sein.«

Sonst sind die ganzen schönen Produkte den Brüdern mit einem Male unterm Hintern weggeklaut.

»Die Haselnusscremes.«

Und was dann?

»Dann sin se weg.«

Jablonski weiß es. Was wären wir nur ohne ihn?

»Was wären wir ohne uns?«

»Weg.«

Ulf, er weiß auch was.

Die Dunkelgräfin

In diesem Städtchen also, in Hildburghausen, hat sie gelebt, mehr als fünfundzwanzig Jahre, zurückgezogen, weltabgewandt, scheu wie ein Reh. Eine mysteriöse Frau, die Dunkelgräfin. Wer sie tatsächlich gewesen war, darüber wird immer noch spekuliert, regelmäßig finden Symposien statt, die sich mit dieser Frage beschäftigen. Eine genetische Untersuchung wurde bislang nicht durchgeführt, so fehlt der letzte Beweis. Viele aber sind sich dennoch sicher: Bei der Dunkelgräfin handelt es sich um niemand anderen als um Marie Thérèse Charlotte von Frankreich, eine waschechte Königstochter. Zu Versailles geboren, war ihr Vater König Ludwig XVI. von Frankreich, ihre Mutter seine Gemahlin Marie Antoinette von Österreich. Kurz vor Weihnachten, am 19. Dezember 1778 kam Marie Thérèse Charlotte zur Welt, als erstes Kind des Königspaares. Elf Jahre später blies man zum Sturm auf die Bastille, die Revolution hatte begonnen. In einer Nacht- und Nebelaktion versuchte die königliche Familie zu fliehen – auf und davon durch eine Tapetentür. Ihren Feinden konnte sie dennoch nicht entgehen, »Königs« wurden gefasst und arretiert, Vater und Mutter kamen schließlich unters Fallbeil. Die junge Prinzessin hielt man im Pariser Temple gefangen; dort wurde sie, so wird vermutet, Opfer einer Vergewaltigung – eine Schwangerschaft war die Folge. Um den Skandal zu vertuschen, tauschte man sie gegen eine andere Frau aus. Madame Royale aber musste sich fortan verstecken. Ein holländischer Diplomat wurde ihr als Beschützer zur Seite gestellt, mit diesem floh sie durch verschiedene deutsche Städte, verfolgt von Napoleon, der sie aus anti-royalistischen Gründen gerne an den Pranger stellen wollte. Sie sei ihrer Mutter zum Verwechseln ähnlich gewesen, rasch hätte man die Zusammenhänge erraten. Die Flucht endete schließlich in Hildburghausen, wo sie tief verschleiert am 7. Februar 1807 zusammen mit ihrem Begleiter eintraf. Hier führte sie ein völlig abgeschiedenes und geheimnisvolles Leben, keinem Menschen hat sie jemals ihr Gesicht gezeigt. Als sie mit 59 Jahren verstarb, begrub man sie in aller Stille auf dem Friedhof von Eishausen, eine einsame, zutiefst verstörte Frau: die Dunkelgräfin.

Jablonski wartet auf seine warme Mahlzeit.

Der Ober: »Spaghetti muss man kochen.«

Wohl wahr. Wir anderen nehmen Eis. Das braucht man nicht zu kochen. Sollte man nicht einmal.

»Apropos Nudeln – wisst ihr, wie Christoph mal Nudeln hat machen wollen bei mir …?«

Und jetzt bringt Jablonski die uralte Schote, wie ich einmal bei ihm im Apartment, in dem ich mich, da wir nur ein paar Blocks voneinander entfernt wohnten seinerzeit, oft aufhielt, ganze Tage, da ich nur ein Zimmer in einer Zweck-WG hatte, der Kumpel aber eine komplette, wenn auch nicht allzu große Wohnung; ganze Tage haben wir unsre Zechtouren dort im Erdgeschoss eines Fünfzigerjahre-Baus ausklingen lassen, während in der Glotze das Schichtarbeiterprogramm lief. Die Schote also bringt Jablo nun, wie ich einmal bei ihm Nudeln essen wollte. Beziehungsweise kochen. Beziehungsweise braten … Also, es war so, Jablo wollte ein Bad nehmen und meinte zu mir, ich möge mich doch schon mal um die Nudeln kümmern, die wir zum Mittagessen verputzen wollten. Gut, ich gekümmert. Nehm ich eine Pfanne, Margarine rein und rauf auf den Herd damit, Hitze an. Schnapp mir dann das bereitliegende Paket Aldi-Stangennudeln, brech sie fachgerecht in der Verpackung mittendurch, wie ein Dreisternekoch, dass sie nicht so lang sind, die Dinger. Und schütte dann die Stängelchen in die Pfanne, in der die Margarine gerade zerfließt …

»Wahnsinn.« Ulf ist platt. »Und, habt ihr's dann gegessen, die Nudeln?«

»Ich hab's versucht«, bekenne ich, und es stimmt wirklich, ich hab's versucht. »Aber waren zu hart.«

»Seitdem kochst nimmer.«

»Seitdem nimmer.«

Und da kommen auch schon Jablos Spaghetti angetanzt. Der probiert: *al dente* natürlich, wie's *al dentiger* nimmer geht, die zarten Ringelschlangen.

»*Bellissimo!*«

»Kartoffeln sind übrigens genauso blöd wie Nudeln … Musste auch erst kochen, bevor de se braten kannst.«

»Außer bei Gratin – Kartoffelgrateng …«

Wirft Jablonski ein und verschluckt sich fast an seiner Gabel.

Klar, auch er ist des Kochens mächtig; Jo betätigt sich ebenfalls hobbymäßig in diesem Fache und sogar Ulf bringt in seiner Küche, macht er sich die Mühe, eine warme Mahlzeit zustande. Nur ich bin der radikale Roh-Schlucker in unsrer Runde. Immerhin – Bratkartoffeln hab ich mir ein-, zweimal gebrutzelt. Daher möglicherweise auch die Idee mit der Pasta direkt in die Pfanne; hatte ich vielleicht insgeheim Lust auf – Spaghettigratin?

Wie sagte in der Fernsehserie »Männerwirtschaft« Felix, der Feinkoch, zu seinem Wohngenossen, dem Schlamper: »Na Oscar, haste dir wieder dein Lieblingsessen gemacht, Spaghetti mit Pommfritz?«»

»Pommes«, meldet sich Jablo abschließend zu Wort, »Pommes muss man auch nich kochen …«

Auf der Toilette Staunen über den Erfindungsgeist hierorts. Statt teure Spezialeinsätze als Kippensieb zu benutzen, wurden kurzerhand billige weiße Fliegenklatschen vom Stil befreit und in die Urinoirs gesteckt. Muss man erst mal kommen, auf so was.

Wir wieder aufgesessen. Bald regnet es, und bälder noch regnet es mehr und mehr. Fahrt durchs tropfnasse Thüringer Land.

Eintreffen in Meiningen. Im ehemaligen Stadtknast übernachten jetzt zahlende Gäste und nicht länger zwangsweise einquartierte. Parken vor einem Restaurant, dem »Schlundhaus«, einem wiederhergerichteten Neorenaissancebau mit bis ins Dachgeschoss hinein sich verbreiterndem, reich verziertem Holzerker. Innenausstattung leider jüngeren Datums – Tresen und Mobiliar aus Eiche, deutscher. Geschmacksunsicherheiten, wo man geht und steht oder hockt. Muss es denn immer Eiche sein, um was herzumachen? Muss man überhaupt protzen? Macht Aldi was her? Imponiert Aldi nicht mit dem Gegenteil: mit Pressspan und Schleiflack – mit Sparta?

Wie viel fehlgeleitete Rekonstruktion immer – der Leib verlangt sein Recht. Also werden von drei Mann Klöße geordert. Mann Nummer vier will nichts mehr – hatte sich ja schon mit Pasta den Wanst vollgeschlagen, der Klops.

Die Thüringer Klöße

In der Küche des »Schlundhauses«, des Meininger Traditionsgasthofes, wurden sie der Legende nach erfunden, mitten auf dem Aldi-Äquator, die berühmten Thüringer Klöße. Natürlich muss diese Spezialität probiert werden, denn »*When in Rome, do as the Romans do*«. Es handelt sich hierbei um Bällchen, die ohne jede Beilage daherkommen, auch ohne Fleisch, pur, nur in dunkler Soße schwimmend. Voll der Vorfreude und mit bestem Appetit machen wir uns über die goldgelben Kugeln her, ungewohnt aber ist für unsre nichtthüringischen Gaumen die Konsistenz der Klößchen. Kleben doch die Dinger hartnäckig im Mund, an den Zähnen. Vermutlich muss das so sein; die Grundsubstanz scheint aus ausgesprochen feuchten Kartoffeln mit hoher Bindekompetenz zu bestehen. Im Kugelzentrum dann eine Überraschung: kleingeschnittene Semmelwürfel purzeln uns entgegen … Was haben kleingeschnittene Semmelwürfel in einem Kartoffelkloß zu suchen? Unsre Vermutungen gehen in verschiedene Richtungen. Einer mutmaßt, die Brotstückchen sollen die Feuchtigkeit im Inneren binden, ein anderer hingegen meint, man habe die Bröckchen hineingetan, damit der Gast wisse, wann der Mittelpunkt des Knödels erreicht sei …

»Hütes« nennt man die Klöße hier. Alljährlich Anfang Juli findet in Meiningen zu Ehren der Rundlinge ein großes Fest mit Umzug statt. Höhepunkt der Feierlichkeiten ist von alters her das Hütes-Ritual. Die »Hütes-Holle«, deren Legislaturperiode drei Jahre dauert, übergibt dem Bürgermeister das Kloßrezept mit den Worten:

»Du Sohn uralten Stadtgeblütes,
hier hast du das Rezeptum. Hüt es!»

Was Frau Holle in Meinungen verloren hat? Der Sage nach kam die heidnische Göttin einmal zu Besuch ins Schlundhaus, um den Wein der Gegend zu probieren. Dieser aber schmeckte ihr so sauer, dass sie vor Ärger alle Trauben Meiningens erfrieren ließ. (Märchenfreunde erinnern sich: Frau Holle kann es kräftig wintern lassen!) Da Frau Holle aber nicht nur eine strenge, sondern zugleich eine gütige Göttin war, hat sie dem Schlundhauskoch zum Ausgleich das Geheimnis verraten, wie man aus Kartoffeln einen Kloß machen kann, eine aufwendige Prozedur. Teils muss man rohe Kartoffeln reiben, teils gekochte zerstampfen, den Teig sodann mit den gerösteten Brötchenwürfeln füllen, die Kugeln drehen und rasch in exakt temperiertes Wasser – heiß, nicht kochend! – legen. Steigen die Klöße an die Oberfläche, sind sie verzehrbereit.

Artig mampfen wir unsre Klöße zu Ende, vielleicht hätten wir sie doch mit Schweinebraten bestellen sollen. Während drei sich an mehr oder minder fester Nahrung gütlich tun, labt Jablonski sich an Bier. Bald sind wir alle, jeder auf die seine, gekräftigt und purzeln wieder nach draußen.

Vor einem Laden ein komischer Kopf aus Ton mit hochgezogenen Augenbrauen. Kunst? Oder doch mehr künstlich? Ob's am Bierverzehr liegt und deswegen gesunkenen Hemmungen – Jablonski jedenfalls kann nicht widerstehen.

»Für innen Garten.«

Seine Liebste, Gärtnerin aus Passion, soll's wohl freuen – beziehungsweise »wird sich schon dran jewöhn'«.

Sodann in die evangelische Stadtkirche rein. Ursprünglich romanisch, mit gotischem Chor – doch zu Zeiten des Historismus umgebaut.

Rasch also wieder raus aus dem Gotteshaus und um ein paar Blocks der Innenstadt rum. Von oben gießt's Kannen, unablässig. Viel Gründerzeit und Biedermeier unten. Kaum Fachwerk. Einstöckige Erker, »Chöre«. Leerstand zum Teil. Vieles bereits farbig wieder aufgehübscht.

Nicht lange, und wir hocken wieder im Trockenen, unterm Autodach. Es schüttete so – so haben wir uns das Meininger Schloss erspart, sind lediglich dran vorbeigerauscht …

Bretter, die die Welt bedeuten

Provinz? Gibt es die überhaupt? Schon in Coburg ein prächtiges Theater, ein Dreispartenhaus: Oper, Ballett und Schauspiel. Gut, mag man denken: vom Freistaat Bayern finanziert als Dank für den freiwilligen Übertritt der Coburger per Volksentscheid in den zwanziger Jahren. In Hildburghausen dann jedoch die nächste Überraschung: ein ansehnlicher Theaterbau, jüngst liebevoll renoviert. Eines der ältesten bespielten Theater überhaupt. Bereits 1765 wurde dort zudem eine Schauspielschule eingerichtet; sie gilt als die erste Deutschlands. In der Kleinstadt Hildburghausen. Provinz? Vor Zeiten zumindest nicht.

Und nun in Meiningen dieses eindrucksvolle Theatergebäude, dessen mächtiger griechischer Portikus einer Großstadt zur Ehre gereichte. Der Fürst höchstpersönlich hat diese Stätte der darstellenden Kunst zur Blüte geführt: Herzog Georg II. von Sachsen-Meiningen, unzufrieden mit der Aufführungspraxis seiner Zeit, übernahm mit seinem Regierungsantritt 1866 die Leitung der Spielstätte und begann, Stücke werkgetreu aufzuführen, vorbildlich für die damalige deutsche Theaterszene. Und heute? Wenn auch fern der Metropolen, so mag einer doch auch hier, in der sogenannten Provinz, hoher Bühnenkunst begegnen – und sich betroffen sehen, alle Fragen offen. Oder beglückt. Oder gar beides.

In Meiningen wieder Aldi Nord. Wie schon gewohnt: vor diesem keine Bepflanzung. Sind eben Knauser, die Nordlichter. Wie lästern die Südler im Konzern: Bei Aldi Nord wird erst dann ’n Einkaufswagen ausgewechselt, wenn auch das letzte Rädchen abgerostet ist.

Am Ortsausgang Fachwerk der sogenannten guten alten Zeit auf Untergeschossen aus Stein. Auf einmal ein graues Jugendstilhaus.

»Ulf, guck!«

»Wo denn?«

»Zu spät, schon dran vorbei …«

In der Tat – Ulf hat seinen Hals zu spät rumgeruckt, hingereckt. Und das Sehenswerte, es zischt, unbeguckt von ihm, davon – davon auf Nimmerwiedersehn in den Abgrund von Raum und Zeit.

Ulf, ärgert er sich? Wenn, dann wohl weniger des Verpassten wegen, sondern vielmehr, weil er Ausrufezeichen nicht abkann, Aufforderungen, die bei ihm als Befehle ankommen. Ich wiederum kann's nicht lassen – gelegentlich muss ich ihn necken!

Bei Unterkatz und Oberkatz Umleitung. Das Navi – die Stimme des Geräts, sie nervt zu sehr, wir haben sie längst abgeschaltet – wird ganz nervös und streikt schließlich. Vom herabfallenden Nass behindert? Können Regenwolken Signale aus dem Orbit dämpfen? Fünf Satelliten maximal stehen zur Verfügung, man sieht auf dem Display, wie viele aktiv sind. Nicht schlecht, sollte man meinen. Aber nicht jede Umleitung kann naturgemäß drin sein in diesem – ansonsten – Wunderwerk der Technik …

Kurz vor Tann Pinkelpause für Ulf. Der steht da am Straßenrand mit gesenktem Kopf, Rücken zu uns. Wir bleiben im Auto. Wir müssen nicht.

»Kein schönes Bild«, konstatiert Jablonski.

Mag sein. Aber muss sein. Bedürfnisse kommen und gehen wie sie wollen.

»Wer scheißt, hat recht.«

Jo, er spricht's aus.

»Doch davor musste erst mal was einwerfen. Und wer verdient dran?«

»Der LEH.«

»Wer?«

»Der Lebensmitteleinzelhandel.«

»Ah so. Habt also alles richtig gemacht, Karl und Theo!«

»Retail Business in Deutschland«

Ist es so einfach? Worauf beruht der Erfolg von Aldi, der erstaunlich beständige Erfolg dieses Discounters? Worin besteht das »Aldi-Geheimnis«? Wie lautet die Erfolgsformel? Gibt es überhaupt eine? Oder gar mehrere?

Das Buch »Retail Business in Deutschland« sollte Antwort geben können. Kein Taschenbuch, ein Wälzer! Untertitel: »Mit Berichten und Fallstudien von Conley's, DocMorris, Lush, Metro, Zara und Aldi«. Klingt abschreckend? Jo hat sich das Zeug zugemutet. Hier sein Bericht:

Eine kleine Lerneinheit in Betriebswirtschaftslehre, Einblicke wissenschaftlicher Art in das Aldi-System? »Die Gebrüder Albrecht ...«, beginnt der Autor seinen Aufsatz über Aldi. Eine wissenschaftliche Veröffentlichung, die so märchenhaft anfängt, verspricht unvermutet unterhaltsam und für den Nichtfachmann nicht allzu kompliziert zu werden. Und tatsächlich: Die Gedankengänge des Wirtschaftsexperten sind sämtlich gut nachvollziehbar. Herr Brandes, so der Name des Verfassers dieser Abhandlung, schildert zunächst das vergebliche Bemühen der Konkurrenz, Boden gegenüber Aldi gutzumachen. Der zentrale Grund für die Vergeblichkeit dieser Anstrengungen sei psychologischer Natur. Forscher hätten herausgefunden, dass die meisten Konsumenten von der Vielfalt der Angebote bei einem »Vollsortimenter« erschlagen würden. Amerikanische Wissenschaftler ließen zufällig ausgesuchte Kunden an einem Schokoladenregal vorbeilaufen, in dem vierundzwanzig verschiedene Sorten angeboten wurden. Die Vergleichsgruppe hingegen kam an einem Regal vorbei, auf dem sich lediglich sechs Sorten befanden. Erstaunliches war zu beobachten: Zwar blieben deutlich mehr, nämlich sechzig Prozent der Kunden vor dem Schoko-Wunderregal stehen und nur vierzig Prozent vor dem überschaubar bestückten – jedoch griffen die Kunden bei Letzterem vielfach häufiger zu als beim Schoko-Wunderland. Was folgt daraus? Auswahl macht zwar Spaß, ist aber auch anstrengend: sieht der Kunde sich doch der berühmten »Qual der Wahl« ausgesetzt. Man befürchtet, bei so vielen Möglichkeiten vielleicht den falschen Griff zu tun. Bei nur sechs unterschiedlichen Schokoladensorten hingegen fällt die Entscheidung bedeutend leichter. Das Aldi-Prinzip eben: Weniger ist mehr.

Weiterer Vorteil von Aldi: Während die Konkurrenz sich auf komplizierte Berechnungsmodelle, ausufernde Statistiken und externe Marketingstrategen verlasse, setze Aldi nur auf eines: auf seinen gesunden Menschenverstand. Der sei letztlich allen wissenschaftlichen Theorien überlegen und mache den Aldi-Erfolg aus.

Und noch ein weiterer Aspekt sei wichtig, und hierfür stehe ein Satz aus »Der kleine Prinz« von Saint-Exupéry: »Das Wesentliche ist für das Auge unsichtbar.« Dieses Wesentliche, für das Auge Unsichtbare, sei Aldis spezielle Unternehmenskultur, welche sich fundamental von der der Wettbewerber unterscheide, denn die Aldi-Kultur sei durch Normen und Werte geprägt. Normen und Werte? Jetzt wird's spannend. Wie hat Herr Brandes das wirtschaftswissenschaftlich herausgefunden? Er führt zum Beweis dieser These ein anschauliches Beispiel an. Aldi versuche niemals, seine Kunden zu täuschen oder zu übervorteilen. Das jedoch würden viele Konkurrenten probieren, speziell mit Produkten, bei denen man herausgefunden, dass der Kunde keine genaue Preisvorstellung von ihnen habe. Waren des täglichen Bedarfs, bei denen der Kunde sich auskenne, würden preiswert angeboten, wenig bekannte Produkte aber bewusst überteuert. So übervorteile der Händler den Verbraucher und steigere seinen Profit. Bei Aldi demgegenüber werde jeder angebotene Artikel so preiswert wie möglich angeboten, ohne an der Qualität Abstriche zu machen. Der Verbraucher wisse dies, wodurch sein Vertrauen zu Aldi über die Jahre gewachsen sei. Darauf gründe Aldi letztlich seinen Erfolg: auf Vertrauen! Dieses Vertrauen aber sei nicht zu kopieren, weil es auf den Persönlichkeiten der Gebrüder Albrecht fuße. Und dann zitiert Brandes den Philosophen Seneca: »Jeder, der einem anderen nützt, nützt sich selbst!« Donnerwetter! Eine erstaunliche Analyse für ein ökonomisches Fachbuch. Antoine de Saint-Exupéry und Seneca als Kronzeugen!

Wer ist denn eigentlich dieser Herr Brandes? An welcher Universität mag er lehren? Aha, da steht's: Dieter Brandes, Jahrgang 1941, Diplom-Kaufmann. Langjährige Erfahrungen im Top-Management des Lebensmittelhandels und der Nahrungsmittelindustrie. 14 Jahre Geschäftsführer und Mitglied des Verwaltungsrates Aldi Nord.

Schluck. Ein Aldi-Kaufmann, der über Aldi spricht. Was ist davon zu halten? Grübel, grübel. Sind seine Aussagen deshalb weniger wert oder, im Gegenteil, weil er doch ein Aldi-Insider ist, noch wertvoller? Was, wenn Uli Hoeneß über Bayern München schreiben würde? Oder über die Wurstherstellung? (Übrigens auch bei Aldi im Sortiment, dessen Wurst.) Ob uns dann auch Bayern München –

oder die Wurst – als Vorkämpfer für Normen und Werte erschiene? Nun, man kann Herrn Brandes keinen Vorwurf machen, jede Mutter lobt ihre Butter. Ob aber dann nicht wenigstens der Herausgeber des wissenschaftlichen Werkes ... oh je, der war Marketing-Direktor beim Otto-Versand!

Wissenschaft hin oder her – bei Aldi jedenfalls geht man seit jeher nach dem Prinzip von Versuch und Irrtum vor. Auch wir versuchen, komme, was da wolle, und seien es Irrwege, voranzukommen, dringen wieder auf westdeutsches Gebiet vor – Hessen hat uns. Weite Wiesen mit Blumen drauf sind zu sehen: Löwenzahn, Margeriten, Schafgarbe ... Streuobstgärten auch.

Der Ort Tann ist klein, liegt »schepps« am Hang, hat ein Schlösschen und ein Freilichtmuseum, das wir uns – der Regen – sparen. Im Café »Kanne« Kaffeepause. Unglaublich viele Kaffeebehältnisse baumeln hier von der Decke. Keine zwei seien gleich, tönt Ulf vorschnell. Indes, der Genauhingucker unter uns entdeckt sogleich zwei gleiche. Stimmung im Eimer – zumindest bei Ulf. Bis der Kaffee kommt. Dann grinst er wieder breit, unser Mann vom Beifahrersitz.

Zwei Röhnbezwingerinnen mit Rucksack, die, eigener Aussage zufolge, bereits auf der Wasserkuppe, der höchsten Erhebung im Umkreis, waren, lassen die Nässe ihrer Klamotten unter dem Kaffeehausdach ein wenig verdunsten. Jo zollt ihrer Leistung gebührende Anerkennung. Oder war's nur ein Flirtversuch?

Zurück an unsrem Gefährt, fällt uns ein Hinweis auf, der's in sich hat. Unter einem Behindertenparkplatzsymbol ist ein Schild angeschraubt: »Wenn Sie meine Behinderung übernehmen, übergebe ich Ihnen meinen Parkplatz!«

Wieder im Auto, ergeht Jablonski sich in allgemeinen Betrachtungen, schildert uns seine Sicht des anderen Geschlechts. Mädchen machten so was in ihrer Jugend: Röhnwanderungen, Pferde, Katholen-Vereine … Um dann, wie aus heiterem Himmel, eine feste Beziehung zu wollen. Und, hast-du-nicht-gesehn, ein Kind. Und dann am besten gleich noch eins hinterdrein …

Jablonski selbst hat ein solches Schicksal, also den Kindeserzeuger bei solch einer Ereignisfolge, »solchener Dramatik«, gespielt zu haben, nicht ereilt bislang. Aber ist's ein Gegenbeweis dieser seiner Anschauung? Oder nur die »Ausnahme von die Regel«?

»Sind wahrscheinlich lediglich Agenten ihrer Gene, die Mädels.«

Ihrer Hormone. Was wäre die Welt auch ohne Nachwuchs? Aldi jedenfalls wäre dann terminiert.

Eigentlich steht jetzt wieder ein Aldi Süd auf dem Programm, der in Hilders nämlich. Doch irgendwie sind wir, statt nach Süden zu rollen, auf die Straße nach Norden geraten …

Jo jedenfalls, er hält nicht, brummt ungebremst weiter. Man spricht sich dafür aus, jetzt, wo wir eh abgekommen sind vom Kurs, nicht wieder umzudrehen.

Was soll ich sagen – man hat mich einfach überstimmt! Mich, der ich für Konsequenz bin, für striktes Einhalten des einmal Ausgemachten …

Jablonski, er schlägt vor, einen Abstecher nach Schenklengsfeld, dem Geburtsort seiner Ziehmutter, zu machen, zur »Tanz-Linde« dort.

Wo das denn sei?

Jablo weiß es nicht genau. »Irgendwo hier …«

Diese Auskunft scheint zu diffus – und so dringt er nicht durch mit seinem Wunsch.

Ebenso wenig wie ich. Still grummle ich in mich hinein. Fällt's mir leichter, weil auch Jablos Vorschlag keine Resonanz findet? Nein – registriere ich die Abfuhr, die mein Nebenmann sich holt, doch kaum.

Im Übrigen hatten wir vorher schon Übertretungen begangen beziehungsweise den Zickzackplan, Aldi Nord folgt auf Aldi Süd auf Nord auf Süd und so weiter, nicht eingehalten. Man wird es später feststellen – doch da ist das Kind längst im Brunnen. Und da kriegt's keiner mehr raus. Denn Hildburghausen und Meiningen – es sind ja beide Aldi Nords! Ja bereits Konradsreuth, unsre allererste Station, war gewissermaßen ein Fehler, liegt doch das Kaff eindeutig auf Süd-Gebiet und keinesfalls auf oder am Äquator, vielmehr unterm …

Wieder brummen durch Thüringen. (Tann in Hessen befindet sich sozusagen in einer Art Enklave – von drei Seiten vom Neubundesland umgeben.) Geisa, ein steiles Städtchen, verleitet uns zu raschem Reinfahren. Dort so noch nicht gesehenes Fachwerk hoch oben am Kirchturm mit geschweiftem Dach.

Zum wiederholten Male gelangen wir an die ehemalige Zonen- beziehungsweise deutsch-deutsche Grenze. In der Ferne das sogenannte »Hessische Kegelspiel«, eine Anzahl kegelartiger Berggipfel, putzig anzuschauen.

»Fehlen nur noch die Kugeln«, meint Ulf.

»Was denn für Kugeln?«

»Herrgott – die Kegelkugeln halt!«

»Was du meinen?«

»Bowling – du verstehen? Alle neune!«

Ach so. »Verstehen ich.«

Jo stoppt am sogenannten »Point Alpha« auf dem Scheitel einer breit sich wölbenden Erhebung, einer windigen Kuppe: dem zu Zeiten des Kalten Krieges vorgerücktesten Punkt der US-Armee. Immerhin – regnen tut's nicht mehr. Wolkenverhangen, der Himmel.

Wir steigen aus, tun unsrer Dokumentaristenpflicht Genüge und schießen Fotos. Hier, angeblich, hier, wo wir jetzt stehen beziehungsweise herumtapsen, erwartete man den Einmarsch der Russen, den Dritten Weltkrieg. Wär wohl der letzte Streich gewesen, der endgültige. Zumindest für Leutchen unserer Breiten. Wem da kein Schauer übern Rücken läuft …

Ein Kreuzweg an den mit Lochraster gelöcherten alten DDR-Betonplattenreihen – für die Fahrzeuge, jeepartige Trab-

Nein, kein Aldi: Point-Alpha-Museum

bi-Verschnitte, die an der Mauer entlangpatrouillierten – mit rostigen, überlebensgroßen Figurinen als Kreuzwegstationen erstreckt sich auf der einen Seite der Bundesstraße; ein sogenanntes Museum in Doppelhüttenform erhebt sich auf der anderen.

»Wirkt billiger als 'n Aldi«, stellt Ulf fest, das Museum, das, scheint's, ein Autobahnraststättenarchitekt verbrochen hat, fest im Blick.

Nächst diesem mehr Mach- als Bauwerk ein sich um sich selbst drehendes Denkmal: »Frieden« steht drauf zu lesen, in verschiedenen Sprachen, auch in Russisch, sieh mal an.

»Frieden, schön wär's. Kein Tag ohne Krieg seit '45. So sieht's aus.«

Innen drin in der Geschichtswiederaufbereitungsstätte lebensgroße, panoramaartige Nachbauten der DDR-Grenze und viel Schlimmes von den Gewinnern über die Verlierer der Geschichte.

»Der Kapitalismus hat nicht gesiegt – er ist bloß übriggeblieben«, fällt einem dazu ein.

»Der Kapitalismus? Der Konsumismus.«

Vonseiten des sozialistischen Regimes hatte man seinerzeit sogar auf einer Karte mögliche Wiesen aufgelistet, von denen aus DDRler per Ballon hätten »rübermachen« können. Und trotz tausenderlei Gegenmaßnahmen – immer wieder haben es Freiheitsdurstige geschafft. Viele allerdings auch nicht. Filme lassen gescheiterte Fluchtversuche nachvollziehen. In Vitrinen DDR-Karabiner und andere Ost-Waffen. Natürlich untauglich gemacht, das Schießzeug.

»Scheißzeug.«

»Die DDR 'n riesiger Laufstall.«

»Freiluftknast.«

»Fragt ihr euch nich, was ihr gemacht hättet in so 'nem System?«

Stille auf einmal.

»Wie soll einer das wissen?«

»Is doch eh alles hypothetisch. War nu mal nich.«

»Schicksal ist Zufall. Wo die Mutter dich fallen lässt.«

Klingt beinhart – aber is schon so. Aus dem Osten jedenfalls kommt keiner von uns. Lediglich Ulfs Vater stammt aus dem Sudetenland – heute Tschechien. Können wir also eigentlich gar nicht mitreden? Wie's gewesen wäre, wenn?

»Wenn das Wörtchen ›wenn‹ nicht wär, wär mein Vater Millionär.«

»Millionär – wie einer der Brüder!«

»Das sind keine Millionäre, das sind Milli*ardäre*!«

»Aber sind nicht Milliardäre auch Millionäre?«

»Hm, interessante Fragestellung …«

»Millionäre, Milliardäre – dem, der 'n nicht hat, den Zaster, ist das doch so was von egal!«

Egal ist das Stichwort. Läuft das Aldi-Prinzip »Alles für alle billig« nicht eigentlich auf Egalisierung und Basisdemokratie, auf eine Art »Kommunismus im Kapitalismus« raus? Beim Sozialismus war ja auch alles »einfach zusammengeschustert – wie beim Aldi«. Und die Massen, die mit wenig Geld, die Hartzer oder Hartzler, sie haben den Vorteil davon.

»Die Albrechts als Ulbricht? Der Schuss geht ja wohl haarscharf daneben.«

»Aber um Imperien ging's doch beiden – beziehungsweise allen drei Brüdern!«

»Imperien, hör ich recht? Du willst Honeys untergegangenes Arbeiter-und-Bauern-Gewese doch nicht im Ernst als ›Imperium‹ …«

Wie sozial Aldi ist?
Sehr sozial, meint Jo! Und nicht nur das: Er ist der Ansicht, dass Aldi einen erheblichen Beitrag zur moralischen Verbesserung unseres Landes leistet. Mag auch Aldi dies keinesfalls beabsichtigen.

Wie ein Discounter Werte schaffen kann? Nun, diese Antwort gab schon Bert Brecht: »Erst kommt das Fressen, dann die Moral.«

An diesem Satz ist viel Wahres. Die besten Grundsätze helfen nichts, wenn man nichts zu beißen hat. Wer hungern muss, wer sich um sein täglich Brot sorgt, dem sind die guten Sitten ziemlich egal. Herrscht Hunger, so herrscht der Selbsterhaltungstrieb, und alle Werte, alle Solidarität drohen verlorenzugehen. So ist der Preis für eine Stange Baguette bis heute vom französischen Staat vorgeschrieben. Kein Franzose soll sich mehr durch den Spruch »Was, sie haben kein Brot? Sollen sie doch Kuchen essen!« verhöhnen lassen. Auch in Deutschland hat man über Jahrhunderte den Brotpreis durch die Obrigkeit festgelegt, genauso wie den Preis für das flüssige Brot, das Bier. Im Mittelalter bestimmten in vielen Kommunen die Ratsherren darüber, um keine Unruhen beim Volk aufkommen zu lassen. Und heute? Dank Aldi sind in Deutschland die Preise für die wichtigsten Grundnahrungsmittel niedrig. Die Bauern mögen dagegen protestieren, für den sozialen Frieden ist es ein Segen. »Erst kommt Aldi, dann die Moral!«

»Aber ist für den sozialen Frieden nicht eigentlich Hartz IV entscheidend? Dass die Leut nich verhungern …«

Wie sagte die Mutter von Karl und Theo einst: »Je schlechter es den Leuten geht, desto besser geht es Aldi.« In der Tat: 10–15 Prozent der Bevölkerung, so wird geschätzt, *müssen* bei Aldi einkaufen. Anders kommen sie nicht über den Monat.

»Also ist Aldi nicht sozial, sondern zynisch: Die Ärmsten der Armen bilden Aldis Geschäftsgrundlage …«

»Genau, sie sind die treuesten Stammkunden der Brüder. Bei Strafe des Verhungerns.«

Die Frage taucht auf: Werden nicht sogar die Hartz-IV-Sätze mittels der Preise von Aldi berechnet? Der berühmte »Warenkorb«?

»Wie sollen sie denn sonst aufs Existenzminimum kommen?« Aufs Ununterschreitbare? »Und Aldi ist schließlich der Billigste. Und der Staat will schließlich sparen.«

»Aber soll man das jetzt als ›sozial‹ bezeichnen? Wenn's tiefer nimmer geht?«

»Mit andern Worten: Wenn Aldi nicht so billig wär, wär Hartz IV höher.«

»Also Aldi-Preise hoch! Dann kriegen die Transferler mehr …«

»Ja was? Willst Hartz IV jetzt etwa nach den Preisen der Feinkostabteilung vom KaDeWe kalkuliern?«

»Kaviar für Transferler, wieso denn nicht?«, kräht Jablonski begeistert. »Wär doch 'n Aufstand wert.«

»Einer, der nicht bei Aldi einkaufen müsste, und's doch tut, ist Karl«, weiß Jo.

In der Tat, Karl, der Herr von Aldi Süd. Und zwar hat man ihn den Aldi in Donaueschingen verlassen sehen. Nicht weit davon der Öschberghof, ein in seinem Besitz befindliches Golf-Hotel, von dem Karl sich aber nichts liefern lässt in sein Aasener Ferienhaus.

»Macht's richtig, der Karle«, lacht Ulf. »Kauft bei sich selbst, so bleibt die Knete im Haus.«

Nicht uninteressante Details, aber doch letztlich Petitessen, nichtige? Angesichts dessen, was hier losbrechen hätte können: die Apokalypse nämlich. Armageddon, keine Frage, es war hier auf dieser Hügelkuppe mit dem weiten Blick. Beziehungsweise hätte hier sein können. Hätte irgendwer angefangen zu zündeln.

»Aber unser ›großer Bruder‹ doch nich!«

»Wie viele Kriege ham die USA nach dem Zweiten Weltkrieg geführt? Größere, nicht nur so Militärinterventionen …«

Wir kommen auf Korea, Vietnam, Irak beziehungsweise Kuwait, Serbien, noch mal Irak, Afghanistan.

»Und die Russen?«

»Afghanistan, Tschetschenien, na ja …«

Haben die Amis also einen gewaltigen Vorsprung im Kriegeführen? Sind sie aggressiver?

»Sieht danach aus.«

Und warum ist von all dem nichts im Museum zu finden?

Jo erinnert daran, dass der Sowjetkommunismus Osteuropa, immer wieder aufflammende Freiheitsbewegungen dort, jahrzehntelang mit aller Macht und Gewalt unterdrückt hat.

»Wenigstens gab's nicht anderthalb Millionen Tote wie in Vietnam …«

»Dafür Abermillionen zerstörte Biographien!«

Aber dass die Sowjetunion sich Osteuropa hat unterwerfen können, sei ja überhaupt nur Hitlers Krieg und dem Faschismus geschuldet …

»Von dem uns die Amerikaner befreit haben.«

»Und die Rote Armee, nicht zu vergessen.«

Nicht vergessen werden sollte auch: Die Sowjetunion hatte mit 27 Millionen Kriegstoten, davon mehrheitlich Zivilisten, die weitaus meisten Opfer zu beklagen. Dass sich Moskau nach der deutschen Aggression und dem unvorstellbaren Gemetzel an der eigenen Bevölkerung mit einem Sicherheitskordon umgeben wollte – ist's nicht nachvollziehbar?

Immerhin haben die Völker Osteuropas ihre Fesseln schließlich abschütteln können – die Sowjetunion unter Gorbatschow hat es geschehen lassen. Kalter Krieg, »Ost-West-Konfro und so« – all das ist längst Geschichte. Wellen beruhigt, »jetzt schöne neue Welt«.

»Jetzt hat uns nur noch der Kapitalismus am Wickel.«

»... und der feiert, entfesselt und befreit von 'nem Gegenmodell, das ihm Mäßigung auferlegt, fröhliche Urständ!«

»Und der deregulierte Finanzkapitalismus macht es jetzt dem Sozialismus nach, wankt von Krise zu Krise ... Und schaufelt sich schon noch selbst sein Grab. Wirst sehn. Ham wir ja grad gestanden, am Abgrund.«

»Stehn wir noch immer.«

Pause.

»Ob Aldi bleibt? Nach dem endgültigen Zusammenbruch des Kapitalismus?«

»Mann, was hast du für Probleme!«

»Ich frag ja nur ...«

»Beim endgültigen Fall des Schweinesystems, dann, verdammt noch eins, bleibt kein Stein auf dem anderen und kein Auge trocken.«

»Ah so ...«

»Genau so. Dass das man klar is.«

Blick zurück aus der Zukunft

Man stelle sich vor: Der »Tag des offenen Denkmals« in fünfzig Jahren. Eine Menschenansammlung drängt sich vor den Türen eines typischen Aldi-Marktes. Die Museumsdame öffnet, und die Interessierten strömen hinein. Beim Gang an den Original-Regalen vorbei, auf denen täuschend echt die Waren der Jahrtausendwende stehen, erläutert sie das Geschäftsmodell, weist auf die altertümlichen Paletten hin, auf die lieblos präsentierte Dutzendware, die man sich damals direkt aus den Verpackungskartons gegriffen hat. Die Kinder fasziniert mehr die kleine, altmodische »Ameise«, mit der die Dame demonstriert, wie man trotz der Enge perfekt rangieren konnte. Die älteren Herrschaften deuten lachend und mit nostalgischem Blick auf verschiedene Produkte hin. »Weißt du noch, die Heringe in Sahnetunke?« »Dass wir das alles überlebt haben, all dieses Billigfutter?« »Es geht eben nichts über 'ne gesunde Abhärtung.« Die jungen Leute rümpfen die Nase. Was müssen das für Zeiten gewesen sein!

Aldi reif fürs Museum? Die Zukunft, sie wird es weisen. Tendenz-Museum jetzt erst mal ade, ab und weg!

An Hünfeld vorbei zischen wir nach Fulda, zum Exbischof Dyba, dem Radikalinski von der Jenseits-Fraktion. Daselbst angekommen, rumpeln wir schnurstracks zum barocken Dom, groß der Vorplatz, ungewöhnlich die Seitenkapellen, die rechts und links dranpappen an der Fassade. Einem Bau, der gar an St. Peter in Rom denken lassen könnte. Jetzt erst mal 'ne Runde beten. Wir allesamt rein. Jo stiftet Kerze.

»Kann nich schaden.«

»Du bist mir ja 'n feiner Atheist«, wird gewispert.

»Erstens bin ich Agnost. Und zweitens vorsichtig.«

»Man weiß ja nie …?«

»Wem du das flüstern. Immer alle Türen offenhalten.«

»Wenn de glaubst, damit durchzukommen beim Allmächtigen …«

»Das is keine Frage des Glaubens.«

»Sondern?«

»Des Kalküls.«

Und still umspielt ein Lächeln Jablonski seine Mundwinkel.

Außen Sandstein, die kolossale Betbude, innen weißer Stuck.

Vollplastische Figuren – draußen wie drinnen. Beim Hochaltar stand in der Tat das Ziborium des Petersdoms Pate. In Seitenkapelle Messe zu hören.

Bonifatius

Hier also liegt er, der »Apostel der Deutschen«. Seltsame Wege ging das Christentum in der damaligen Zeit. Nicht von Italien oder Frankreich, sondern von England und Irland aus brachen die Missionare Richtung Deutschland auf. Bonifatius, an Englands Südküste als Winfried geboren, erhielt bei einer Romfahrt 719 vom Papst höchstpersönlich den Auftrag, die störrischen germanischen Völker zu bekehren. Als er nach Hessen gelangte, musste er feststellen, dass hier viele unverändert am überlieferten Glauben festhielten, an der Vielgötterei, mit Thor, dem Donnergott, an der Spitze. Mochte das auch menschlicher sein als der Glaube an einen einzigen Gott (auf so etwas konnten ja nur Wüstenvölker verfallen): Die überkommenen Götter, sie hatten zu weichen.

Höchstes Germanen-Heiligtum dort war ein wunderschöner alter Baum, die Donar-Eiche. Voller Entsetzen mussten die Noch-nicht-Bekehrten mit ansehen, wie Bonifatius zur Axt griff und den mächtigen Stamm zersplitterte. Die Leute waren sich sicher, gleich würde Thor den unverfrorenen Insulaner blitzartig niederschmettern! Thor aber ließ den Baumfrevel ungesühnt, und Bonifatius zimmerte aus dem Holz eine Kapelle, worin sich die Hessen dann taufen ließen. Er, ein Mann von beeindruckender Größe, aber wollte mehr. Vor allem ging es ihm um die Friesen, ein bekanntermaßen besonders dickschädliges Volk, das sich partout nicht missionieren lassen wollte. Bonifatius war schon im Rentenalter, als er zu seiner letzten Reise aufbrach, den Aldi-Äquator überschritt und an die Nordsee fuhr. Dort jedoch überfielen ihn die Friesen hinterrücks. Die ersten Axthiebe konnte der fromme Mann noch mit seiner dicken Bibel parieren, dann sank er gemetzelt zu Boden. Sein Grab in der Krypta des Fuldaer Doms ist würdig gestaltet. Ihm zu Ehren trifft sich hier alljährlich die Deutsche Bischofskonferenz. Bonifatius schrieb in einem Brief: »Die Kirche fährt übers Meer dieser Welt wie ein großes Schiff und wird von den Wogen hin und her geworfen. Wir dürfen das Schiff nicht verlassen, wir müssen es lenken.«

Wir aber verlassen die pompöse Gruft des heiligen Holzhackers. Kapitalismus ohne Ende, Christentum ohne Ende, Katholizismus und kein Ende? Immer weiter so? Nach all der Angstmacherei, der Volksverdummung und Wissenschaftsfeindlichkeit, dem Foltern und Hexenbrennen, den sexuellen Übergriffen zuletzt, all dem?

Ich kann und mag's nicht fassen. Die andren – sie nehmen's gelassen. Jo, engagierter Katholik, ist, was die Kirche angeht, anderer Auffassung, klar. Wie ein Leben ohne christliche Werte aussehe, das habe man ja bei den Nazis gesehen. Oder bei Stalin. Jo hält unverdrossen am Glauben fest.

Ich aber – hier stehe ich, und kann nicht anders. »Wäre es nicht endgültig an der Zeit, die Segel zu streichen und zu sagen: 2000 Jahre Christentum – es ist genug! Wir danken ab, pflanzen eine Eiche und treten von allen Ämtern zurück. Das wäre doch mal eine Tat.«

Treppensteigen zur uralten Michaeliskirche aus Bruchsteinen am Hang. Leider geschlossen, das Haus Gottes. Der vorromanische Bau gilt als die älteste Grabeskirche Deutschlands.

»Du magst die Kirche nicht, aber Kirchen magst schon«, konstatiert Ulf.

»Die Institution ist mir zuwider. Aber was Architektur angeht und Kunst – Machart, Errungenschaften, Eigenschaften – das schau ich mir alles gern an«, erwidere ich.

Man ist halt neugierig. Immer wieder stimmungsvoll die Wirkung, welche Kirchen, Kreuzgänge oder Klöster auszulösen vermögen. Es gibt Räume, die einen berühren, im Innersten bewegen. Künstlerische Darstellungen, auch und gerade solche des Leids.

»Aber das Menschliche, das hat der Christengott ja schließlich nicht allein gepachtet.«

Hat 'n paar gute Sachen gesagt, der Mann Jesus, keine Frage. Aber was die Kirche angeht: Ist ja nur 'n geschichtlicher Zufall sozusagen, dass die, lange Zeit mehr oder weniger einziger Mäzen, Kunst und Bauwesen gefördert hat.

»Und überhaupt: Es gibt etwas Spirituelles, unabhängig vom Christentum. Etwas, das früher da war, größer und umfassender ist.«

»Das also dein Glaubensbekenntnis«, lacht Jo.

Na, wenn er meint. Aber – zu was braucht ein Situationist so was? Ein Taoist? »Denk nicht, schau« – sagte Wittgenstein …

»Es gibt ein schönes deutsches Wort: Geistesgegenwart«, sage ich. »Darum geht's.«

»Genau!«, hebt Jablo den Zeigefinger und grinst.

Kurz streifen wir durch den Garten am Schloss, Renaissance, wechseln dann zur barocken Orangerie, stilvolles Ambiente für die Sommerfeste der Fürstäbte.

Nahrungsaufnahme vis-à-vis im »Viva Havanna«, einem ehemaligen Torhaus, in dem jetzt für junge Leute jede Menge Karibik angeboten wird. Kuba und die »Kommis« im erzkatholischen Fulda – Sachen gibt's. Blick auf Domfassade – wenn die Bäume davor nicht wären. Tomaten- und Zwiebelsuppe leider ziemlich versalzen. Aber wir bemängeln nichts. Wollen die blonde Bedienung nicht inkommodieren. Kuba, die Revolution, Che, muss unterstützt werden – wie daneben die Suppe auch sein mag. Beziehungsweise die Zustände auf der Zuckerinsel. Cocktails dafür umso süßer.

»Revolution is. Die zwei Aldi-Brüder fürchten sich und fragen eine Frau, ob sie unter deren Röcke schlüpfen dürfen.

›Na gut.‹

Auf einmal schüttelt's die Frau: ›Ihr seid ja gar nicht der Aldi – ihr seid ja der Schl…!‹«

Halt! Jo erhebt Einspruch. Er möchte die vollständige Pointe hier nicht sehen; er hat seine Gründe. Na gut. Ein Wort weniger, wen juckt's? Sind ja noch jede Menge andere da …

Auf nach Alsfeld, vorbei an sehenswerten Orten wie Schlitz an der Schlitz. Dieses imponiert durch seinen Burgenring, ein geschlossenes Ensemble von Türmen, Festungsbauten und Fachwerkhäusern hoch auf 'nem Hügel.

Auch Lauterbach lohnt einen Besuch. Das Fachwerknest hat hübsche Ecken und den Ankerturm, einen massiven Rundbau mit Türmerwohnung in der Höhe. Kinder begeistern die Trittsteine über die Lauter, mehr ein Fluss als ein Bach: der Ortsname täuscht. Doch aufgepasst – wie schnell ist so ein Kleinchen hineingeplumpst!

Einlaufen im Hotel in Alsfeld – die erste Bleibe am Ort, die uns in den Blick sticht. Nachdem Jo gerade die Geschwindigkeit übertreten hatte, wie polizeilicherseits dokumentiert und bestätigt, wahrscheinlich genau das Beste: die Geschwindigkeit auf null herabsetzen erst mal und den Wagen abstellen. Mit goldnem Schriftzug aufgemotzt, unser Logierhaus, dazu rote Läufer auf den Treppenstufen; Kitschkrempel, in Form einer Statue, bezieht Stellung an oder hängt, als Wandschmuck, dreifach versetzt höher steigend, hinter der Rezeption.

Rasender Mondeo, von Starenkasten erfasst

Nicht zu verachten immerhin das außerordentlich geräumige Doppelzimmer mit Kamin und diagonalem Flachbildfernseher, Sitzgruppe und langem Balkon, das Jo und mich erwartet; ein Kamin, den wir aber um Gottes willen nicht selbst befeuern sollen, wie uns die junge Dame am Empfang bedeutet: sei doch der Rauchfang nicht echt. War er aber doch. Wie auch immer: ordentlich einzuheizen via Kamin wäre uns dennoch schlecht bekommen – war doch das Holz daneben imprägniert!

Die hauseigene, biegsame, offenbar selbst zusammengeschweißte Key-Card samt einzugebender Code-Nummer zum Öffnen und Verschließen des Hotelzimmers stellt uns vor Probleme. Die schließlich erfolgreich bewältigt werden.

»Da ist man schon stolz, ein Zimmer abgesperrt zu haben …«

»Ein Intellektuellen-Hotel halt.«

»Da du haben recht.«

Während Jablonski, der Einzige, der einen konventionellen Hotelschlüssel bekommen hat – den er dann allerdings anderntags abzugeben vergisst –, sich längst ein Bier zu Gemüte führt an der überschaubaren Hotelbar, begutachten wir andern drei, bis Jablo »fertig hat«, den phantasievoll angelegten chinesischen – japanischen? (polnischen Garten gar, weil der Gärtner Pole ist?) – Vorgarten.

Eine Gipskatze hangelt sich an einem Zaun hoch.

»Die, wenn runterfällt, is hi …«, warnt Ulf.

Und tatsächlich wäre das zerbrechliche Tierchen mir, der ich's unbedingt in die Hand hab nehmen müssen, fast aus derselben geglitten und »'putt 'gangen«. Ein paar Schritte weiter führt ein geschwungenes Brückchen unter Nadelbäumen über einen Wasserlauf, der einen oberen Tümpel mit einem unteren verbindet. Von innen und außen beleuchtete Steine ringsumher. Und sogar eine Nebelmaschine am Rande des oberen Teichs nebelt herum – deren Verrohrung freilich sichtbar blieb: und so verkommt die ganze schöne Romantik gleich wieder. Wer mag sich schon an 'ner Industrieanlage erbauen? Wir heben den Blick und erhaschen den Kirchturm in einiger Entfernung, an dem immerhin eine romantische Bahnhofsuhr befestigt ist.

Inzwischen hat Jablonski mehr oder weniger sein Bier abgelitert. Na endlich! Frage von Jo an die noch in Ausbildung befindliche Diensttuende hinterm Tresen – dieselbe wie schon an der Rezeption eben, sie scheinen hier halt nicht so viele Angestellte zu haben –, aus was Rosé besteht. Der werde in einer der ersten Eisnächte geerntet, kam es zurück. Vielsagend glupscht Jo uns an. Das durchaus den Augen schmeichelnde

»Mädchen für alles« meinte wohl Eiswein. Niemand von uns korrigiert das Versehen – allc bleiben *gentlemen*.

Rumstiefeln im beeindruckenden »Fachwerkfreigehege«. Ausgesprochen fußgängerfreundlich, dieses Alsfeld. Schnuckliges Rathaus mit braunweißen Fachwerkobergeschossen, zwei Erkern nebeneinander, spitztürmchenbekrönt, steinerne Arkaden unten.

Aus einem Erster-Stock-Fenster eines diesem Schmuckstück gegenüberliegenden Gründerzeitgemäuers erschallt, selbst gesungen und von einer Orgel begleitet: »Aus Böhmen kommt die Musik …« Mitsingen unsrerseits – zumindest von jenen Mitgliedern unsrer Gruppe, die das Singen aus der Lunge einigermaßen beherrschen. Während der eine der anderen zwei mitsummt, immerhin.

Märkte einst und jetzt

Das Erdgeschoss des Rathauses ist einladend offen. Starke Pfeiler streben in gotischen Bögen zueinander und bilden ein hohes Gewölbe. Hier, an dieser zentralen Stelle, befand sich einst der Markt der Stadt. War das Wetter schlecht oder schien im Sommer die Sonne zu heiß, konnten die Bauern ihre Waren geschützt feilbieten.

Glücklich der Flecken, der das Marktrecht zugesprochen bekam. Vielfach war ein Markt überhaupt erst der entscheidende Kristallisationspunkt, um den herum eine Ansiedlung wachsen konnte – zur Stadt. Die Marktplätze, denen wir auf unserer Reise begegnet, alle sind sie interessant gewesen, alle in Dimension, Gestaltung, Eindruck voneinander verschieden. Nicht zuletzt eine abwechslungsreiche Randbebauung – allen voran das Rathaus als Ausdruck des Bürgerstolzes – macht das Verweilen an solch einem Platz zum Vergnügen. Stände, Markttreiben, Einkaufserlebnisse, die sämtliche Sinne ansprechen – sie bilden den Kern von Urbanität. Einst wie heute.

Wie nackt, wie steril hingegen der Discounter draußen im Gewerbegebiet. Praktisch und billig, zugegeben, autogerecht und zeitsparend – aber doch seelenlos und austauschbar, kein Ort des Verweilens und der Kommunikation. Je mehr Freizeit wir haben, desto weniger sind wir bereit, sie für den Einkauf zu investieren. Jedenfalls nicht für den von Waren des täglichen Bedarfs. Sind die im Kofferraum verstaut, heißt's nichts wie weg. Nichts gibt es da draußen, was zum Bleiben länger als unbedingt nötig einlädt. Bestenfalls gleichgültig lassen einen die meist schmucklosen Zweckgebäude. Die Monotonie hat Methode, scheint gewollt – schließlich sollen wir unseren Parkplatz ja so schnell wie möglich für den nächsten Kunden räumen.

Ein paar Kommunen immerhin schreiben Super- und Aldi-Märkten ein Minimum an ortstypischer Bauweise vor: den Gebrauch von Klinkern in Norddeutschland etwa, einen holzverkleideten Giebel im Voralpenland. Kritiker wiederum mögen das als hilflose Versuche, als Kitsch abtun – und in der Tat, führt man sich die Bausünden der vergangenen Jahrzehnte vor Augen, scheinen viele Gemeinden heutzutage kaum mehr Sinn für architektonische und städtebauliche Gestaltung zu haben als ausschließlich am Kommerz orientierte Handelsunternehmen. Darüber hinaus sind mit kosmetischen Maßnahmen natürlich strukturelle Probleme wie Landschaftszersiedelung und Verödung der Innenstädte noch gar nicht berührt.

Bei YouTube findet sich ein Video, welches das Trauerspiel und seine Entstehung dokumentiert. Ein Hobbyfilmer hatte sein Stativ an einer Aldi-Baustelle aufgestellt. Im Zeitraffer ist das Wachsen des Gebäudes zu verfolgen. Das Aufregendste war noch der Wechsel der Tageszeiten und des Wetters. Alles andere, vom Guss der Fundamente über die Aufrichtung der genormten Fertigbauteile bis hin zur Pflasterung mit schon ineinandergefügten Verbundsteinen, ist Routine, nichts als graue Routine. Das Zusammenstecken eines Legohäuschens ist pure Kreativität dagegen.

So romantisch die Fachwerkansammlung, so abwechslungsreich und anheimelnd Winkel und Gässchen auch sein mögen: Um diese Zeit mitten in der Woche ist Alsfeld wie ausgestorben. Jo versucht in Kontakt zu kommen und spricht eine ältere Einheimische auf der Straße an, eine der wenigen Personen, die hier herumhuschen. Jablonski, der das für distanzlos hält, separiert sich. Ich schließe mich ihm an. Schätzungsweise waren Jablo auch die Gesangsanwandlungen von vorhin, an denen auch ich mich, wenn auch stimmschwach, beteiligt hatte, unangenehm.

Nun, ganz normal eigentlich, nach drei Tagen mehr oder weniger ununterbrochenen Zusammenseins, zumindest im Wachzustand, dass sich schon mal Situationen ergeben, die einem missfallen, Verhaltensweisen bei den anderen aufscheinen, die man nicht so goutiert. Bei Jablo hat mich gestört, dass er nicht auf uns gewartet, sondern sich gleich in der Hotellobby einen halben Liter Bölkstoff hat kommen lassen – woraufhin wir natürlich auf *ihn* hatten warten müssen. Aber so ist er halt. Und so findet immer einer irgendwas, das ihm nicht passt. Beziehungsweise, was er sich wünscht, das die anderen tun, was *er* vorzieht, die andern hingegen nicht. Aber, wie Ulf zu sagen pflegt: »Man kann sich seine Freunde halt nich schnitzen.« Gelegentliche Reibungen im Zusammensein mit anderen, zumal auf einer Reise: davor ist keiner gefeit.

Schließlich holen Jo und Ulf uns wieder ein. An der Spitze des trutzigen Turms der Walpurgiskirche – Mauern aus Bruchstein, Gotik – fällt uns ein mehrere Meter großer, grauer Plastikjesus auf, an einem Metallgestell befestigt, die Arme ausbreitend. Ein Kunstobjekt. Wir starren. Ein Türke bemerkt's und teilt uns mit:

»Der Mann will sagen ›Ganz Deutschland gehört uns‹.«

Uns? Wer ist uns?

Sind wir nicht alle wir? Will uns die Kunst das vielleicht fragen? Will uns der Mann verunsichern? Ist das der Sinn »von det Janze«?

Wie immer – ein ebensolches Objekt war bereits an einer Tankstelle am Ortseingang zu erhaschen gewesen. Ein drittes fällt uns am nächsten Morgen beim Rausfahren aus Alsfeld ins Auge … Aller guten Dinge sind eben drei. Und bis drei zählen kann die zeitgenössische Kunst längst.

Männliches Aufblasobjekt (Kunst) an Tanke vor Alsteld

Nachdem wir in eine Art Ökogaststätte hinein- und sogleich wieder hinausgestolpert sind, entscheiden wir uns für ein anderes Lokal, eines der wenigen, das wir erblicken beziehungsweise das überhaupt offen hat: einen Irish Pub. Versöhnlicher

Tagesabschluss für Jablonski insofern, als er auf irische Kneipen schwört, der Stimmung wegen, für die diese bekannt sind. Auch wenn ein »Ire« in einem Nest wie Alsfeld ziemlich aufgepfropft erscheinen muss. Dass Irish Pubs ein positives Image genießen, wissen natürlich auch Gaststättenbetreiber, und so versuchen sie, egal wie durchschaubar und mit welcher Vormache immer, ordentlich Kasse zu machen damit. Ob's an dem unattraktiven Werktag lag, just nach ein paar Feiertagen – von Highlife jedenfalls ist in unsrer schwachbesuchten Lokalität nichts zu spüren. Gemäßigt plärrt Rockmusik vom Band. Das Bemerkenswerteste ist noch ein großer, müde wirkender Hund, der jedoch irgendwann mit seinem Herrchen die schmalen vier Wände verlässt. Jetzt sind wir ganz auf uns zurückgeworfen. Nach ein paar Guinness, noch das Irischste hier, und nach ein paar geleerten Erdnussschälchen trollen wir uns.

Alsfeld und der Grimm-Äquator

Eine wirklich märchenhafte Stadt! Was Wunder, dass hier auch die deutsche Märchenstraße verläuft. Und so finden sich denn überall kleine Märchenfiguren versteckt, der Froschkönig natürlich, oder die Gänsehirtin am Brunnen, die Perlen statt Tränen weinen musste … »Heutzutage kommt das nicht mehr vor, sonst könnten die Armen bald reich werden« – so des Märchens Ende.

In dieser Gegend haben die Brüder Grimm viele ihrer Märchen gesammelt, dem Volk aufs Maul schauend und notierend, was sie erzählt bekamen. So blieben sie erhalten, all die betörenden und aufregenden, bezaubernden und ergreifenden Geschichten, die Kinder auch in Zeiten des Internets immer wieder hören wollen. Ein weiteres gutes Beispiel dafür, wie fruchtbringend es sein kann, wenn zwei Brüder ein Ding gemeinsam anpacken. Auch bei den Brüdern Grimm konnte das Werk nur gelingen, weil sie bei aller Gemeinsamkeit eine wichtige Arbeitsteilung vornahmen. Jakob war der strenge Wissenschaftler, dem es um das unverfälschte Archivieren des Volksgutes ging; Wilhelm der Dichter, der manch holprig vorgetragenem Märchen den letzten Schliff verlieh und dabei den speziellen Grimm-Ton erfand, der uns und unsere Kinder heute noch erfreut – oder zu Tränen rührt. Der »Grimm-Äquator« wäre somit der schmale, immer wieder neu zu bewältigende Grat zwischen exakter Volkskunde und phantasievoller Dichtkunst.

Tag 4

Alsfeld – Grünberg – Dillenburg – Siegen – Freudenberg – Wipperfürth – Hückeswagen

Das Einfachste ist immer das Schwerste.

Max Liebermann

Beim Frühstück klagt Ulf über eine beschwerliche letzte Nacht. Fünfzig Euro hatte er abzudrücken für sein Zimmer.

»50 Euro sind kein Pappenstiel. Dafür kann man ja wohl 'ne neue Matratze erwarten, keine durchgelegene. Und Vorhänge, die man schließen kann.« Überdies sei der Fernseher unscharf gewesen. »Na ja, hätten sie mal an den Rohren für den Nebel überm hauseigenen Tümpel gespart … und mehr ins Zimmer investiert.«

Doch nichts mehr zu machen. Geld futsch – schlicht an der falschen Stelle ausgegeben.

»Durchs falsche Fenster rausgeschmissen …«

Und Ulf hatte zu leiden gehabt.

Auf dem Parkplatz am Hotel dann verkürzt er uns beiden die Wartezeit, indem er mich mit einem beim Aldi erworbenen Spray für 75 Cent ansprüht. Obwohl – oder grade weil – ich so was überhaupt nicht abkann. Aus Rache dafür, dass ich ihn gestern gefoppt hab, geärgert? Oder weil überhaupt gerädert, weil die Glotze kein scharfes Bild gezeigt und er schlecht geruht hatte?

Auf jeden Fall, müffelt seltsam, das Zeug – doll jedenfalls

nicht. Vielleicht zu billig. Nicht mal ein Euro die Dose, das ist ja nun wirklich gar nichts. Außerdem beschlagen die Augengläser.

Was die Leute nur veranlasst, für dergleichen Geld auszugeben? Unerklärlich. Oder ist's so, dass Ulf, bezieht er ein Zimmer, erst mal ordentlich rumsprüht, um die Ausdünstungen der Vorgänger zu übertünchen? Hätt ich ihm gar nicht zuzutrauen getraut …

Aber die Sache liegt, wie sich schließlich erweist, vollkommen anders: Handelt es sich doch keinesfalls um ein Raumspray mit Blüten-, Bambus- oder Waldhauch, sondern um 'ne stinknormale Deo-Dose!

Der vierte Mann kommt herbeigetaumelt – und allesamt nehmen wir wieder Asphalt unter die Räder. Am Ausgang von Alsfeld die bereits bekannte Aldi-Nord-Hütte beziehungsweise -Baracke: Ziegel unten, Holzverkleidung oben. Was wohl unterm Giebel sich befinden mag? Bleibt einstweilen der Brüder Geheimnis.

Wenn nichts drunter sich befände – und was sollte auch schon drunter sein? –, so wäre das ja zweifelsohne ein Akt unziemlicher, ja unstatthafter Verschwendung. Und das bei Sparsamkeitsfetischisten wie den Aldis … Warum also kein Flachdach? Bei weniger Materialaufwand muss doch ein solches ungleich billiger sein als diese verhockte Giebelbauweise. Weil's zu kistenmäßig brutal rüberkommen tät? Liegt's also an der Heimatanmutung, die man auf Teufel komm raus will, weil dem Konsumenten weniger befremdlich, weniger abstoßend?

Wer ist überhaupt auf die Idee gekommen, auf die man erst mal kommen muss? Theo, der einmal in seiner Jugend Architekturambitionen hatte?

Theo und Karle, mal ehrlich: Habt ihr euch all die Giebel

etwa von einem kaum weniger geschäftstüchtigen Architekturbüro aufschwatzen lassen als ihr selbst geschäftstüchtige Lebensmittelhändler seid – egal wie dämlich eure Satteldach-Konstrukte damit aus der Wäsche gucken? Hat er euch erzählt, der Bürochef – um das Wort »Architektur«, das ja hier nichts verloren hat, zu meiden –, hat er euch also verklickert, der Büroleiter, er könne – bei entsprechend hoher Auflage, sprich: entsprechend hoher Zahl an Aufträgen – die breiten Giebelschränke genauso billig bauen wie 'ne Betonkiste mit Kiesdach ohne Backsteinblendwerk? Versprach er euch also mehr Schuppen, mehr Giebel und Ziegel – fürs gleiche Geld? Und hat dann sofort die Registrierkasse in eurem Kopf zu rattern angefangen? Und ihr habt eingeschlagen? Den Großseriendeal besiegelt? Sehen eure Läden also deswegen alle einander so ähnlich, weil man sie alle nach einem einmal entwickelten Grundschema, Schema F (für »Filiale«), errichtet hat? Und jetzt – jetzt ist's halt passiert, kann man halt nichts mehr machen jetzt? Jetzt stehen sie halt alle so verboten in der Landschaft rum, all die Aldis, all die Behelfe? Hättet's halt besser aufpasst, ihr!

»Wer stets nur an den Zaster denkt, das Wichtigste im Leben verschenkt!«

»Was denn?«, will Ulf wissen.

»Die Schönheit, du Tropf!«

»Die Schönheit, natürlich.« Ulf versetzt sich einen Hieb an den Kopf. »Dass ich da nich von selber …«

Aber wer kann Ästhetik überhaupt noch wahrnehmen, noch genießen – selbst wenn sie denn vorhanden wäre – angesichts der allgegenwärtigen Unrast und Hast, zu denen die alltägliche Supermarktwelt uns nötigt?

Bloß keine Hektik

Was nervt, ist der Versuch von Aldi und Co, auch die Kunden in ihr System größtmöglicher Effizienz hineinzuzwängen. Wenn man bei jedem Einkauf dazu verdonnert ist, die in irrem Tempo durch den Scanner gezogenen Waren eiligst wieder in seinen Einkaufswagen zu werfen, damit sie nicht auf der waschlappengroßen Fläche hinter der Kasse abstürzen, kann Konsum schnell zum Stress werden. Nicht, dass uns die Verkäuferin böse anblickt, wenn wir nicht rasch genug hinterherkommen, die ungeduldigen Blicke der hinter uns Wartenden reichen völlig. Dabei greifen wir schon mit beiden Händen gleichzeitig zu, lassen Joghurtbecher und Buttermilch in gefährlichem, weil den dünnen Aludeckel leicht ritzendem Tempo in die Tiefen des Wagens purzeln, werfen die Milchpackungen auf den empfindlichen Salatkopf und zerren mit der Rechten schon Portemonnaie und Geld hervor, während wir mit der Linken noch die Klopapierrollen verstauen, die dreilagigen.

Besonders böse Blicke gibt's, sollten wir uns der EC-Karte bedienen – denn dann dauert's garantiert länger, als würde man cash blechen. Und wirklich problematisch wird's, hat man dann auch noch seine Geheimzahl vergessen. Oder die Karte funktioniert nicht. Kommt nicht mehr raus. Oder die Elektronik rechnet nicht ab. Und die Karte muss immer wieder reingesteckt werden ins Lesegerät. Und es flutscht immer noch nicht. Der Strom fällt aus. Und ein Kollege muss geholt werden. Aber der kann's auch nicht richten … Und und und. Alles schon erlebt.

Aber wozu überhaupt dieser Schnelligkeitswahn, in den wir uns getrieben sehen? Warum nicht einen Gang zurückschalten, um seine Sachen gemächlich geordnet zu verstauen? Wir fordern ja nicht gleich einen professionellen Verpacker, wie sie einem in den USA an jeder Kasse zur Seite stehen, wir wünschen uns nur ein wenig mehr Zeit. Wo sind nur diese wunderbaren Rutschen mit dem »Scheibenwischertrennholz« hin? Findet man die nur noch in EDEKA- oder REWE- oder Kaiser's-Märkten? Eine solche, nach dem Durchlauf der Ware an der Kasse von der Kassiererin hin- oder her zu bewegende Leiste langt völlig aus. Ist einmal das eigene eingekaufte Gut mittels dieses Schiebers von dem des Hinter- oder Vordermanns an der Kasse getrennt, kann man ganz in Ruhe die Kühlschrankprodukte in die eine Tüte packen, das empfindliche Gemüse in die andere und die schweren Sachen in den Korb. Die gute alte Getrenntwarenrutsche – gibt's sie nur noch für Kunden mit dickem Geldbeutel?

Liegt's etwa am Turbokapitalismus, all das? Ist's letztlich also eine Systemfrage? Die allgemeine Mobilisierung und Zunahme der Beschleunigung im Zeichen allumfassender Marktmechanismen, liegt sie all dem zugrunde? Schnelldreher die Waren, die Produktionszyklen – Schnelldreher auch wir? Weil man heutzutage nicht mehr eine Generation warten will auf Veränderung, Wandel, Wechsel, sondern alle rasch Resultate wollen, riesige Renditen, kapitale Kapitalerträge, in Sekundenschnelle, ja möglichst gestern schon der Gewinn von morgen? Weil niemand mehr Zeit hat, in der Freizeit schon gar nicht?

Fahrt hinüber zu Aldi Süd, nach Grünberg. Es geht nichts über die reale Anschauung. Im Laden entdecken wir, dass es keine Aldi-eigenen Paletten sind, auf denen die Ware gestapelt steht. Außer einer Packung Nüsse (Jablonski) erwerben wir nichts. Ich, Kugelschreiber und Papierchen in Händen, hebe Letztere: man habe nichts. (Habenichtse – das also!) Jo versucht besonders unauffällig – dadurch besonders auffällig – unter seiner Jacke heraus ein Foto von der Kassiererin zu schießen. (Unser Aldi-Beauty-Contest, den wir zu diesem Zeitpunkt – ziemlich halbherzig zwar, mangels geeigneter Objekte – noch verfolgen …)

Foto, wegen dem sie uns fast verhaftet hätten

Die Aldi-Bediensteten wechseln irritierte Blicke, die Bemerkung »Die fotografieren …« fällt, und eine Kassiererin vollführt die Bewegung »Scheibenwischer«, so als hätten wir 'ne Mattscheibe. Wir verziehen uns.

Als wir schließlich alle wieder im Wagen sitzen, stürzt eine Aldi-Tante aus dem Laden und notiert unser Kennzeichen.

Wir sehen uns an – betroffen, bedient. Schlucken. Was war das denn?

Wir, unschuldige Aldi-Gänger, ja zum Teil lebenslange Aldi-Käufer, werden verdächtigt – so viel scheint klar. Stehen wir ab sofort auf der schwarzen Liste? Dürfen wir nie mehr Aldi kaufen? Wird die Polizei uns übers Auto-Kennzeichen zu ermitteln suchen?

Um dem zuvorzukommen, meldet Jo sich sogleich per Handy bei seiner Angetrauten. Die bleibt, erstaunlich genug, gelassen. Jo meint, sie solle der Polizei am besten reinen Wein einschenken und gestehen, dass wir auf dem Aldi-Äquator unterwegs seien. Das, entgegnet sie, behalte sie besser für sich. Denn das müsse doch in fremden Ohren ausgesprochen seltsam klingen und erst recht verdächtig …

So ist es wohl. Nun – wir Gas gegeben, rückwärts raus aus der Parklücke, und weg, erst mal weg! Als hätten wir wirklich was verbrochen …

Überfälle

Schon schockierend, wie viele Aldi-Filialen bereits ausgeraubt wurden. Fast wöchentlich wird irgendwo zwischen Sylt und Berchtesgaden ein Überfall auf einen Aldi begangen. Äußerst brutal ging ein Räuber in Stuttgart vor: Eine schwangere Angestellte, die sich weigerte, das Geld herauszugeben, wurde niedergestochen und verblutete qualvoll. Oft geht der Täter nach folgendem Muster vor: Als letzter Kunde legt er seine Tarnwaren aufs Band und bedroht dann die Kassiererin. Viele Räuber begnügen sich nicht mit der Kasse, sondern fordern auch die Tageseinnahmen aus dem Tresorraum. Handys werden den Angestellten abgenommen, man sperrt das Personal ein – um freien Abzug zu haben. Früher, vor Einführung der Mobiltelefone, war es für die Täter noch einfacher, weil die Konzernleitung am Filial-Telefon gespart hatte. Da musste die geschockte Kassiererin erst zur nächsten Telefonzelle laufen. Es gibt traumatisierte Aldi-Kassiererinnen, bei denen sich ein regelrechtes »Panik-vor-dem-letzten-Kunden-Syndrom« entwickelt hat. Traurig, aber wahr.

Aber wir – wir waren ja nicht kurz vor Schließung, wir waren ja am Morgen drin gewesen im Laden. Dennoch kann durchaus sein, so unsre Überlegung, dass die Angestellten mutmaßen, dass wir die Räumlichkeiten auskundschaften wollten. Um ’nen Coup vorzubereiten.

»Dabei ging's doch nur um 'nen harmlosen Schönheitswettbewerb ...«

»Das verklicker denen mal!«

»Und so dämlich, wie wir uns angestellt haben? Dümmer geht's ja wohl nimmer.«

»Du meinst, sie hätten checken müssen, dass wir keine echten Verbrecher ...«

Aber falsche Verbrecher? Geht das? Gibt's das?

»Wird wohl so sein, dass das Personal von oben Anweisung hat, alles irgendwie Verdächtige zu beobachten und zu notieren, im Falle eines Falles. Vielleicht gibt's ja 'ne Prämie dafür ...«

»Wahrscheinlich. Scheißladen.«

Inzwischen sind wir am Grünberger Zentrumsrand angelangt. Allen Ungemachs zum Ärger – nur nicht aus dem Schlendrian bringen lassen ...

Passenderweise Parken am sogenannten Diebsturm. An dem, wiewohl selbst Ostern längst vorbei ist, immer noch der Weihnachtsstern hängt. Wird wahrscheinlich erst vor Weihnachten abgehängt, das gute Stück. Um dann einen Tag später wieder drangenietet zu werden.

»Dann könn' se 'n ja auch gleich dranlassen ...«

»Könn' se. Und tun se ja auch.«

Auf dem Parkplatz entdeckt Jo Kiefernzapfen, weibliche. Die männlichen sind ganz dünn und klein und würden kein gut' Feuerchen abgeben für Coburger Rostbratwürste ...

Indes, was wir auch versuchen, Ablenkungsmanöver, ob nun mit Weihnachtssternen, Kiefernzapfen oder Rostbratwürsten, verfangen nicht, nicht wirklich ... Wir schauen uns bedröppelt an. Der Vorfall von eben beschäftigt uns immer noch, geht uns nach, es hilft nichts, so viel ist arschklar.

Einen ungünstigen Eindruck von uns vieren vermittelte natürlich, dass Arbeiterführer Ulf mit seiner »verbrecherartigen Lederjacke« aussieht wie Ernst Thälmann *himself.* Und Arbeiter klauen ja wie die Raben, das ist ja bekannt wie Teufels Küche. Und Arbeiterführer erst, die klauen einem ja sogar den Schweiß untern Achselhöhlen weg! Dann das unglückliche Hantieren bei gleichzeitigem Körperverrenken mit der Kamera ... Dann die wahnwitzige Äußerung meinerseits: »Wir haben nichts ...« So etwas muss natürlich auffallen. Wer geht schon beim Aldi vorne rein und vorne wieder raus und – hat nichts, außer ’ner Tüte unscheinbarer, vollkommen vernachlässigbarer Nüsse? Ein Scheinkauf offensichtlich! Täuschung, Tarnung alles, Camouflage. Und dann noch ’n schwarzes Auto wie aus ’nem Gangsterfilm mit Alain Delon. Oder Steve McQueen: »*All I need is a fast machine.*« Oder Gerard Depardieu aus die »Die Ausgebufften« ...

Überhaupt: Vier Kerle beim Aldi – die können ja eigentlich nur Verbrechertum vorhaben! Und dann auch noch kostümiert wie wir: ausstaffiert mit Stoppelbart und ’nem Grinsen im Gesicht, das können doch nur »Verbrecher auf Urlaub« sein.

»Kannste sagen.«

»›Mal kurz ’n Aldi machen?‹ ›Geht klar, Schnute!‹«

Auf jeden Fall haben wir »alles richtig gemacht, um verdächtig zu erscheinen«.

Oder wurden wir vom Grünberger Aldi-Personal lediglich als zwar unbeliebte und möglicherweise unangenehme, doch keinesfalls illegale Testkäufer eingestuft?

Testkäufer?

Testkäufer sollen Ehrlichkeit, Genauigkeit und Wachsamkeit der Kassiererinnen überprüfen. Angeblich.

Nicht wenige Aldi-Beschäftigte allerdings fürchten, sogenannte Testkäufe dienten lediglich als »Personalplanungsinstrument«. Denn jeder noch so minimale Fehler der Angestellten wird in einem Ordner dokumentiert. Um einzuschüchtern und, falls es einmal zu arbeitsgerichtlichen Auseinandersetzungen kommen sollte, Munition gegen die Arbeitnehmer zur Verfügung zu haben? Wenn langjährige Mitarbeiter zu teuer werden oder ältere zu langsam? Und man sie abmahnen und loswerden will? Wenn nun die betreffende Person aber partout keine Eigenkündigung unterschreiben will?

Dann kann ein Testkäufer Fehler provozieren, Kassiererinnen ein »faules Ei ins Nest« legen: ein Produkt, das, übersehen, nicht oder falsch abgerechnet wird. So wird dann zum Beispiel eine teure unter etlichen Portionen Billigbutter im Einkaufswagen versteckt und der Kassiererin untergejubelt. Oder eine flache Schachtel Pralinen wird an der Unterseite eines Kartons mit Dosen hochgehoben, um – scheinbar – zu zeigen, dass sich nichts mehr auf dem Boden des Einkaufswagens befindet. Ist zwar nicht in Ordnung, solch ein inszenierter Kündigungsgrund, ein untergeschobener Diebstahl etwa, und die feine Art schon gar nicht – aber soll vorkommen.

Die Nüsse also – womöglich doch nicht so vernachlässigbar? Ein Testkauf?

Nein, kann nicht sein: Denn wozu dann das Aufschreiben der Nummernschildnummer? Und überhaupt: Vier Testkäufer auf einen Streich – so was gibt's ja nur in schlechten Romanen. So was braucht's nicht, wär viel zu aufwendig, zu kostspielig – *ein* Testkäufer genügt voll und ganz.

Haben wir also des Guten zu viel getan? Des Blöden? Unwillkürlich erinnern wir uns an Mannis Worte vor ein paar Tagen in Oelsnitz: »Ich will jetzt nicht fragen, was für Drogen ihr nehmt …«

Würde die Aldi-Äquator-Tour ein vorzeitiges Ende nehmen? Würde sie zur Aldi-Tortur mutieren, entarten? Alle verhaftet – und aus is … Erstbefahrung perdu?

Ungeachtet anhaltender Verstimmung, ja regelrechter Missstimmung, unzweifelhaften Unwohlseins und Magenziehens beziehungsweise kaum kaschierten Zorns und Leckt-uns-doch-alle-Feelings, ziehen wir los, streifen in der Grünberger Altstadt rum. Sonderlich viel gibt's allerdings hier nicht zu streifen.

Am dreieckigen Grünberger Markt – stattliches Fachwerk-Rathaus auf gemauertem Erdgeschoss mit eckigem Eckerker und einer Reihe von Fachwerkanwesen drum rum, Balken in unterschiedlichen Farben gestrichen – schieben wir uns in den ersten Stock des Cafés »Kreuder«, um uns von Überfall und Schock erst mal zu regenerieren.

Ruhig rechnen wir aus, nachdem wir unsre Bestellung aufgegeben haben, was eine Aldi-Filiale in der Stunde so einnimmt. Von welcher Kundenfrequenz wäre auszugehen? Für wie viel greifen die Leute so ab – durchschnittlich? Wie lang hat so 'ne K(l)aufe geöffnet? Wir rechnen und rechnen und kommen – frage uns keiner, wie – auf 19 000 Eier am Tag.

Nun, warum nicht tatsächlich das tun, was man uns offenbar eh zutraut? Warum nicht Wut und Ärger konstruktiv kanalisieren und auf einen Schlag reich werden? Reich wie die Brüder! Um nur noch bei EDEKA einzukaufen …

»Verräter, du!«

»Ach was, Aldi ist selber schuld …«

Doch nicht abschweifen. Was mit dem Nebenraum sei? Dem mit dem venezianischen Spiegel davor?

»Venezianischer Spiegel? Beim Aldi?«

Auch wenn Ulf es nicht glauben mag, »das ist da im Laden,

bei der Kasse, wo du so verspiegelte Scheiben siehst, dahinter ist der Aufenthaltsraum, und das Büro mit den Tageseinnahmen, von da können sie unbemerkt in den Laden reinspechten …«

Und wie dahin vordringen?

»Du brauchst natürlich ein Druckmittel.«

Denn ohne ein gewisses Quantum an Bedrohungspotential würde uns ja niemand auch nur einen Cent überreichen. Aber wo dieses Potential hernehmen?

»Vom Aldi natürlich. Vielleicht ham sie ja grad was im Angebot, 'n niedlichen, kleinen Vorschlaghammer zum Beispiel. Als Aktionsware, du verstehen?«

»Hab ich aber eben keine gesehen.«

»Hier ist doch Aldi Süd. Vielleicht ham se ja bei Aldi Nord welche …«

»Genau, wir robben über 'n Äquator rüber. Da kommen sie uns nie drauf, auf den Trick. Genial!«

»Also, so 'n niedlicher, kleiner Vorschlaghammer … Müsste natürlich Qualität haben. Um Eindruck zu schinden.«

»Genau, die berühmte Aldi-Quali.«

»Und wenn nicht, dann reklamieren wir.«

»Geben ihn zurück.«

Vernichtende Qualitätsurteile der »Stiwa«, wie die Stiftung Warentest Aldi-intern genannt wird, gab's in der Tat vor Jahren für ein »Hammer-Set«. Immerhin, Ware – selbst angebrochener Tütenwein –, die fehlerhaft ist, oder nicht gefällt, kann anstandslos umgetauscht werden. Dafür steht der Discounter.

»Und wie machen wir uns unsichtbar?«

»Wir Hasskappen nehmen!«

»Hä?«

»Skimützen! Mit so kleine Schlitze drin. Wie die Autonomen sie tragen …«

Doch ob die beim Aldi erhältlich wären? Der Winter, er ist ja noch weit. Und damit das saisonale Angebot.

»Vielleicht könnt man drei Löcher in' Strumpf bohren – und den dann übern Schädel ziehen …«

»Mein Strumpf hat eh schon 'n Loch«, lacht Ulf.

»Das kommt, weil du hast zu spitze Knie …«

»Mein Gott, Strümpf über die Visage, bei meine Käsemauken …«

Gut, dann muss es eben ohne Socke gehen. Vielleicht könnte 'ne Plastiktüte mit Löchern drin denselben Zweck erfüllen.

»Die Aldi-Tüte – aber ja!«

»Hoffentlich kriegt man unter so 'ner Tüte auch genug Luft …«

»Jetzt mach dir mal nicht ins Hemd. Dauert ja nur Bruchteile von Sekunden, alles.«

»Und was is mit der Kamera an der Kasse?«

Die kann, hochauflösend, sogar 20- von 50-Euro-Scheinen unterscheiden.

»Umso besser – dann wissen wir gleich, was wir kriegen!«

Dann die Bärenfellverteilung. Doch wir kommen einfach nicht zu Potte. Denn »ein Viertel von 19 000, eine ungerade Zahl also geteilt durch eine gerade: Was da genau rauskommt, ist ja nie genau rauszukriegen, da bleibt ja immer 'n Rest …«

»Hee, hört mal. Was, wenn's nicht klappt?«

Wir gucken uns konsterniert an. An diese Möglichkeit hat anscheinend bislang keiner gedacht.

»Was, wenn der Vorschlaghammer versagt? Ladehemmung hat?«

»Genau, was sagen wir, wenn sie uns schnappen? Das müssen wir unbedingt vorher absprechen. Damit sie uns nicht gegeneinander ausspielen, ihr wisst schon, *good cop, bad cop* und so …«

»Dann sagen wir, wir hätten uns nur rächen wollen, wegen der unrechtmäßigen Verdächtigung …«

Unglaubliche Ausreden

Jo weiß von einem Aldi-Überfall zu erzählen, der das zuständige Gericht vor Probleme stellte. Lange unklar blieb, ob Heiko T. ein Aldi-Nord-Räuber ist oder ob er nur Opfer seiner grenzenlosen Naivität wurde. Vor Gericht gab der Dreiundzwanzigjährige an, seinen südosteuropäischen Kumpel Agon getroffen zu haben, der ihn dazu überredete, zu Bea zu fahren, einem ihm bis dahin völlig unbekannten Mädchen, das angeblich Interesse an ihm gezeigt hat. Über die leere Sporttasche, die Agon mit sich trug, habe er sich keine Gedanken gemacht. Auf dem Weg nach Kiel habe ihn Agon anhalten und zwei flüchtige Bekannte zusteigen lassen. Warum man zu viert zu der besagten Bea habe fahren müssen, diese Frage habe er sich damals nicht gestellt, und weil seine drei Fahrgäste untereinander nur »balkanesisch« gesprochen haben, was er nicht beherrsche, habe er den Grund auch nicht in Erfahrung bringen können.

In der Kieler City habe er dann auf Weisung von Agon erneut anhalten müssen, und zwar vor einem Motorradladen, wo die drei Mitfahrer sich drei schwarze Sturmhauben kauften. Auch zu diesem Zeitpunkt hegte er noch keinerlei Verdacht. Warum man diese Bea nur mit Sturmhauben aufsuchen konnte, darüber habe er sich nicht den Kopf zerbrochen, da ihm ja fremdländische Sitten völlig unbekannt seien. Man sei dann wieder aus Kiel herausgefahren und Agon habe ihn zum Stadtrand von Eutin dirigiert, wo sie schließlich bei einem Aldi hielten. Die drei Begleiter hätten sich die Sturmhauben übergezogen und ihn freundlich gebeten, kurz auf sie zu warten, sie hätten eine Kleinigkeit zu erledigen. Nach einer Weile seien sie zu ihm zurückgekommen, hätten die nun prallgefüllte Sporttasche ins Auto geworfen und ihn aufgefordert, rasch weiterzufahren.

Er habe darauf auch folgsam Gas gegeben, misstrauisch geworden sei er allerdings durch die Geldscheine, welche aus der Sporttasche hervorgequollen seien, und auch die Tatsache, dass Bea plötzlich keine Zeit mehr für ihn hatte und man das versprochene Treffen verschieben müsse, sei ihm komisch vorgekommen. Das reichliche Spritgeld von 300 Euro, das ihm Agon beim Abschied in Kiel zugesteckt habe, habe ihn allerdings wieder getröstet. Niemals und zu keinem Zeitpunkt aber, betonte Heiko T. mit fester Stimme vor seinem Richter, sei er sich darüber im Klaren gewesen, dass er an einem Raubüberfall teilgenommen habe. Seine Festnahme betrachte er daher als große Ungerechtigkeit und er verlange seine sofortige Freilassung. Weder die Richterin noch die Anwälte der anderen Angeklagten mochten Heiko T. seine Version allerdings abnehmen, und so wurde er wegen Mittäterschaft bei einem bewaffneten Raubüberfall zusammen mit seinen Kumpanen in den Bau gesteckt.

»Das glauben sie uns nie, wenn sie uns einsacken, dass wir aus purer Rache den Aldi gemacht haben.«

»Alle werden denken, aus schnöder Gewinngier hätten wir …«

»In was für 'n Geruch wir dann kommen!«

Nicht auszudenken. Klammes Schweigen. Untertassen klappern. Ich süffle meine Schokolade.

»Wisst ihr, was? Wir lassen's.«

Reihum schauen wir einander an – wäre das die Lösung?

Unsre Mienen hellen sich peu à peu auf. Ja, das ist es! Jo, er hat recht, wie immer. ☺

»Genau, ist ja nur Zaster.«

»Blöde, öde Knete …«

Wir sind ja schließlich nicht irgendwelche Brüder – »Knastbrüder!« –, denen's nur um Kohle geht. Und überhaupt – was für einen Schrecken würden wir bei einem Überfall den armen Aldi-Mädels einjagen? Was für einen Schrecken uns selber? Und den Ordnungshütern erst?

Ulf bringt es auf den Punkt: »Aldi ist eh so billig – da lohnt sich 'n Dieb ja gar nicht richtig …«

Wir also – sauber geblieben! Moralisch frisch gestärkt fühlen wir uns. Und gleichzeitig stark als Team. Die äußeren Umstände, der Druck, der Verdacht, der lastende, der ungerechte – all das hat uns zusammengeschweißt. Es ist, wie wenn eine Fußballmannschaft einen Mitspieler durch eine rote Karte verliert und danach umso besser kickt. Ein bemerkenswerter Umschwung – insbesondere, führt man sich die leichten Auflösungserscheinungen von gestern vor Augen.

Wir schmunzeln uns zu. Was für eine gute Wendung alles doch genommen hat. Erst ein ungeheuerlicher Verdacht, dann eine ungeheuerliche Tat, dann das Absehen davon – es ist, als wäre nichts gewesen.

Nichts gewesen? Nun, wenn der Grünberger Aldi just in dieser oder der nächsten Woche »gemacht« würde, von anderen, wahrhaft bösen Buben, Verbrecherknechten – dann, so malten wir uns aus, dann gäb's echt Ärger. Denn dann würde mit ziemlicher Sicherheit nach uns gefahndet werden, mein lieber Herr Gesangsverein – gefahndet, dass die Knochen knacken, gefahndet bis zur Hirnerweichung, bis zur Herzmuskelverformung.

»Aber echt, Vater Specht.«

Eine leise Beunruhigung also bleibt. Was wir daraus gelernt haben, gelernt aus dem ganzen unseligen Mist?

Ob so oder so: Fahrzeug immer in Fluchtrichtung parken.

Und der Beauty Contest?

Führt nur zu Kalamitäten, so was. Lappt vielleicht überhaupt zu sehr in die Intimsphäre. Was ja nicht sein soll. Und hiermit erklären wir unsren Schönheitswettbewerb ganz offiziell und mit sofortiger Wirkung für beendet.

»So schön kann keine Frau sein, dass ich das noch mal alles …«

»Nur nicht noch mal so ’ne Demütigung.«

»Nie wieder. Dann schon lieber Zölibat.«

»Jungs, was haltet ihr davon, ’nen Schönheitswettbewerb um den schönsten männlichen Aldi-Mitarbeiter …«

Au Backe, es reicht.

»Zahlen!«

Hätten wir uns zu Gemüte geführt, was an der Tür meines Stamm-Aldis geschrieben steht, wir hätten uns unsre feingesponnene Konspiration glatt sparen können. Dort kann man nämlich lesen:

»Unser Geldschrank ist mit einem eingebauten Sicherheitstresor verbunden. Dieser kann vom Personal der Filiale nicht geöffnet werden. Der Schlüssel dazu befindet sich nicht in der Filiale.«

Drei feingehämmerte Sätze, die potentiellen Räubern den Mut rauben sollen. Darunter dasselbe noch mal in Englisch, Polnisch, Türkisch, einer mir unbekannten Sprache sowie Kyrillisch / Russisch.

»Englisch? Gibt’s schon so viele Tommys bei dir im Kiez? Tommys, denen Kies fehlt …«

»Nee, das is nur, weil man international sein will …«

»Bleibt nur zu hoffen, dass bei denen, die sich angesprochen fühlen sollen, auch entsprechende Fremdsprachenkenntnisse vorhanden sind …«

»Ham hoffentlich nich die Schule geschwänzt, die Leutchen …«

»Um *streetwise* zu werden.«

»Wie Steve McQueen.«
»Kein Französisch? Ist das nicht diskriminierend?«
»Höchstens positiv.«
»Depardieu, der dürft also machen, was er will …«
»Alain Delon auch.«
»Nur Stevie McQueen nich, der müsst sich zusammenreißen. Arsch zusammenkneifen.«
»Genau – *streetwise* hin, *streetwise* her.«

Wir auf jeden Fall, straßenweise – wir auf jeden Fall machen jetzt erst mal die Fliege. Und raus geht's auf die Straße, auf straßenweise Straßen. Nur fort, fort von hier, fort von diesem Ort der Schmach und der Schande!

Und wieder heißt's: graues Band, grüner Rand … Vorbei an Gießen geht's – vom Krieg vernichtet und von der Nachkriegsarchitektur, deshalb ausgelassen.

Ulf, er würde noch gerne nach Marburg düsen, die alte Universitätsstadt, die er noch nicht kennt, sie reizt ihn. Aber leider liegt Marburg nicht in Rufweite des Aldi-Äquators. Das hätte Ulf nicht geschert – doch wir anderen, wir mögen nicht. »Point Alpha« gestern lag immerhin noch in der Äquatorzone, wenn auch hart am Rande. Na ja, und der Zeitplan, er ist ja doch eh bereits eng.

»Na dann eben nich …«

Ulf, er trägt's mit Fassung. Zumindest gibt er sich den Anschein. Aber wer weiß schon, wie's innen in ihm ausschaut? Lieber gar nicht erst reinschaun.

In Dillenburg, eng zwischen zwei Höhenrücken gelegen, Auto abgestellt. Vor Parkuhr mit 20 Cent die Stunde. Wohl die Letzte ihrer Art. Will heißen: mit diesem Tarif. Und dann auch noch defekt. Umso besser, 20 Cent gespart. Dafür dann Zettel hinter die Windschutzscheibe geklemmt. Hoffentlich schnallt's die Politesse …

Schlendern durch die Dillenburger Altstadt – eigentlich kaum mehr als eine einzige lange Häuserreihe, dazwischen die unvermeidliche Fußgängerzone. Nicht sonderlich berauschend das, was sich da links und rechts so ausbreitet beziehungsweise türmt. Vieles wirkt leicht angestoßen, angejahrt, abgeblättert. Das Beste von das Schlechte noch das hier:

Bullaugen- beziehungsweise Leitzordnerkirche

Vorschlag wird gemacht, den Berg mit geschichtsträchtiger Kirche und Wilhelm-von-Oranien-Turm sowie -Denkmal obendrauf raufzukraxeln. Gesagt, gekeucht. Auf der Treppe nach oben aufgeständerte Blumenkübel, die für die Stufen zu breit sind. Da hat mal wieder die eine Hand nicht gewusst, was die andere tut im Beschaffungsamt …

Im alten Gottesgemäuer – eines mit dreifach-Emporen – erkundigt sich ein weißhaariger Mann, der neben demselben wohnt und Interessierte hereinlässt, ob wir Holländer seien. Solche nämlich suchen häufig diese Stätte hier auf, da in derselben ein Haufen Oranier, Gründer (und Vorfahren) ihres Königreichs, bestattet liegen. Einige in Zinnsärgen. Die wir auch zu sehen bekommen. Die Särge natürlich – nicht den Inhalt.

Oben aufm Berg sodann Runtergucken ins Tal, zu was einen ja Gipfel, ja selbst niedrige Höhen stets verleiten; aber auch Rübergucken auf die bewaldeten Hügel gegenüber, darin ein, zwei Pavillons stecken. Wir also geglupscht – des guten Schopenhauers eingedenk, der sich ja vehement ausspricht gegen die unbezähmbare Sucht des Auf-die-Aussichtstürme-Steigens, nur um sich am Runterglotzen dann zu ergötzen.

Kurze Pinkelpause beim Denkmal für Wilhelm von Oranien, der in den Niederlanden als Vater des Vaterlandes gilt und gebürtig von hier stammt. In ihrer Nationalhymne singen die Holländer denn auch »Wilhelm von Oranien bin ich von deutschem Blut …«

»Wenn die Oranje-Fans nur begreifen wollten, dass sie ein Stück aus unserer Rippe …«

»Nix zu machen, is schon zu lang her.«

»Also wenn Holland gewinnt gegen uns, haben, genealogisch gesehen, eigentlich wir gewonnen …«

»Wir gegen uns, genau.«

Aber wer ist wir? Wer uns? Wieder diese großen, diese übergroßen Alsfelder Fragen …

»Holland gewinnt sowieso nich.«

… Fragen – und eine knappe Antwort. Jo, er natürlich, er weiß es. Und sagt es.

Wechseln hinüber auf die Terrasse des Schlosscafés, das uns, wenn auch keinesfalls in Orange, unwiderstehlich anlächelt geradezu. Jo, der Arme – prompte Rache der Oranjemänner? –, er hockt sich in eine feuchte Pfütze auf der Sitzfläche seines Stapelstuhls. Und präsentiert der Bedienung, als die zu uns an den Tisch kommt, Hintern und Malheur. Anschließend – zum Aufsaugen der Nässe? – werden uns Kissen gebracht. Für einen eindeutig ein Kissen zu spät. Dafür dann Vernichtung zwei bis dreier pitschnasser Bierchen binnen kürzester Zeit. Damit's auch ordentlich zappelt in der Zentrale. Respektive rappelt.

»Jaja, geht direkt in die Zentrale.«

»Und dann hört's nich mehr auf zu rappeln …«

Und wie's der Teufel will, hätte der gute Jablo – Zapper beziehungsweise Rapper, rappliger, beziehungsweise zappliger – fast also hätte der Kumpel beim Glasabstellen dann was vom guten Gerstensaft verschüttet.

Auf dem Nachbartisch eine Zeitung. Jo schnappt sie sich.

Bei Aldi anfangen?

Die politischen Tagesmeldungen – na ja, nichts sonderlich Aufregendes dabei. Aber etwas ist interessant – eine Stellenanzeige von Aldi Süd! Man sucht Filialleiterstellvertreternachwuchs. (Dieses Wort hat das Zeug zum Gewinner bei der täglichen Wettrunde der kleinen Espressobar in Rom am Fuße der Spanischen Treppe. Dort teilen italienische Rentner jeden Morgen eine deutsche Tageszeitung unter sich auf, jeder bekommt eine Seite, und wer das längste deutsche Bandwurmwort findet, hat gewonnen. Filialleiterstellvertreternachwuchs hätte sicherlich eine gute Chance.) Also, mal sehen, was schreibt Aldi denn? »Der Kunde ist König. Der Kollege auch. Freuen Sie sich auf ein Arbeitsklima, das von Fairness und Respekt geprägt ist.« Hört sich doch nicht schlecht an, arbeiten als König unter lauter Königen! Und *für* Könige noch dazu! Wer arbeitet dann eigentlich noch, mag man fragen. Und überhaupt: Dass Könige sich ja recht eigentlich bedienen lassen – wozu sonst ist das Königtum denn gut? – diese unumstößliche Tatsache scheint den Stellenannoncen-Verfasser keineswegs zu stören. Nun, was muss einer denn mitbringen, um als König eingestellt zu werden? »Eine abgeschlossene Berufsausbildung (offenbar egal, in welchem Beruf), Führungskompetenz, unternehmerisches Denken, hohes Verantwortungsbewusstsein, Selbstständigkeit und große Einsatzbereitschaft, Teamgeist.«

Auch wenn die Formulierungen in der Anzeige einem stereotyp vorkommen mögen – Aldi stellt besondere Anforderungen an seine Mitarbeiter. Genau lotet man bei Vorstellungsgesprächen die charakterlichen und sozialen Hintergründe der Bewerber aus. Unauffälligkeit im Auftreten, gediegene Bekleidung, Bodenständigkeit und geordnete Verhältnisse sind gern gesehen. Personalvermittlungen kommen nicht zum Zug.

Warum man noch nie eine Aldi-Verkäuferin mit Piercing erblickt hat? Sie werden nicht eingestellt. Auch bei sichtbaren Tattoos sind die Chancen gleich null. Ohrringe sollte eine oder einer besser nicht tragen. Gleiches gilt für Bärte. Entwickeln sich Liebesbeziehungen innerhalb der Belegschaft, sind diese zu melden. Gibt's Probleme, stellt sich jemand quer, kann's rasch heißen EDEKA: Ende der Karriere. (Mit zum Teil großzügigen Abfindungen versüßt, um sich hinziehende Prozesse und damit Unfrieden im Betrieb zu vermeiden – gegen Stillschweigen, versteht sich.)

Was Aldi bietet? Laut Stellenausschreibung »abwechslungsreiche Tätigkeit, intensive und sorgfältige Einarbeitung, intensive Aus- und Weiterbildungsmöglichkeiten, überdurchschnittliches Gehalt in Höhe von 2463 Euro pro Monat, Urlaubs- und Weihnachtsgeld, Aufstiegsmöglichkeiten zum Filialleiter.«

»Filialleiter – mein Traumberuf!«

Wie aus der Pistole geschossen kommt das. Und sogleich setzt Jablonski ein Grinsen auf, ein ansteckendes.

Wir wieder runter vom Berg, rinn in die vier Räder.

Satter Stau auf der Gegenseite der Sauerlandlinie erheitert uns Nichtbetroffene. Schadenfreude ist ja immer die schönste Freude …

Jetzt, nach Ulf zuvor, meldet Jo Wünsche an. Er möchte zur Braustätte von Veltins, die hier irgendwo liegen müsse. Beziehungsweise zur Quelle des Felsquellwassers dort, von der in den Werbespots vor den Fußballübertragungen, denen Jo so gerne frönt, immer die Rede ist. Man müsse doch einmal dem Wahrheitsgehalt dieser Werbebotschaft beziehungsweise dieser Quelle auf den Grund gehen! Empört klingt er, entrüstet. Glaubt er doch Grund zur Annahme zu haben, dass aus dem Grund dieser Quelle mitnichten Felsquellwasser quelle, beziehungsweise es überhaupt keine Felsquellwasserquelle nicht gebe …

Jablonski und ich, wir haben Mühe, Jo sein Ansinnen auszureden. Eine solche Quelle entspringe im Zweifelsfall Hirnwindungen von phantasievollen Werbern, das sei ja wohl klar wie Kloßbrühe. Auf irgendeinen Wirklichkeitsgehalt zu setzen wäre fahrlässig. Was Veltins im Übrigen mit Aldi zu schaffen habe – habe doch der diesen Dummmacher keineswegs im Programm. Ulf führt ein letztes, zweifellos unschlagbares Argument ins Feld:

»Wenn ich schon nicht nach Marburg darf …«

Jo zeigt sich schließlich einsichtig. Die Zeit, sie tickt. Für Abstecher, die Unhaltbarkeit von Werbesprüchen zu belegen – dafür ist das Leben zu kurz. Denn andernfalls hätte man ja nur noch Abstecher abzustechen, Abstecher allüberallhin, um all die allgegenwärtigen Lügen aufzudecken, all dem schönen Schwindel nachzuspüren …

Ab von der Autobahn kurven wir nach Siegen hinein. Und damit haben wir Hessen verlassen, schieben wir durch Nordrhein-Westfalen. In dem wir fortan bleiben – bis zum Ende der Eidechse.

Im Falle von Siegen handelt es sich um eine sogenannte »Doppelstadt«: eine – Gummersbach gleich –, die sowohl Aldi-Süd- wie auch Aldi-Nord-Niederlassungen zu bieten hat. Die Bewohner von Siegen kommen also in den Genuss der Produktpalette von Aldi Süd und Aldi Nord. Ein seltenes Privileg. (Wie halt nur noch die Gummersbacher es genießen.)

Unser ungutes Gefühl dem Discounter gegenüber, nach dem Vorfall von Grünberg: es scheint geschwunden. Umso besser. Magengrimmen, für den Rest der Reise, immer wenn wir ’nen Aldi anfahren – hält ja kein Schwein aus, so was.

Unten unter einer hohen Autobahnbrücke hindurchsausend, bemerkt Ulf: »Da wohnen welche.«

Stimmt, es sind da Wohnstätten, Behausungen zu sehen. Bewohner allerdings keine. Werden wohl gerade weg sein. Oder beim Wohnen.

»Oder beim Aldi.«

Der Siegener Aldi Süd besticht durch eine Tiefgarage – und einen Personenaufzug. Wir probieren alles aus. Beziehungsweise durch. Funktioniert alles klasse.

Könnte sonst was sein, ist aber Aldi

Außerdem ist der Laden sich für ein Flachdach, ortstypisch mit dunkelbrauner Verschindelung – »Verschandelung« – versehen, keinesfalls zu schade. Wenn das man alles die Schatulle von Karl nicht über Gebühr belastet … Ein Schild nebenan sorgt für spontane Begeisterung:

Aldi-Firmenparke beziehungsweise Mitarbeiterparkplatz der Firma Aldi

»Firma ALDI« – schöner kann man es nicht sagen, treffender. Oder wie sagt's der Dichter: »Jedem Aldi wohnt ein Zauber inne!«

Siegener Aldi Süd, zwiefach beschildert (links Tiefgarageneinfahrt)

Redundanz, Redundanz, Redundanz

Der Grundsatz höchstmöglicher Einfachheit bedeutet keineswegs, dass es in bestimmten Situationen nicht sinnvoller ist, Wiederholungen einzubauen. Aldi wäre nicht Aldi, wenn Aldi nicht auch das Prinzip der Redundanz für Aldi entdeckt hätte. Dass sich Einfachheit und Wiederholungen, Redundanz also, nicht widersprechen müssen, beweist ein simples Beispiel. Folgende Situation: Man steht in einem Supermarkt an der Kasse und die Kassiererin zieht wieder und wieder einen widerspenstigen Artikel über den Scanner, bis das Gerät endlich den erlösenden Piepton von sich gibt. Und, endlich, kann es weitergehen. Man kennt das. Von früher.

Von früher? Genau, von früher. Denn inzwischen wird einem das nur noch höchst selten passieren. Warum? Weil Aldi von seinen Lieferanten verlangt, den Barcode nicht nur einmal, sondern auf allen Seiten der Ware anzubringen. Egal, ob nun der Käse richtig herum, mit dem Gesicht nach unten oder anders auf dem Förderband zu liegen kommt, immer ist ein Barcode in Scannernähe und bringt das Gerät zum Piepsen. Lächerlich, könnte man sagen, die paar Sekunden! Die paar Sekunden aber addieren sich im Laufe eines Tages zu Minuten, und im Verlauf von Monaten und Jahren zu Stunden und Tagen – Arbeitszeit, kostspielige, die anderweitig eingesetzt werden kann.

Die Konkurrenz hat übrigens von Aldi, dem Schrittmacher in dieser Sache, gelernt:

Strichcodes rundherum auf Produktverpackungen,
Strichcodes rundherum auf Produktverpackungen,
Strichcodes rundherum auf Produktverpackungen,
Strichcodes rundherum auf Produktverpackungen,
Strichcodes rundherum auf Produktverpackungen,
Strichcodes rundherum auf Produktverpackungen,
gibt's mittlerweile fast im gesamten Lebensmitteleinzelhandel!
Piep.

Der Aldi Süd hier – er ist der einzige Aldi Süd am Ort. Wir rauschen Richtung Siegen-Mitte, nach Norden also. Aldi Nords gibt's in Siegen gleich mehrere.

Aber wie kam nur diese Aldi-Süd-Niederlassung in Siegen zustande? Wohl durch eine Gebietsreform, die das Territorium, auf dem der Siegener Aldi Süd sich befindet, dem Stadtgebiet von Gesamtsiegen – eigentlich Aldi Nord zugehörig – zuschlug.

Aldi früher

Früher, vor den Barcode-Zeiten, so viel ist unbestreitbar, früher war der »Konservenladen« ja durchaus eine Show, ja beinah eine Zirkusnummer. Früher nämlich mussten die Aldi-Nord-Kassiererinnen sich Hunderte dreistelliger Warencodes merken – um dann die jeweilige, dem Artikel entsprechende Ziffernfolge in die Registrierkasse einzutippen. Regelmäßig wurden diese sogenannten »PLU-Nummern« intern abgefragt. (Bei Aldi Süd hingegen wurden früher die Preise eingetippt.) Legendär die fixen Finger!

Zweifellos eine Gedächtnis- in Verbindung mit einer feinmotorischen Leistung! Und wurde mit Gehirn-, nein: mit Gehaltszulage entsprechend entlohnt. Damit sparte Aldi sich das Aufkleben von Preisschildchen auf den Produkten – wie bei anderen Supermärkten üblich.

Früher gab's beim Aldi natürlich auch keine automatische Eingangstür, keine Drehkreuze, keine Kameraüberwachung. Auch Frischware wie Früchte und Vegetabilien suchte man früher vergebens, ebenso Kühlartikel: kein Kühlregal und keine lange Tiefkühltruhe, nirgends. Natürlich auch keine Bioprodukte. Non-Food wie Klamotten, Fußabtreter, Schlappen oder Computer fand sich natürlich auch nicht. (Einmal abgesehen davon, dass Notebooks und Mobilfunktarife und die dazugehörigen Handys ja erst einmal erfunden werden mussten.) Und all das mit Karte bezahlen kann man bei Aldi auch erst seit ein paar Jahren.

Ach ja, fast hätten wir's vergessen: Nicht nur Hirnleistung und Fingerfertigkeit wurden den Aldi-Kassiererinnen früher abverlangt – auch gewichtheberisch waren die Aldi-Damen früher voll gefordert. Gab's doch vor Jahrzehnten bei Aldi noch die sogenannten Umpackkassen, bei denen die Artikel von einem Einkaufswagen in den anderen hinübergelegt werden mussten. Kassenbänder? Gab's nicht. Bis zu 5,5 Tonnen täglich waren so von den Kassiererinnen mit einer

Hand zu hieven. Es setzte massive öffentliche Kritik – und Aldi stellte sein System schließlich um.

Inzwischen hat jeder Aldi Laufbänder, Telefonanschluss im Büro und Scanner(kassen). Ganz normal, ganz wie jeder x-beliebige Supermarkt. Vorbei, vorbei – die irren alten Zeiten!

Meine Mutter übrigens, die selbst das Verkäuferinnenwesen in einem kleinen Lebensmittelgeschäft in den fünfziger Jahren erlernt hatte, erlernen hatte müssen, da ihre Eltern sie, obwohl Klassenbeste und obwohl Fürsprache von ihrer Klassenlehrerin erhaltend, da ihre Eltern sie nichtsdestotrotz von der Schule genommen hatten, da sie ja »sowieso mal heiraten würde« – meine Mutter also, bekennende Aldi-Fanatikerin und Schwester im Geiste der Brüder, da immer auf die Aldi-Sonderangebote aus, die meinem Vater Haus und Wünsche finanzierten, jahrelang, erinnere ich mich, haben wir beim Abendessen Aldi-Pfefferminzteebeutel getrunken, günstiger ging's nimmer – meine Mutter also, die die Aldi-Preise für die von unserer Familie benötigten Nahrungsmittel alle im Kopf hatte, hat immer mitkontrolliert, ob an der Kasse auch alles richtig eingetippt wurde.

Und wehe, es hat einmal nicht gestimmt! Dann erhob meine Mutter sofort und lautstark Einspruch. Dann musste natürlich alles im Einkaufswagen gegengecheckt werden, bis der Fehler zweifelsfrei festgestellt war. Korrigiert wurde. Storniert. Und der ganze Wocheneinkauf – meine Mutter kaufte beim Aldi immer *en gros* ein – noch einmal abgerechnet. Es kam nicht oft vor, hat sich mir allerdings eingebrannt. Meine Mutter hatte übrigens immer recht.

Legte sie es geradezu darauf an? Sie, die ebenso schnelle, ja die bessere, weil genauere Rechnerin? Wollte sie es den routinierten Assen an der Kasse mal zeigen, beweisen? Aus unterforderndem Hausfrauendasein sich in luftige kalkulatorische Höhen erhebend? Auf dass ihr, wenigstens gelegentlich, Gerechtigkeit widerfahre?

Was immer dahintergesteckt haben mag, sei es die simple Befriedigung, so wenig Geld auszugeben, wie irgend möglich, der Drang zum Sparen, koste es, was es wolle, ja der reine, nackte, maßlose Sparzwang schlechthin – das jedenfalls waren dann so Momente, wenn meine Mutter ihren großen Moment hatte und die Stimme erhob, ich hab den ruhig-selbstgewisshellen Klang ihres Organs heut noch im Ohr – das also waren so Momente, in denen ich am liebsten im Boden versunken oder unverzüglich unsichtbar geworden wäre vor Scham, da alle Augen auf meine Mutter und mich gerichtet waren, mich, den Heranwachsenden und Einkaufswagenfüller und -schieber und Wagenladung-in-den-R4-Packer ... Wenn meine Mutter also wegen ein paar Pfennigen zu viel den ganzen Laden aufhielt, wie man so sagt, dann hätte ich mich am liebsten in Luft aufgelöst. Ein paar Pfennige – das schien mir die Bloßstellung vor allen Leuten nicht wert. Wollte ich doch ums Verrecken nicht auffallen. »Entschuldigung, dass ich geboren bin ...«

Hab ich deshalb, als Pubertant, jahrelang einen grauen Bundeswehrpullover getragen? Schon wenn, als Kind noch, unsere Ente mal an der Ampel streikte und der Motor mit der Kurbel wieder in Gang gebracht werden musste und deswegen der Verkehr aufgehalten wurde und alles hinter uns hupte wie wild, hab ich mich zutiefst geschämt und woandershin gewünscht. Ich bin aber nie anderswohin gekommen. Immer noch, immer noch verfolgt der Aldi mich.

Doch gemach! Denn auch dafür, dass man die Peinlichkeit aufzufallen überwinden kann, stehe ich: Rufe ich doch heute, wenn wieder einmal eine Schlange vor der Aldi-Kasse sich die Beine in den Bauch steht, mutig zur Kassiererin hinüber, ob man doch bitte eine neue Kasse öffnen könne. Dann wird die Klingel gedrückt und eine Aldi-Beschäftigte kommt aus dem Aufenthaltsraum oder sonst woher und tut, worum ich gebeten.

Nur ein einziges Mal meinte eine der Kassiererinnen meines Stamm-Aldis auf meine Bitte hin keck, die Schlange sei nicht lang genug.

Nicht lang genug, die Schlange? Ein klassischer Fall von Einschätzungssache. Aber warum sich streiten? Ist sie doch sonst nett, niedlich gar, die Verkäuferin. Also hab ich nicht weiter auf Schlangenhalbierung bestanden.

Diese kleine, durchaus adrett anzuschauende Aldi-Angestellte war es auch, die ich einmal mit einem Kind auf dem Schoß an der Kasse antraf. Das Mädchen durfte die Waren über den Scanner ziehen, bis es piepte. Ganz ernsthaft und akkurat, vollkommen aufgehend in der Aufgabe, wie es Kindern ja eigen ist, tat es das. Auf meine Frage, ob es ihrs sei, das Kindchen, bekam ich zur Antwort »der Chefin ihrs«. Diese hatte offensichtlich keine Betreuung organisieren können – und ihre Kleine zur Arbeit mitgenommen. Auf dass ihre Mitarbeiterinnen sich um ihr Kind kümmern. So was gibt's im Aldi also auch.

Nicht nur diese Kümmerin, auch die Chefin selber hätte bei unsrem Contest durchaus keine schlechte Figur gemacht. Leider wirkt sie, die Leiterin, nicht selten angespannt. Kein Wunder, bei all der Verantwortung, all der ermüdenden Arbeit Tag für Tag, jeder Tag 13, 14, 15 Stunden lang …

Strahlen beziehungsweise lautlos lachen kann sie aber auch. Wie einmal bei einem kleinen Bub, dem, in Begleitung des Vaters, sein Eis vor der Kasse auf den Boden geflutscht war und der dies dann umständlich von den Fliesen klaubte, um daran sogleich umstandslos weiterzulecken …

Den Stern ausgestochen aber hat eine Brünette, schulterlanges Haar, eine Bezirksleiterin oder dergleichen, die ich eines schönen Tages – die Filialchefin war nicht weit –, gekleidet in den feinen Zwirn eines Hosenanzugs, geschäftig beim Plastikflaschen-Zerdrück-und-Pfandautomaten herumstaksen sah: ganz Vorgesetzte auf Kontrollgang. Nichtsdestoweniger Flair verbreitend und trotz männlicher Gewandung und Karrierehabitus weiblich wirkend, reizvoll, toll – überhaupt nicht aldimäßig reduziert jedenfalls.

Eigentlich eine, diese Hosenanzugträgerin, auf die auch ein Jablonski hätte abfahren können. Na ja, früher vielleicht mal. Auf jeden Fall glaube ich zu wissen, dass es Jablo weniger auf Frauenschönheit, mehr auf Frauennettigkeit ankommt. Beziehungsweise mag er all jene weiblichen Geschlechts, die sich an ihn ranmachen. Und ihm selber selbiges so ersparen. Die ihn lieben, nett zu ihm sind – woraufhin er sie dann im Gegenzug auch liebt und nett zu ihnen ist. Was ja alles viel für sich hat. Beziehungsweise ihm guttut anscheinend.

Natürlich, ohne Frauenfreundlichkeit geht es nicht. Neigen doch Schönheiten schon mal dazu, arrogant zu sein, Näschen in den Wolken. »Ich tendiere dazu, dich nicht mehr zu lieben …«

Sei es, wie es sei, der Aldi-Contest, er ist ja eh längst abgeblasen. Also keine Gedanken mehr dran. Schluss mit der Schwärmerei unbekannten Inspektorinnen hinterher, die womöglich gar nicht einmal nett sind, nur schön, kann man ja wahrscheinlich gar nicht, nett sein, in solch einer Position, schön schon – Schluss also damit, und die Gegenwart abgehorcht! Denn jetzt auf einmal kommt meinen Sitznachbarn offenbar Lust auf Döner an. Jedenfalls tönt er:

»Ich hab 'ne Zwiebel aufm Kopp, ich bin 'n Döner. Döner macht schöner …«

Oder ist's lediglich das rastlose Rumhocken auf der Rückbank, dass Jablo derlei Gesänge entfahren, die uns andern, ratlos und redlich mittagsmüde, nicht mal mehr eine Erwiderung zu entlocken vermögen.

Zufällig, ganz ohne Navi-Unterstützung, entdecken wir einen Aldi hinter einer Parkfläche in hellgrau-rötlichem Schachbrettmuster. Es ist wahrlich nicht zu viel gesagt: ein fast schon schmucker Aldi Nord – es gibt noch Wunder!

»Wenn's kracht, dann noch 'n Meter …«

Nee, alles noch mal gutgegangen beim Einparken. Attraktivität, unerwartete, kann halt schon mal ablenken.

Der Aldi in gewohnt »norddeutscher Backsteingotik«: mit zwei mit braunem Blech verblendeten Breitgiebeln über Eck in kombiniertem Baracken- beziehungsweise Hüttenformat. Doch diesmal immerhin mit frisch gepflanzten Bäumen drumrum um die Parke. Macht's die hauseigene Konkurrenz, die unmittelbare Nähe zum gemeinhin aufwendiger ausgestatteten Aldi Süd also, die Theo zu solch' Ausgaben in Sachen Gediegenheit verleitete?

Drei Studentinnen singen an der Seite des Aldi christliche Lieder. Sie wollen kein Geld.

»Warum singt ihr hier?«

»Weil wir um die Ecke wohnen.«

Warum nicht? Warum nicht singen, warum nicht um die Ecke wohnen? Warum nicht singen, weil man wohnt, um die Ecke gar? Und wir dachten schon, sie singen, weil Aldi gottlos ist, und sie mit dem Singen Aldi zu Gott zurücksingen wollen …

Doch nicht doch. Die Brüder nämlich, sie sind gar nicht so,

Aldi Nord in Siegen, gut sichtbar die zweifarbig gepflasterten Stellflächen

sie sind ja streng katholisch und sollen ja regelmäßig sonntags zur Messe gehen. Und das sei ja »nicht das Schlechteste«.

»Zumindest ein Anfang.«

»Na ja«, mault einer. »Wohlstand ohne Ausbeutung? Milliardär werden ohne Dreck am Stecken?«

Kaum denkbar, in der Tat. Und was überhaupt mit der katholischen Soziallehre sei, mit der Verteilungsgerechtigkeit.

»Ham se wohl vergessen, die Brüder.«

Beziehungsweise »nie wat von jehört«.

Und Siegen? Ist die Hauptstadt des Siegerlands wenigstens eine Messe wert? Wie Paris Heinrich IV.? Nun, ein Paris ist Siegen wohl weniger. Und wegen Siegen das Glaubensbekenntnis wechseln?

»Soweit kommt's noch.«

Nein, keinerlei beeindruckende Bauwerke zu vermelden hier, sieht man mal von der Siegener Aldi-Anomalität ab. Dazu ziemlich unübersichtlich alles. Mit einem Wort: mopsig. Am schönsten noch die bewaldeten Bergrücken ringsumher, wohin man auch schaut. Aber Bäume und Berge haben ja recht eigentlich mit »Stadt« nix zum tun.

»War mal wat, aber is nich mehr.«

»Vielleicht – vielleicht war da mal wat. Sieht aber jetz aus wie Wuppertal, nur 'ne Schublade weniger.«

(Dabei ist Wuppertal gar nicht so mies, genau besehen. Die Schwebebahn, natürlich – sie fehlt Siegen.) Mehr Stadtautobahnen kreuzen und queren auf jeden Fall die Metropole des Siegerlands (dafür ist Wuppertal länger: zieht sich halt so kilometerlang durchs Tal hin …), so dass das Navi Schwierigkeiten hat, sich zurechtzufinden.

»Sag mal 'n Satz mit wammama und hatata.«

»Wamma ma in Wuppertal, hat dat da geregnet …«

Wohl total bombardiert worden und ohne Sinn und Verstand wiederaufgebaut, dies' Siegen. Kennt man ja.

»Kenn ich vom Wegsehn.«

»Das ist nicht schön, das wollen wir nicht sehen …«

Nach kurzer Rundfahrt den Berg hoch und durchs Zentrum, durchs sogenannte, geht's denn auch gleich weiter – nach Freudenberg. Aldi Süd. Alles noch Siegerland hier. Sauerland, das Land der tausend Berge – wo die Mädchen schöner als die Kühe sind – lassen wir ohne mit der Wimper zu zucken rechts liegen. In Freudenberg eine Art Hybrid-Aldi – die Ziegel von Aldi Nord, kombiniert mit den Metallplatten vorm Giebel von Aldi Süd. Sachen gibt's! »Sachen und kein Schrank«, wie unser Opa zu sagen pflegte. Ein gefundenes Fresschen jedenfalls für Jablonski mit seiner Hybridknipse.

Freudenberg ist ein oft auf Buchumschläge und Reiseführer gebanntes Nest, bestehend aus ein paar parallelen Zeilen freistehender Fachwerkhäuser an einem Bergrücken, vor mehr als zwei Jahrhunderten errichtet. Spätbarock. Alles unter Denkmalschutz und alles schwarzweiß, schick wirkend beinah. Von einem der Häuser war die nackte Holzkonstruktion ohne Decken und gefüllte Gefache zu sehen – war wohl vor kurzem runtergebrannt, der Bau. Jetzt nur noch Skelett. Nach Durchmessen der wenigen Sträßchen Niederlassen vor dem »Café Flecker«. Käffchen und Kuchen für die Äquator-Reisenden. Macht Freude und liegt am Berg, das Freudenberg.

Kurz gerülpst – und weiter nach Wipperfürth (Aldi Süd). Einmal die Hauptstraße mit den Schieferhäusern und jede Menge Geschäften rauf, dann die Parallelstraße wieder runter. An als Parkfläche genutztem Platz am Rande des Zentrums Denkmal für den Wipperfürther Stadtpatron, den Kölner Erzbischof, später Graf und Reichsverweser – Jobs gab's damals! – Engelbert von Berg. Von diesem Geschlecht stammt übrigens die Bezeichnung »Bergisches Land«. Also nicht der Berge wegen, wie man meinen würde. Obwohl – vielleicht hieß jener Engelbert von Berg beziehungsweise der ganze Clan der Bergs der Berge des Bergischen Landes wegen so … Nahm übrigens kein so nettes Ende, der klerikale Verweser: wurde 1125 ermordet.

Nicht übel, dies' Wipperfürth – doch kein Hotel aufzutreiben. Das eine wird erst renoviert und das andere ist zwar prinzipiell beziehbar, doch belegt. Irgendein Fest ist der Grund und schuld. Irgendwas ist ja immer schuld und der Grund. Wissen wir schon, wissen wir alles.

In Wipperfürth übrigens wird der Fluss »Wipper« zur »Wupper« und woppert munter zu Tale. Jedenfalls, schenkt man unsrem Gewährsmann Jablonski Glauben, sollen sich Teile der Nibelungensage hierherum abspielt haben.

»Wie sprach dermaleinst Hagen von Tronje: ›Treu ist Treu, auch ohne ein Tiel.‹«

»Ziel heißt das!«

»Wahr gesprochen, meiner Treu.«

Ja, so waren sie, die alten Germanen.

»Ja so warn's, ja so warn's, ja so warn's, die oiden Rittersleut' …«, stimmt Ulf den alten Hit vom Karle, dem Valentin, an.

Und endet unvermittelt, lacht, der Kumpan. Und unsre Ohren atmen unverzüglich auf.

Das Bergische Land mit seinen dichtbewaldeten Senken, seinen steil sich hebenden Höh'n – verleitet es, an alte Sagen zu denken? Jung-Siegfried, kam der tatsächlich aus 'm »Pütt«, wie Jablonski steif und fest behauptet? Nur in der umgekehrten Richtung »als wie wir jetzt« den Äquator langgaloppierend?

»Ich bin der Siegfried von der Ruhr, komm wegen des Drachens nur …«, soll Siegfried auf dem Weg durchs »Bergische« schalmeit haben, auf seinem Ritt zum Drachenfels bei Königswinter. Doch nicht dieses in dem Karnevalsschlager: »Es war in Königswinter, nicht davor und nicht dahinter, es war gleich mittendrin, als ich damals auf dich reingefallen bin« so gänzlich unromantisch besungene romantische Nest am Rhein ist's, welches wir nun entern, sondern Hückeswagen (Aldi Nord).

Hückeswagen? Ja, so eigenartig nennt sich der Ort, kein Verschreieiber … Hier also wieder fragen nach freien Zimmern. Und »hier wir Glück haben«.

»Hotel zur Post« – so heißt unser Domizil für eine Nacht. Praktisch, der Parkplatz hinterm Haus. Voll verschiefert, dieses freundlich anmutende, einstöckige Gebäude älteren Datums, grün die Fensterläden, weiß die Rahmungen, Standerker an der Seite – ziemlich daneben allerdings das großflächige Café-Schaufenster am Eck. Direkt an einer breiten, vielbefahrenen Kreuzung gelegen, der Gasthof, nichtsdestotrotz: Schallschutzfenster tun, was Schallschutzfenster tun sollen – ihren Dienst. Und dämmen den Schall.

Nach Einchecken und halbstündigem Ausruhen auf unsren Zimmern im ersten Stock inklusive routinemäßigem Glotze-Einschalten – in den Nachrichten nichts Weltbewegendes –, erneutes Sammeln beim Entree unten. Sodann wieder Hinaufsteigen: auf den Hügelrücken dieses wunderlichen Örtchens mit dem seltsamen »Wagen« hinterm »Hück« und »es« im Namen. Hückeswagen ist, notabene, die erste westdeutsche Stadt, die das Ampelmännchen, das ostdeutsche, flächendeckend eingeführt hat. Alte, schieferummantelte Häuser und Häuschen erquicken Auge und Herz, eine bruchsteinerne Evangelen-Kirche – nicht zu betreten, wie ja leider meist bei diesen Nachfolgern Luthers – ergötzt nicht minder, auch ein Schlösschen dahinter sowie eine liebliche kleine Grünanlage mit Pavillon zum Sich-Ergehen-Darin gefällt. Genüsslich betrachten wir alles.

Drei beim Pavillon-und-Park-Betrachten

Anschließend wir wieder die einzige Straße über den Bergrücken zurückgeruckt und rein die Gaststätte »Kö 3«. Angenehm Grauweißgrün das Draußen, nicht wirklich stilsichere, aber noch erträgliche »Jemütlichkeit« drinnen, »wie sich dat jehört«. Auf Bänke zwei Treppenstufen hoch in eine Nische ans Fenster gesetzt, Kölsch getrunken, Fisch und Bratkartoffeln eingeworfen. Alles ohne Beanstandung.

Der Wirt ist gut drauf. Warum er seine Kneipe »Kö« nenne

und nicht »Hü«, schließlich seien wir doch in Hückeswagen und nicht in Köln? Und ja wohl erst recht nicht auf der Kö in Düsseldorf …

Weil es hier Kölsch zu trinken gebe und kein Hückes, weil das hier die Kölner Straße sei und nicht die Hückes Straße, wird uns geantwortet. Und die Kö in Düsseldorf, die sei ja überhaupt ein ziemlich überschätztes Gässchen …

»So überschätzt wie der Ku!«

»Der Ku?«

»Der Kudamm.«

Und woher die 3 in Kö 3 komme, will Ulf wissen.

»Schomma wat von Hausnummern jehört?«

Auf dem Abort ein Sinnspruch, goldgerahmt:

Eines der schwierigsten Dinge der Welt ist,
etwas ganz einfach zu betrachten.
Krishnamurti

Betrachten, im Scheißhaus – wat denn?

Ein letztes Bierchen dann in der Gaststätte – diese ausschließlich Schankwirtschaft – »Zum alten Markt«. Wir beziehen einen freien Tisch in einer Ecke um die Ecke. Hier sind wir ungestört vom Tresengelärme und hier nun gibt Jablonski einen lyrischen Erguss zum Besten: das Aldi-Poem, welches er sich gestern Nacht ausgedacht und daran er heute Morgen noch herumgetüftelt. (Vertonung steht noch aus.) Das Rudiment aus Versen und Reimen ruft eitel Freude und Belustigung hervor und wird erst von uns gemeinsam versuchsweise, und dann, nach Abbruch dieses Versuchs, von mir allein in Ruhe weiter und zu Ende gedichtet.

ALDI ALLDA – DAS ALDI-LIED

Das Land, es ist geschie-hi-den
in Aldi Nord und Sü-hü-den;
mit heißem Herz und ohn' Verstand
knattern wir fidel durchs Land,
stets folgend des Äquators Band.

Theo und Karle, die bei-hei-den
alle können sie gut lei-hei-den:
Haben »günstig und gut« uns gelehrt
und uns »tolle Schnäppche« beschert.

Die feine H-Milch, sie sei geprie-hie-sen:
sie spart dir manch' fetten Rie-hie-sen.
Gekäut von Kühen auf saft'gen Wie-hie-sen
damit du nie kommst in die Mie-hie-sen.

Der Wein im Schlauche überrascht –
vor allem, wenn auf ex vernascht.
Der Brotbackautomat backt besser Brote
als Salat.

Ob Joghurt, Pizza, Tiefkühlfisch –
bei uns kommt Aldi nicht untern Tisch,
sondern drauf,
schnauf!

Von all den Pantole-he-tten,
hat Aldi die adre-he-tten:
echt Plastik, für 17,90 fast geschenkt –
dann rasch zur Kasse eingeschwenkt.

Bei Aldi Nord wie Aldi Süd
steck alles in die Aldi-Tüt';
darin die Ware allzeit gut verstaut
Ob Sonne scheint – oder es saut.

Klar, es holpert am Anfang ein wenig und unglückseligerweise ist die erste Strophe eine Zeile zu lang geraten. Und den unregelmäßigen Letzte-Wort-Melismen von vier Strophen entspricht so gar nichts in den anderen drei. Nun ja, wer Perfektion erwartet: sofort aussteigen und ins Meer plumpsen – falscher Dampfer!

Leider ging das Original-Manuskript verloren. Es war weit ungebärdiger beziehungsweise – es sei nicht verschwiegen – härter, sprich: knallhart unter der Gürtellinie. Jedenfalls, die Erinnerung bringt ihn nicht mehr hoch, den Urtext – nützt alles Kopfzerbrechen nix ... Auch Jablo bringt – beziehungsweise kriegt – seinen Erguss, seine Geistestat, nicht mehr zusammen ...

»Keiner wird aus keinem schlau.«

»Wieso?«

»Sag ich ja.«

Tag 5

Hückeswagen – Burscheid – Solingen – Düsseldorf – Mülheim – Kettwig – Mülheim – Essen

Man sollte alles so einfach wie möglich sehen,
aber auch nicht einfacher.
Albert Einstein

Frühstück in der »Post«.

»Na, gut logiert?«

»Uähh …«

Gähnt Ulf. Immerhin: Heute keine Klagen über ausgeleierte Bettenbeläge, unscharfes Fernsehen – »falsche Fernseher!« – oder sonst Ungeiles.

Wir sogleich ins Auto gehopst und weiter Richtung Nord-Nord-West gebraust. Verläuft doch ab etwa hier der Aldi-Äquator, im Unterschied zu jenem, der die Erdkugel in eine Nord- und eine Südhälfte teilt, der also waagerecht verläuft – verläuft doch der Aldi-Äquator ziemlich senkrecht ab etwa hier, von Süd nach Nord also, teilt er doch die Welt ab etwa hier in Ost und West. Seltsam, aber wahr. Nicht anders haben es die Brüder gewollt.

Den Altenberger Dom, wiewohl einmaliges Kulturerbe und zweifelsohne unglaublich sehenswert, lassen wir. Auch das Schloss Burg. Die Zeit, die Zeit, die eilt, die eilt …

Der Altenberger Dom und Schloss Burg

Beim Altenberger Dom handelt es sich um eine große Klosterkirche der Zisterzienser – kein Bischof hat je hier gewohnt, die Bezeichnung »Dom« weist lediglich auf die erstaunliche Pracht und enorme Dimension des Bauwerks hin. Ab 1255 hat man Stein auf Stein geschichtet, bis die dreischiffige Basilika in streng gotischem Stil vollendet war. Klar rhythmisiert, mit großartiger Durchfensterung, atmet sie den Geist des Mittelalters.

Schloss Burg wiederum ist die größte rekonstruierte Burganlage Nordrhein-Westfalens. Anfang des 12. Jahrhunderts erbaut, diente sie den Grafen und Herzögen von Berg als Stammschloss. Wer sich für die Geschichte des Bergischen Landes interessiert: ein geräumiges Museum im Innenhof informiert.

Bei Burscheid ist die Landschaft schön.

»Gibt's nix zu meckern dran.«

Kamerad Ulf äußert vollste Zufriedenheit. Sixt, liaba Ulf – ned nur in Bayern is schee!

Nicht lange freilich – und alles ist wieder zersiedelt, zerstiebelt, Stückwerk: Man erkennt kaum, wo die eine Ortschaft endet, die nächste beginnt – oder ob's nicht überhaupt dieselbe ist.

Ein Aldi Süd kommt in den Blick – doch mit der Wirkung eines Aldi Nord: die gewohnte, stinknormale »Berghütte« mit Klinkern dran. Immerhin – vor der Parkfläche ein Stahlgittertor, das geschlossen werden kann.

»Schranke würd's auch tun.«

Bald drauf ein Lidl, der aussieht wie 'n Aldi – 'ne Blechfalz-Hütte! Wer kopiert hier wen? Denkt Lidl, wenn ich den Aldi mal kaputtgemacht hab, kann ich gleich umstandslos dessen Hütten übernehmen, sehen ja jetzt schon aus wie meine?

Hier sollte eigentlich der dritte Aldi-Witz kommen. Jo hat Bedenken. Aber ihm ist auch bewusst: Ein Witz ist Volkes Stimme, und die sollte man nicht unterdrücken. Was tun also?

Nun, warum nicht mal wieder »Internet gucken«? Einfach »auf der Kühltruhe« in die Suchmaske eingeben oder »Kann doch gut sein« oder »Aber nich bei Aldi« …

Über das tiefe Tal der Wupper – Buchen hier wie in einer Kathedrale, mit Parasiten-Gewächsen dran, verwunschen geradezu der Anblick, wie im Märchen – nach Solingen. Solingen, Stadt der Schlaglöcher.

»Gruß aus Solingen …«

Nein, kein Messerstich, Gott bewahre – lediglich der grusligste Aldi Nord empfängt uns. »Empfang« ist natürlich bereits eine Etage zu hoch gegriffen: Handelt es sich doch bei dieser Nahrungsmittelverteilstation keineswegs um ein rechtschaffen freistehendes Gebäude, sondern um einen Anbau an einen sogenannten »Kaufpark«. (Was immer sich dahinter verbirgt … wir haben es nicht eruiert.) Den Parkplatz davor muss der Aldi sich mit dem ominösen Kaufpark teilen.

Schmal, der Aldi, weiß angemalter Beton, an dem die Armierung schon rausrostet, dazu hinten – wir haben keine Mühen gescheut und sind extra um den Bau rum, um nur ja nichts zu verpassen – abplatzender Anstrich und an der Seite das die bereits eh unansehnliche Schachtel zusätzlich verunzierende Graffiti: »Anti-WSV« entziffern wir. Nicht Winter-Schluss-Verkauf ist gemeint – so was gibt's beim Aldi ja nicht. WSV steht für »Wuppertaler Sportverein«. Klar, dass sie den in Solingen nicht mögen – mögen Nachbarorte es in der Regel ja, einander zu nicht zu mögen. Und sitzt man ja hier oben auf diesem ungenau geformten Hügel und nicht unten im Loch, dem langen, wie die Wuppertaler. Und hat man hier oben natürlich auch einen eigenen Fußballverein.

»Auch wenn den keiner kennt.«

Im Windfang am Eingang / Ausgang – oder sollte man sagen: »Diebsfang«? – ist eine Scheibe zersplittert. Wenn auch die Scherben noch hängen. Der Rahmen fixiert sie. Der Ghetto-Aldi, wir stehen davor. South Bronx, kein Zweifel – und zwar in Solingen. So weit hat's Solingen also schon gebracht – »wenn das mal nix is« … Respekt! Beziehungsweise: *disrespect.*

South Bronx Aldi Solingen

Unübersehbar eine Laterne, die vor der Parke in einer Art Blumenkübel steckt. Dann kommt auch noch ein kleiner, neutraler LKW aus der Einfahrt gewackelt. Kein regulärer Vierzigtonner mit Aldi-Beschriftung – vielmehr einer mit 'nem Freak hinterm Lenker. Herrgott, wo sind wir nur gestrandet? Merkwürdig- über Merkwürdig-, Absonderlich- über Absonderlichkeiten! Na, was ist von der South Bronx auch schon andres zu erwarten …

Immerhin, eins sei, bei aller Runtermache dieser runtergekommenen Schuhschachtel, nicht unterschlagen: Dieser Aldi hier, er ist eine pur-rational-rechtwinklige Betonkiste ganz ohne Schindeln und Stil, will sagen: ganz ohne falsche Heimatanmutung. Auch radikal unsentimentale, ja knallharte Flachdach-Aldis also hat's.

Natürlich – es wird angemietet, was sich an umbautem Raum so anbietet. Deutschland will – und soll – ja schließlich flächendeckend aldimäßig versorgt sein. Wird selbst gebaut oder gekauft, zahlt man aus eigenen Rücklagen – ohne Verbindlichkeiten lebt sich's naturgemäß günstiger, spart man sich Zins und Tilgung. Autohändler in Essen und Mülheim berichten, Aldi bezahle auch seine Dienstwagen, Daimler der C- und E-Klasse, *cash*. Aldi Nord wie Süd sollen über jederzeit abrufbare Bargeldreserven von jeweils über eine Milliarde Euro verfügen, wie der *Spiegel* weiß. Mal abgesehen von den ungeheuren Summen – so klassisch kaufmännisch altmodisch, ja vorkapitalistisch geradezu geht's in unserer vor Schulden berstenden und vor Anleihen ächzenden Welt halt auch noch. Wenn man nur will. Beziehungsweise kann. Beziehungsweise Aldi heißt. (Aldis schärfster Konkurrent Lidl finanziert übrigens alles auf Pump.)

Wenig später dann, wie der Zufall es will, entdecken wir einen weiteren Aldi Nord in der Stadt, an einer breiten Straße jenseits der City, welche man übrigens schnell passiert hat, einer Magistrale, auf der – interessant, interessant – seltene O-Busse entlanggondeln: den »Bauhaus«-Aldi am Wasserturm!

Na so was. »Visionär« fällt uns dazu ein. Da hat mal ein gestandener Architekt einen Aldi hingelegt wie sonst nie nicht. Strahlend weiß, mit Bretterflächen als Mauerauflockerung und Betonelementen um den zweifarbigen Parkplatz herum, Elemente, die rechteckige Aussparungen aufweisen, eines bildet eine kulissenhafte Ecke, daran das Firmenlogo; dazu ein mehrstöckiger, spannungsreich mit Fenstern versehener Turm seitlich vom Laden, ein Turm, der ebenerdig sinnig als trockener Stellplatz für die Einkaufswägelchen dient; vom Parkplatz überdies Durchblick auf eine gegenüberliegende, wunderschöne Allee; der Komplex gänzlich auf jedwede biedere Hüttenanmutung verzichtend und an der Straßenseite mit Nutzgeschossen, Büros schätzungsweise – vielleicht eine Aldi-Verwaltung? –, darüber, davon der oberste Stock ungewöhnlich niedrig bemessen. Dekoratives Detail: eine in den Himmel ragende Stange an der Schmalseite des Gebäudekomplexes. Für die Aldi-Fahne? Nicht zu vergessen der extravagante Buchstabe am blank-stählern schimmernden Außengeländer im Eingangsbereich: ein großes, sich breit machendes »A«, exakt den Linien des Aldi-Nord-Logos entsprechend. Echt »Prada«-mäßig. Oder Louis Vuitton. Oder sonst was in dieser Preislage …

So was Schönes, so die übereinstimmende Meinung, hatten wir bislang noch nicht erblicket. Einfach hinreißend, genial, möchte man fast sagen. Genialisch zumindest. Und eine solche Augenweide nur ein paar Kilometer vom schäbigsten Aldi auf dieser Tour – nicht zu fassen!

Zwei Wermutstropfen sollen hingegen nicht unterschlagen sein. Die flache Blechverdachung seitlich am Parkplatz ist von der Proportion her unschön an den Laden geklebt beziehungsweise geklatscht. (Was aber nicht heißt, dass wir dann doch lieber unsere »Almhütte« gehabt hätten.) Ebenfalls mäkelnde An-

xzeptioneller Aldi (mit Belvedere) in Solingen

merkungen lösen die vielen Aldi-Logos an der Fassade aus. Ein paar weniger wären ein paar mehr gewesen. Der »Firmenphilosophie« – was für ein Wort! – entsprechend, sollte für Aldi ja eigentlich Bescheidenheit angesagt sein. Aber man wollte wohl – wer will's Aldi übelnehmen – mit dem Prachtstück prunken.

Wie viel dieses Gebäudeensemble wohl gekostet haben mag? Kaum auszudenken. Und noch dazu errichtet – oder bloß erworben? – vom besonders auf die Penunze guckenden Theo.

»Mach gut, aber schön, Theo!«

Wir – erfahrene Aldi-Architekturkritiker mittlerweile, jeder ein Kunstwart – wir jedenfalls sind ob dieser erbaulichen Baulichkeit dermaßen begeistert, dass ein junger Aldi-Kunde, Typ Student beziehungsweise Spitzbart beziehungsweise Zottelbär, gerade in den Laden strömend, spontan verwundert den Kopf schüttelt nach dem Motto: Flippen die jetzt total aus? Während eine alte Frau hörbar aufstöhnt und sich an die Stirn packt.

Diese Mitmenschen, so viel ist klar, verstehen uns nicht. Warum? Nun, vermutlich wissen sie gar nicht, was sie haben an ihrem Aldi. Sie haben eben den Aldi-Äquator nicht gemacht und all die Almhütten nicht gesehen, all das Elend nicht, das kreuzbrave. Es wird die schiere Gewöhnung sein – die schiere Gewöhnung macht sie blind, die Leutchen. Blind für das Superb-Erhabene: das Außergewöhnliche. Im Gewöhnlichen. In Solingen.

Oder, in Abwandlung von Robert Gernhardt, dem Dichter:

Das Schöne und das Hässliche
beide sind's Unvergessliche –
doch bildet stets das Hässliche
letztlich das Unermessliche!

Jetzt haben wir diesen Aldi über den grünen Klee gelobt – und dann kommen mir doch Zweifel, massive: Ist der Aldi in Hof, mit seiner markanten Blechfassade, nicht doch extravaganter – weil, im Unterschied zu dem gerade beschriebenen Bauwerk, ohne jede Einschränkung rassig, schnittig, elegant?

Wem auch immer der Lorbeer gebührt – so richtig gut, um so richtig wieder runterzukommen vom Trip dann der Straßenname »Stockdum«. Ein schmales Sträßlein, an dem nicht wenige Einfamilienhütten parken.

›Wie lautet Ihre Adresse in Solingen?‹

›Äh – Stockdum 1a.‹

›Wie bitte?‹

›Stockdum 1a.‹

›Woll'n Se mich verschei …?‹

›Keine Spur. Ich buchstabier's Ihnen am besten: Es-te-oh-ce-ka-de-uh-emm.‹

›Und noch 'n emm hinterher …‹

›Nee, wie stockdumm, nur mit ei'm emm.‹

›Stockdumm?‹

›Mit *einem* emm!‹

›Stockduhm also?‹

›Genau.‹

›Aber das haa, das ham Se eben vergessen …‹

›Was für 'n haa denn? Seit wann gibt's denn in Stockdum 'n haa?‹

›Ja, wie schreibt man das denn jetz?! Is ja zum Verrücktwerden!‹

›Was schauen Sie mich denn so an? Glauben Sie, *ich* hab mir diesen saudummen Namen ausgesucht?!‹

›Saudumm? Stockdumm!‹

Arme Stockdum-Anwohner. In der Tat, niemand kann sich

den Namen, an dem er haust – hausen muss vielleicht –, aussuchen. Auch der Reichste nicht. Straßennamen müssen wir alle hinnehmen. Straßennamen, und seien sie noch so »stockdumm«, sind die großen Gleichmacher.

»Gleichmacher wie der Sensenmacher.«

»Sensenmacher?«

»Äh – der Sensenmann natürlich …«

Den schönsten Aldi immerhin, den kann einer sich aussuchen. Das schon. Oder den schrecklichsten. Ganz wie's beliebt. Zumindest, lebt man in Solingen.

(Damit keine Missverständnisse aufkommen: Den Zwanziger-Jahre-Bauhaus-Stil bekundet dieser Aldi natürlich nicht; »Bauhaus« steht hier lediglich als Synonym für Architektur, die über das Mittelmäßige – beziehungsweise Vollvergurkte – rausragt.)

Warten auf Godot?

Die Bushaltestelle befindet sich direkt vor dem Remscheider Altenheim im Laspert (Aldi Nord). Grüngelbes Halteschild, Sitzbank, Fahrplan – alles vorhanden, was eine anständige Haltestelle braucht. Auf der Bank sitzt ein alter Mann und hält sich zitternd an seinem Stock fest. Er wartet, wartet auf seinen Bus. Will der Mann vielleicht zum Aldi?

Was der Mann nicht erkennen kann: die Haltestelle ist eine Attrappe. Ein Fake – für Alzheimer-Kranke. Selbst wenn der Mann stundenlang hier sitzen bliebe, es würde kein Bus kommen, niemand würde kommen, nur sein Pfleger, der ihn abends wieder auf sein Zimmer führt. Die unsinnigste aller Bushaltestellen – und doch wieder nicht. Die Leitung des Altenheims hat sie hier aufbauen lassen, um dementen Patienten einen Fluchtpunkt bei ihrem Weglaufdrang zu geben.

Mitleid, Unbehagen kommt auf. Ist ein solcher Umgang mit alten Patienten nicht höchst fragwürdig? Man gaukelt ihnen eine Haltestelle vor, nur, um sie am Abend bequemer einsammeln zu können. Ist das richtig? Ethisch verantwortbar? Verschaukelt man die dementen Patienten damit nicht?

Andererseits: Zu oft ist es schon vorgekommen, dass sich Bewohner des Heimes auf der Flucht verlaufen und nicht mehr zurückgefunden haben. Anderswo hat es deswegen schon Todesfälle gegeben. Jedes Jahr im Herbst finden Pilzsammler verirrte Alzheimer-Patienten im Dickicht, gestorben an Erschöpfung. Die Frage, die sich stellt, ist eine grundsätzliche: Ist es Pflegenden erlaubt, in dem Wahn der ihnen Anvertrauten mitzuspielen, diesen Wahn aufnehmend, weiterführend? Ein junger Zivildienstleistender, der von einem älteren, an Alzheimer leidenden ehemals leitenden Angestellten als sein Chauffeur verkannt wurde, gab es nach einer Woche auf, sich als Zivi vorzustellen, und übernahm lächelnd die Rolle des Chauffeurs. Wie dankbar war der Alte dafür! »Wo soll's denn heute hingehen?«, fragte ihn der Zivi, während er ihn im Rollstuhl zum Essenssaal schob. »Zur Vorstandsitzung nach Essen!«, rief der Alte glücklich.

Was ist dagegen einzuwenden? Sind wir nicht alle Teil eines Wahngespinstes? Halten uns für den Mittelpunkt des Universums und sind nichts weiter als ein paar zitternde Tropfen am Rande der Milchstraße …

Dem Alten auf der Bank jedenfalls scheint das Warten auf den Bus Hoffnung zu geben – ein Bus wird kommen! –, und darauf kommt es an. Mag auch die Hoffnung vergeblich sein – der Mann merkt es ja nicht.

Haben die Demoskopen recht, und die Deutschen werden immer älter und die Altenheime immer voller, wird man sich vielleicht nicht mehr auf eine vorgespiegelte Bushaltestelle beschränken.

Vielleicht baut man dann bald weitere, aus unserer Erinnerung vertraute Dinge drum herum. Eine ganze Siedlung mit Gebäudeattrappen wie in einer Filmkulisse könnte so entstehen, eine Post, ein Metzger, eine Polizeiwache. Und vielleicht, ja ganz sicher, auch eine Aldi-Attrappe! Mit glücklichem Gesicht können die Alten dann Attrappen-Einkaufswagen durch die Regalattrappen schieben. Der eigentliche Höhepunkt aber wird die Errichtung einer Altenheimattrappe gegenüber dem Altenheim sein. Wie werden sich die Alten daran erst erfreuen! Erleichtert werden sie seufzen und sich sagen: »Gut, dass wir da noch nicht hin müssen!«

Nächster Aldi Süd in Düsseldorf-Erkrath. Hinter einer Toreinfahrt ein schwarzgebeizter Giebel, Ziegel, Ahornbäume. Mit einem Wort: Almhüttenanmutung. Und das in D-dorf, der glitzrigen Landeshauptstadt. Die scheinen sie nicht zu mögen, die Brüder. Karl zumindest. Kann man verstehen, kommt man aus Essen. Setzt den als arrogant verschrienen Düsseldorfern die Alpen vor die Nase! Sind die nicht auch weitaus beeindruckender als die Kö: die Königsallee, die weltgewandte Shoppingmeile? Oder die Altstadt, mit ihrer längsten Theke der Welt? Oder der Fernsehturm, steil auch und hoch? Das neue Hafenviertel?

Und Theo? Ja, auch er – er vor allem! – dürfte Düsseldorf keine sonderlich positiven Gefühle und Gedanken entgegenbringen, spielte die nordrhein-westfälische Kapitale doch eine dunkle Rolle in seinem Leben …

Die Entführung

Herten, Hauptverwaltung von Aldi Nord. Es ist der 29. November 1971, früher Abend. Zwei Männer beobachten den Parkplatz, der sich langsam leert.

Nur noch ein Auto ist zu sehen. Das Licht im Bürogebäude wird gelöscht. Ein Mann in einem schäbig wirkenden Anzug verlässt als Letzter das Haus. Er geht hinüber zu seinem Mercedes.

Die Männer im Dunkeln zweifeln – ist es wirklich der Firmeninhaber? Oder bloß ein Buchhalter? Rasch sind sie bei ihm, der gerade im Begriff ist, in seinen Wagen zu steigen. Dem Mercedes-Besitzer wird eine Pistole an den Kopf gehalten. Auch der zweite Mann hat eine Waffe. Zweimal fragt man nach seinem Namen, verlangt schließlich seinen Ausweis: Tatsächlich – es ist Theo Albrecht! Während der eine ihn in Schach hält, klebt der andere Mann dem Opfer Mund und Augen zu. Dann zwingen sie den Unternehmer in den Kofferraum seines Wagens und fahren davon.

Am Steuer ein Autoschlosser und Gewohnheitskrimineller. Nach ein paar Kilometern Wagenwechsel. In der Garage des Fahrers muss Theo Albrecht die Nacht zubringen. Kurz nach Mitternacht klingelt bei Cilly Albrecht, der Gattin des Entführten, das Telefon: »Wir haben Ihren Mann entführt, machen Sie sich keine Sorgen, es geht uns nur ums Geld. Keine Polizei, keine Presse, sonst können Sie nur noch für ihn beten.« Doch zu diesem Zeitpunkt ist die Polizei bereits informiert, man hatte den Großkaufmann, der nicht wie sonst zum Abendessen erschienen war, längst als vermisst gemeldet.

Tags drauf wird der Konzernchef ins Zentrum von Düsseldorf verbracht, wo der andere der beiden Entführer eine Anwaltskanzlei betreibt. Theo Albrecht, dessen Augen verbunden bleiben, leistet keinen Widerstand. In einem abgelegenen Raum der Kanzlei – andere Quellen berichten von einem Schrank – fristet er die folgenden zwei Wochen sein Dasein.

Am nächsten Morgen erhält die Familie neue Kunde, diesmal per Eilboten. In einem Brief teilt der Entführte seiner Ehefrau mit, es gehe ihm gut, er werde versorgt: »Weitere Nachricht folgt. Herzliche Grüße, Dein Theo.«

In der Aldi-Nord-Zentrale wird in den ersten Tagen der Abwesenheit die Nachricht verbreitet, der Chef bleibe mit einem Schnupfen zu Hause. Obgleich er bis dahin nie wegen Krankheit gefehlt hatte.

Der Gefangene erhält Lesestoff – die Zeitungen »Der Aktionär« sowie »Der Volkswirt« – und darf seiner Frau jeden Tag ein Lebenszeichen geben; er schreibt: »Ich habe ein gutes Bett zum Schlafen. Morgens kann ich mich waschen und rasieren. Alle paar Tage kann ich mich auch baden. Zum Frühstück habe ich frische Brötchen, die gut mit Wurst und auch mit Käse belegt sind; dazu Kaffee.« Natürlich, die Briefe, sie werden von den Erpressern zensiert.

Nach fünf Tagen, man übt sich in Zermürbungstaktik, erkundigen sich die Menschenräuber bei dem Mann in ihrer Gewalt, was er zu zahlen bereit sei. »100 000« gibt Theo Albrecht zur Antwort. Am zweiten Verhandlungstag erhöht er auf eine halbe Million. Schließlich einigt man sich auf 7 Millionen. Eine nie zuvor verlangte Summe!

Cilly Albrecht, sie will selbstverständlich zahlen. Karl, der Bruder, spricht mit den Entführern, auch er sagt Geheimhaltung und Geld zu: »... merken Sie denn nicht, dass wir den Bruder haben wollen und bereit sind, das Geld zu geben?« Geld, das natürlich erst noch beschafft werden muss.

Inzwischen sind Journalisten der spektakulären Entführung auf die Spur gekommen. Eine Zeitlang gelingt es den Ermittlungsbehörden zwar, die Presse zum Stillhalten zu bewegen, geht es doch um ein Menschenleben. Aber elf Tage nach dem Verschwinden des Firmenlenkers wird der Entführungsfall publik. Und fortan belagern Pressevertreter das Anwesen der Albrechts, Tage und Nächte harren sie an diesen Spätherbsttagen aus, in der Hoffnung auf ein Bild, auf exklusive Informationen. Behörden und Familie wiederum, sie versuchen die neue Lage zu nutzen: Und so wird in der Folgezeit der Kontakt zu den Tätern zum Teil über die Medien gehalten.

Wie nun die Übergabe durchführen? Ein immer besonders heikler

Punkt bei erpresserischem Menschenraub. Hören wir einen Ausschnitt aus einem Telefongespräch: »Geht das klar?« »Nein, das geht nicht klar«, erwidert Karl Albrecht dem unbekannten Mann am anderen Ende der Leitung. »Ihr gedachter Weg ist nicht durchführbar. Wir können uns nicht frei bewegen, auch nicht mit Tricks. Der einzige Weg ist der Weg über den Vermittler.« Denn die Polizei hat die Telefonleitung angezapft und hört jedes Wort mit. Indes, die Strafverfolgungsbehörden, sie bleiben besser außen vor – will die Familie doch verständlicherweise das Leben des Entführten durch einen gleichzeitigen polizeilichen Zugriff keinesfalls gefährden.

Als Mittelsmann fungiert Ruhrbischof Franz Hengsbach. Theo Albrecht hat Kontakt aufnehmen dürfen zu dem Kirchenmann. Hengsbach erklärt sich »unter der Schweigepflicht des Beichtgeheimnisses« bereit zu helfen.

Die Ermittlungsbehörden, sie stecken in einer Zwickmühle: Opferschutz stand gegen das Ziel, die Täter ausfindig und dingfest zu machen. Dennoch, man setzt die richtigen Prioritäten: versichert den Menschenräubern via Presse, ihnen werde ein Vorsprung von 24 Stunden gewährt, »damit Theo Albrecht gesund wiederkommt«. Gleichzeitig wirbt auch die Familie noch einmal um Kooperation, indem sie eine Anzeige in der *Westdeutschen Allgemeinen* schaltet und beteuert: »Diskretion gesichert«. Eduard Zimmermann wendet sich in seiner Fernsehsendung »Aktenzeichen XY« im Auftrag der Familie Albrecht an die Entführer: »Bitte bleiben Sie weiterhin mit dem Vermittler in Verbindung. Dieser wird niemanden über den Übergabeort und -Zeitpunkt unterrichten.«

Am 16. Dezember, kurz bevor man zur Übergabe aufbricht, versammeln sich Täter und Opfer zu einem Umtrunk: Mit zwei Flaschen Sekt der Marke Henkell Royal werden die erfolgreich abgeschlossenen Verhandlungen begossen. Theo Albrecht werden überdies Weihnachtspräsente überreicht: »Der dressierte Mann« und »Al

Capone«. Es wird kolportiert, das Entführungsopfer habe gefürchtet, bei den verpackten Büchern könne es sich um Briefbomben handeln.

Die Warnungen der Polizei missachtend, fahren ein Kaplan und Bischof Hengsbach zu dem abgelegenen Feldweg im Norden von Düsseldorf, bei Ratingen-Breitscheid, der mit der Gegenseite ausgemacht worden war. Dort, nahe Lintorf, warten bereits drei Männer. Mit zehn persönlichen Fragen soll Hengsbach die Identität von Theo Albrecht zweifelsfrei feststellen. Nach fünf richtig beantworteten wird den Erpressern das Geld übergeben. Noch vor Weihnachten also ist Theo Albrecht wieder frei. Zunächst allerdings bleibt er, wie vereinbart, 24 Stunden im bischöflichen Ordinariat in Essen.

Einen vollen Tag – so lange erhalten die Erpresser tatsächlich Vorsprung. Denn die Fahnder und Ministerpräsident Kühn – auch mit dem Politiker nahmen die Entführer Briefkontakt auf, Theo Albrecht hatte an ihn zu schreiben –, der Staat also, er hält die Zusage, die er den Tätern gegeben hat, ein. Erst nach dieser Frist werden alle Hebel in Bewegung gesetzt, die Kidnapper zu fassen.

Als Theo Albrecht zu seiner Familie zurückkehrt, richten sich sämtliche Scheinwerfer und Mikrophone natürlich auf ihn. Der Geschäftsmann gibt das einzige Interview seines Lebens. »Also, ich bin gesund. Ich bin natürlich sehr, sehr müde. Es hat mich ziemlich strapaziert.« Auf die Frage, ob er während der Gefangenschaft geglaubt habe, dass die Sache gut ausgehe, sagt er: »Ich habe die Hoffnung nicht untergehen lassen.« Und fügt hinzu: »Ich habe das Bedürfnis nach sehr, sehr viel Ruhe.«

Westdeutscher Rundfunk. Die Polizei bittet die Bevölkerung um Mithilfe. Man lässt ein Tonband, auf dem die Stimme eines der Entführer zu hören ist, abspielen.

Ein Einzelhändler erkennt den Zungenschlag wieder und meldet sich bei den Ermittlungsbehörden. Der Betreffende habe erst jüngst Schulden zurückgezahlt bei ihm. Dem Verdächtigen, einem einschlägig bekannten Panzerknacker, wird seine Korrektheit in Sachen Verbindlichkeiten zum Verhängnis: Er wird verhaftet. Sein Komplize hingegen war samt Freundin nach Mexiko geflogen. Dort wird er festgenommen – und nach Deutschland ausgeliefert. Der verkrachte »Anwalt«, der sich den Zugang zum Jurastudium mittels eines gefälschten Abiturzeugnisses erschwindelt hatte, führt die Polizei zum Geldversteck, darin, angeblich, *seine* Hälfte der erpressten Millionen. Wollte der falsche Jurist damit das Gericht günstig stimmen? Oder hat er das Versteck deswegen preisgegeben, weil Theo Albrecht ihm für die Zeit nach der Haftentlassung 50 000 Mark Startkapital versprochen hat? Sein Kumpan, der Safespezialist, wiederum behauptet, er habe nur ein paar Scheine vom Lösegeld gesehen. Die andere Hälfte der 7 Millionen – sie bleibt verschwunden.

164 Ermittler umfasste die Essener Sonderkommission, 10 000 Überstunden fielen an. Theo Albrecht bedankte sich bei den Fahndern für deren Einsatz mit 120 Flaschen Sekt, 2 Fässern Bier und 12 Flaschen Schnaps.

1973 dann der Prozess beim Landgericht Essen. Ein Medienspektakel, der Publikumsandrang ist immens. Immer wieder brechen Zuschauer und Angeklagte in Lachen aus. So hatte der geständige Rechtskundige über das Thema »Die Entwicklung der Selbstbedienung in Deutschland« eine Dissertation verfasst; aus seinem mehrfach vorbestraften Mittäter hatte er einen anderen Menschen machen wollen; hatte den Schränker jedoch zunächst einmal kräftig übers Ohr gehauen, dessen Beute aus einem Kaufhaustresor, fast eine Viertelmillion, in Aufbewahrung nehmend, doch damit lediglich eigene Spielschulden, 700 000 hatten sich angehäuft, begleichend …

Dem Leidtragenden und Geschädigten war nicht zum Lachen zumute; ein einziges Mal betritt er den Schwurgerichtssaal. Der Vorsitzende erinnert sich, Theo Albrecht sei sachlich und ruhig aufgetreten und habe sich nur einmal sehr aufgeregt, als nämlich der angeklagte »Jurist« die Entführung zu bagatellisieren versuchte, als sei alles gar nicht so schlimm gewesen. »Der Mann hat echte Angst gehabt«, so der Richter über den Konzerneigner. »Er hat um sein Leben gefürchtet.«

Beide Täter werden zu je achteinhalb Jahren Haft verurteilt.

Theo Albrecht, der die guten Manieren der Erpresser und die gelöste Stimmung zum Schluss nicht verschwieg, sagte noch im Gerichtssaal: »Ich hoffe, dass damit der ganze Rummel endlich zu Ende ist, dass nichts mehr über meine Entführung veröffentlicht wird und das restliche Geld doch noch auftaucht.«

Raus aus der Landeshauptstadt geht's, vorbei am Neandertal, benannt nach Joachim Neander, der als Düsseldorfer Pastor hier hinausgewandert ist, um in der freien Natur zu beten und zu singen. Eine Attraktion, nicht nur für Kinder, ist das Neandertalmuseum. Wann je war Belehrung so spannend?

»Der Neandertaler hat kein Fleisch gegessen nach neuesten Erkenntnissen, hat auf einem Knochen Flöte gespielt – 4-Ton-Musik – und sich von süßen Beeren ernährt. Der Neandertaler war ein Schöngeist und ist deswegen ausgestorben, erschlagen worden«, informiert uns – nein, nicht Aldi natürlich, vielmehr Jablonski.

Die Entführung – Reaktionen

1979 eine weitere Verhandlung, diesmal in Düsseldorf, vor dem Finanzgericht. Obwohl Theo Albrecht 600 000 Mark Finderlohn ausgesetzt hatte – seine 3,5 Millionen sah er nie wieder. Der Unternehmer will den Verlust als »außergewöhnliche Belastung« von seinen Betriebskosten steuerlich absetzen. Das Finanzamt hatte abgelehnt – deswegen nun die Klage. Man spart nicht mit süffisanten Kommentaren, Geldgier wirft man Theo Albrecht vor, Habsucht.

Im Lichte heutiger traumatheoretischer Erkenntnisse erscheint dies zu vordergründig. Dass Theo Albrecht, mit Schusswaffen bedroht, geknebelt, in den Kofferraum gesperrt und verschleppt, eine Nacht in irgendeiner Garage frierend, im Ungewissen, was die Zukunft bringen, ob man ihn gar töten würde – dass ein Mann, der ein solches Martyrium durchgemacht hat, traumatisiert ist, wer will daran zweifeln? Mögen auch die Umstände subjektiv hart gewesen sein – das Entführungsopfer konnte in der Zeit der Verhandlungen mit seinen Peinigern das Trauma immerhin offensiv angehen.

Ein Traumatisierter leidet in besonderer Weise an der Hilflosigkeit, der er ausgeliefert ist. Indem er die Rolle wechselt, indem er vom Leidenden zum Handelnden wird, bekämpft er das Gefühl lähmender Passivität. So konnte Theo Albrecht die Erpresser von ihrer ursprünglichen Lösegeldforderung von 100 Millionen erfolgreich abbringen. Ungeachtet der Extremsituation und der Anspannung bewahrte er, der Entscheidungsträger, ein Stück weit Handlungskontrolle.

Später, vor dem Finanzgericht in Düsseldorf, dem Ort seiner Gefangenschaft und seiner Entmachtung, kann Theo Albrecht dann vollkommen selbstbestimmt und mit allen ihm zur Verfügung stehenden Mitteln um sein Recht kämpfen. Für Wiedergutmachung also und, auf einer tieferen Ebene, für die Wiederherstellung des Zustandes *ante factum*: jenes Zustandes vor Demütigung und – weitgehender – Fremdbestimmung. Und auch wenn die Düsseldorfer Finanzrichter sein Ansinnen abschmettern – nach ihrer Ansicht hatte man nur den Privatmann Albrecht entführt und nicht den Geschäftsmann –, so könnte Theo Albrecht doch einen weit wertvolleren Erfolg erzielt haben: dem Trauma etwas entgegengesetzt, dessen Schwere gemildert zu haben – aktiv agierend, wie es seinem Naturell und seiner Position an der Spitze eines Unternehmens entsprach.

Indes – kann man eine solche Leidenszeit und das damit verbundene Trauma, diese schwerwiegende und tiefgreifende Erfahrung, wirklich ganz hinter sich lassen? Aus seinem Umfeld verlautete, Theo Albrecht sei nie über das Erlebte hinweggekommen.

Wir weiter über die B 1 an einer Reihe von Wohnwagenverkäufern vorbei nach Mülheim an der Ruhr. Kurz abbiegen in eine Straße, an der geräumige Einfamilienhäuser stehen und an der Karl wohnen könnte ... Aber offenbar nicht wohnt. Zu klein, die Bungalows. Hier hausen ja scheint's nur die ärmeren Reichen. Rasch sind wir wieder weg, zurück auf der Hauptstraße. Wir wollten ja nicht groß stören ...

Und realisieren später, dass *beide* Brüder-Familien im Essener Süden residieren, wenn überhaupt. Wenn sie nicht auf Föhr sind oder in der Schweiz, oder in Süddeutschland oder in Nizza, oder in Hintertux in Österreich oder sonst wo, schirmen sie doch ihr Privatleben rigoros ab, und keiner weiß Genaues über ihren Aufenthaltsort; wir haben den Sitz der Firmenzentrale von Aldi Süd ganz einfach verwechselt mit dem Wohnort von Karl. Dumm auch. Aber – *ex falso quodlibet.* Kein Grund zur Aufregung also.

Schweigen ist Gold

Wie schwierig es doch ist, Näheres über Aldi zu erfahren. Ein Schleier des Geheimnisses liegt über dem Unternehmen, im Norden wie im Süden. Pressemitteilungen sind so selten wie eine freie Aldi-Kasse am Samstag. »Aldi informiert« – die zweimal wöchentlich hinausposaunte Botschaft gilt ausschließlich für die Produkte, nicht aber für die Firma, die dahintersteckt. Noch schwieriger ist es, etwas über die beiden Brüder herauszubekommen. Konsequent wird jeder Versuch bekämpft, ins Licht der medialen Öffentlichkeit gezerrt zu werden. Ein Interview? Die Zusage zu einer Talkrunde gar? Eine Vorlesung vor Wirtschaftsstudenten? Die Verleihung eines Preises? All das gibt es nicht, gab es nie. Fotos von den Aldi-Brüdern? Das Ungeheuer von Loch Ness ist ein Fotomodell gegenüber diesen beiden Fotoscheuen!

Warum nur dieses Versteckspiel? Nun, ein gewichtiger Grund ist natürlich in der Entführung zu sehen: der Gefährdung, der die Milliardäre sich ausgesetzt glauben. Nur zu verständlich, ihre Furcht, nur zu verständlich die daraus erwachsende Vorsicht, das Meiden der Öffentlichkeit, die Abkapselung.

Distanz und Zurückhaltung allerdings waren Theo Albrecht schon lange vor diesem einschneidenden Ereignis eigen. Der große, gutaussehende Mann, volles Haar auch im Alter noch, der Einstein des Discounts – ein Sonderling? Öffentlichkeitsscheu jedenfalls scheint er schon immer gewesen zu sein, wie auch sein Bruder Karl. Ihn hatte man, anlässlich eines von ihm gehaltenen Fachvortrags auf einem Treffen des Lebensmittelverbands, zuletzt 1953 vor Publikum gesehen.

Die Entführung scheint das Gebaren der Geschwister also keineswegs verändert, vielmehr diesen Zug der zwei, soweit dies überhaupt möglich war, noch verschärft, ins kaum zu überbietende Extrem getrieben zu haben. Äußerst rigide, auch juristisch bewehrt, das Abschottungssystem. So dass jemand, der ein unerwünschtes Foto von den Unternehmern schießt, wie geschehen, sogleich Unterlassungserklärungen zu unterschreiben hat und das Material herauszurücken …

Einem Dokumentarfilmer zufolge, der ein mehrstündiges Gespräch mit Theo Albrecht geführt haben soll, liegt der Hauptgrund für die außergewöhnliche Zurückgezogenheit in den Kriegserfahrungen und der Kriegsgefangenschaft. Durchaus nachvollziehbar. Die Gefangenschaft in den Händen der Erpresser dann hat die weit zurückliegenden, bedrückenden Erfahrungen womöglich wieder aufgewühlt, Wunden neu aufgerissen, Theos Wunsch nach uneingeschränkter Selbstbestimmung aufleben und noch stärker werden lassen, stärker als zuvor.

Mit zunehmendem Erfolg, so viel steht fest, nahm auch das Abstandnehmen und Auf-Abstand-Halten von Menschen zu, selbst von solchen, die man einmal gut gekannt hatte. Helga Schimanski, eine Angestellte der Albrechts aus den frühen Nachkriegsjahren, berichtet, dass ihr Ehemann Günter einmal für die zwei eine Lastwagenfuhre übernommen hatte. »Stell dir vor«, sagte er, wieder zurück, zu seiner Frau, »der Theo hat mich gesiezt.« Dabei waren Theo und Günter in der Schule zusammen in einer Klasse gewesen. Aber ein »Du« hat es nie wieder gegeben.

Das Familienunternehmen, nicht börsennotiert und zudem gesellschaftsrechtlich geschickt aufgeteilt, ist lediglich zu bestimmten Veröffentlichungen verpflichtet, zu einer Konzernbilanz nicht. Umso besser, mögen sich die Inhaber gedacht haben. Intern, weiß ein Insider, orientiere man sich am »Habsburger Modell der Personalführung«: Jede Ebene erhält genau die Informationsmenge, die sie unbedingt benötigt, um arbeiten zu können. Für alle Mitarbeiter gilt absolute Diskretion. Lieferanten werden, bei Strafe der Auslistung, zur Verschwiegenheit verdammt. Natürlich, geschäftlich gab und gibt es Gründe genug, sich mit Auskünften bedeckt zu halten: Die Konkurrenz soll schließlich keinen Einblick in Interna gewinnen, in Betriebsgeheimnisse. Auch Nachbarn der Familie halten sich, schon aus »juristischen Gründen«, wie eine Anwohnerin formuliert, ans Schweigegebot.

Hat den Brüdern ihre Geheimniskrämerei genützt? Privat scheinen die Albrechts in jener Abgeschiedenheit und Atmosphäre der Absonderung zu leben, die sie stets angestrebt und verteidigt haben.

Was das von den zweien ausgetüftelte und durchgesetzte Billig-Prinzip allerdings anbetrifft, so sind die beiden natürlich keineswegs mehr allein auf weiter Flur. Nicht nur im Lebensmitteleinzelhandel ist Sparsamkeit inzwischen salonfähig geworden, treten sich doch schon seit Jahren eine ganze Reihe Discounter auf die Füße – auch in anderen Branchen, bei Airlines, Textilien oder im Internet hat das Unschlagbare-Preise-Prinzip mittlerweile zahllose Nachahmer gefunden.

Mag auch Reichtum ein scheues Reh sein und zwei superreiche Brüder noch scheuer – die Billigidee, sie lief schließlich jedem zu.

Wir rumpeln unter schattigem Blattwerk von prächtigen Buchen hindurch nach Essen-Kettwig direkt an der Ruhr beziehungsweise einer Aufstauung derselben. Spazieren am Wasserbahnhof vorbei – weiße Flotte; im ansteigenden Ortskern ab und an Fachwerk. Plus macht Werbung mit: »Hier wohnen die kleinen Preise«. Wohnen? Im Laden?

»Wohnen die nicht zu Hause?«

Wie sich's gehört? Wie Menschen es machen?

»Nee, die ham kein Zuhause. Die sind im Supermarkt zu Hause.«

»Ach, deswegen wohnen die da …«

»Genau.«

Derlei Sprüche hat Aldi nicht nötig. Aldi »informiert« – und verlässt sich nicht auf Werbung. (Denn die immergleichen Zeitungsanzeigen und Flugblätter des Discounters, in denen lediglich die beworbenen Artikel variieren, ohne Werbetexte auskommend, nur mit Produktbeschreibungen versehen, gelten branchenintern lediglich als »Schweinebauch«-Propaganda.) Kein Fernsehen jedenfalls, kein Radio, kein Plakat.

Aldi hat auch keinen Claim. Einen wie Lidl beispielsweise: »Lidl lohnt sich«. So etwas behauptet Aldi nicht – scheint sich für den Discounter nicht zu lohnen. Keine Reklame also; gleichwohl – in einem Aldi-Flyer hierorts lesen wir: »Aldi inspiriert«.

»Zu was denn, bitte?«

»Wie werde ich ein Sparschwein ...«

Jablonski lacht.

Aber wollen wir das – »Sparschweinderl« werden? Nee – war wohl nix. Wir brauchen keine Inspiration von Aldi. Selbst wenn wir Inspiration nötig hätten wie 'ne Kuh Milch, auf die Idee, beim Aldi Inspiration zu finden, kämen wir nicht einmal im Traum. Inspiration ist das Letzte, was bei Aldi zu finden ist. Das mit der Inspiration ist alles vollkommen fehlgeleiteter, verquaster Quark.

Bleib künftig lieber beim Informieren, Aldi, informier uns, unbestechlicher Informant, du! So kennen wir dich. So geht nix schief. Und so bleibt Aldi auch weiterhin seriös. Seriös wie 'ne Sparbüchse.

Wieder unten am Fluss rein in »Moldt's Brückencafé«, auf die dicht mit Stühlen und Tischen zugestellte Terrasse. Ruhrblick. Bildhübsch aber auch, wendet man den Kopf, die dunkelblonde und bemühte Bedienung. Hier in der Nähe, auf dem Golfplatz »Schloss Oefte«, im Ruhrknick, hat Theo übrigens regelmäßig sein Handicap eingelocht.

»Was gibt es Verführerischeres als ein junges Mädchen, das dich nach deinen Wünschen fragt?«, fragt Jo uns.

Der Kaffeehaus-Inhaber jedenfalls, so unser Eindruck, scheint seinen Schatz kaum einen Augenblick aus dem Auge zu lassen; er ist Konditor – und dementsprechend delikat der selbstgekochte Kuchen. Im Oberstock übrigens noch mehr Blick »für zum auf die Ruhr draufschauen« – für den, für den's gern 'n bisschen mehr sein darf.

Ein älterer Herr vom Nachbartisch, ein Äquatorkreuzer (ohne sich darum zu bekümmern), der von Mülheim zu Fuß rüber ist, erzählt uns aus seiner Zeit in der Hotelbranche. Obwohl Abitur, habe er erst einmal eine Zeitlang als Page im ersten Hotel am Platz Dienst geschoben.

»Tür auf, Tür zu, Tür auf, Tür zu …«

Dann, nach drei Monaten, endlich Schluss mit dem ewigen Türgeschlage – war unser Mann doch zum Telefonisten in seiner Essener Nobelherberge avanciert. Später dann weitere Sprossen die Karriereleiter rauf. Einmal sei König Bhumipol aus Thailand mit Königin Sirikit gekommen. Ein riesiges Diner sei angestanden. Doch jeder habe sich erst dann etwas zum Munde führen dürfen, nachdem der König dies getan. Dadurch blieben nicht wenige der geladenen Gäste, denen zu spät aufgetragen wurde, hungrig. Denn wollten sie gerade etwas zu sich nehmen, hatte Bhumipol bereits aufgehört zu spachteln. Und so mussten auch die anderen aufhören. Beziehungsweise konnten gar nicht anfangen.

»Sind nach dem Essen dann ers ma alle nebenan inne Pommesbude …«

Wieder rein nach Mülheim, direktemang zur Hähnchenbraterei »Becker«. Dieser Hähnchenschmiede hatte Jablonskis Schreibbüro, in dem er seinerzeit seine Zeit abgesessen, einmal den hübschen Werbespruch »Lecker Lecker Hähnchen Becker« angedeihen lassen. Leider hat die Hähnchen-Bäckerei dann den Rhythmus des Sprüchleins verhunzt: »lecker, lecker Hähnchen *von* Becker« steht auf dem Schaufenster der Braterei, die wirkt, wie aus den siebziger Jahren pfeilgrad in die Jetztzeit hinübergemodert. Wozu nicht unwesentlich eine abgehängte Decke aus fahlgrünen Holzlatten beiträgt – an einen horizontal am Himmel befestigten Lattenzaun von Obi erinnernd – Latten, die wohl den Eindruck ländlichen Lebens vermitteln beziehungsweise das Flair eines Hühnerstalls verbreiten sollen, aber leider nur den abgestandenen Geruch von verbrutzeltem Fett abstrahlen. Vollkommen meschugge – gleichzeitig abschreckend für zartfühlende Gemüter oder auch schlemmwütige – der Plastikgockel mit Stoffüberzug im Schaufenster rechts, fahrig zwischen zwei rosa Kunstblumen aufgestellt, mit angeklebtem dünnen (Menschen-?)Haar und ausgefransten Schwanzfedern – so als sei das »Tier« mit diesem seinem Hinterteil einem Hähnchenbratofen bereits einmal gefährlich nahegekommen …

Hähnchen im Schaufenster zwischen Kunstblumen

Während Jablonski unverdrossen eine Gockelhälfte knuspert, streunen wir andren drei durch die Mülheimer Innenstadt. Jede Menge Neuzeit natürlich, unübersehbar die Marienkirche aus den zwanziger Jahren – es lebe der Ziegel. Ein paar gemütliche Häuser – Fachwerk, Gründerzeit, zum Teil Kneipen darin – in der Altstadt am und auf dem Hügel haben Bomben oder Abrissbirne überstanden. Unweit der steil und spitz behelmten, ansonsten gedrungenen Petrikirche, Gotik, das mit Schieferschindeln im Obergeschoss verkleidete Tersteegenhaus, jetzt Heimatmuseum.

Gerhard Tersteegen, zu Zeiten des Barock hier ansässig, war ein zutiefst gläubiger Christ. Aus seiner Feder stammt der Text zu dem Lied »Ich bete an die Macht der Liebe«, das heute Teil des Großen Zapfenstreichs der Bundeswehr ist.

»Müsste sich der Liedermacher da nich im Grabe rumdrehn? Wälzen, immerzu wälzen … bis der Grabstein kippt …«

»… und ihn plattwalzt, den Zapfenstreich, den dummen! Ha!«

1:0 für Ulf. Tja, wenn's nur immer so simpel wär …

Obwohl nicht gerade ein *smash hit*, dies' Mülheim, so ärgert es mich doch ein wenig – blödsinnigerweise, füge ich gleich hinzu –, dass Jablonski mich noch nie hierher, in die City oder auf den Buckel, geführt hat, sondern immer nur sofort und schnurstracks zu Hähnchen Becker. Klar, is schon 'ne ziemliche Sensation, diese Hähnchengrillerei. Aber trotzdem …

»Immer nur zu Hähnchen Becker?«, erkundigt sich Ulf.

»Na ja, zweimal, glaub ich. Einmal auf jeden Fall …«

Dabei kann man mich mit Hähnchen jagen! Ess ich gar nicht, Vögel. Na ja. Sonst jedenfalls, außer der Gockelgrillerei, hatte ich von Mülheim, außer beim Rein- und Rausfahren, bisher nix gesehn.

»Aber warum hast du Jablonski nie was gesagt?«

Genau, warum hab ich Jablo nix gesagt? Warum sich immer Wünsche verkneifen? Beziehungsweise sich dieselben noch nicht mal klarmachen? Liegt's an dem eingeschliffenen Sparsamkeits- und Einschränkungsdenken von Muttern her? Die ja immer Angst hatte, »die Kinder zu verwöhnen«? Bin ich hoffnungslos konditioniert? Falsch programmiert? Warum immer nur sparen, immer nur Aldi?

»Wer nicht sagt, was er will, kriegt selten das, was er möchte.«

Jo.

»Aber wer's sagt, kriegt's auch nicht immer …«

Ulf natürlich, er.

Wir holen Jablonski bei Hähnchen Becker wieder ab, wo der inzwischen bei 'nem Bierchen sitzt. So kennen wir ihn. Vollkommen unklar übrigens die Hähnchenbrathistorie: Auf dem Schaufenster steht »50 Jahre Hähnchen Becker«, auf der Papiertüte zum Hähnchenmitnehmen »40 Jahre«, Jablonski wiederum glaubt sich zu erinnern, der Werbespruch sei vor circa 26 Jahren geliefert worden, die Verkäuferin schließlich sprach von 1989 … Synapsen, verklebt durch Hähnchenfett? Oder verhält es sich schlicht und ergreifend so, dass die Braterei einmal sehr viele Papiertüten herstellen hat lassen – vor 10 Jahren vielleicht? So viele, dass, obwohl inzwischen weitere 10 Jahre ins Land gegangen sind, noch immer Tüten mit der Aufschrift »40 Jahre« vorhanden sind? Eine Sache, die an die legendäre Sparsamkeit – oder soll man sagen: den Geiz – der Aldi-Brüder, Theos insbesondere, erinnert.

Sparsamkei … arsam … ars …

Geschäftspartner verrieten, dass bei Theos Korrespondenz die alte Postleitzahl im Briefkopf mit Schreibmaschine ausgeixt war. Auch privat nutzte Theo Briefpapier mit der vierstelligen Postleitzahl, die er durchstrich und durch die fünfstellige neue ersetzte. Auf einer Vorstandssitzung soll er einen Regionalleiter, der zerstreut eine

Büroklammer verbog, angeraunzt haben: »Sie zerstören gerade Firmeneigentum!« Und während einer Versammlung des Verwaltungsrats habe der Unternehmer einmal eine Putzfrau zusammengestaucht, die ein schon sehr klein gewordenes Stück Seife zu früh entsorgt und durch ein neues ersetzt hatte. Bei einer Inspektion wiederum hatte er sich beim Filialleiter beschwert, weil der beim Büromittelbedarf ein paar Kugelschreiber zu viel angefordert hatte. Das wolle er, soll Theo gesagt haben, schon mal genau wissen, wie man mit vier Stiften gleichzeitig schreiben könne! Mineralwasser hat er sich täglich im Laden geholt, weil es da einen Pfennig billiger gewesen war als in der Kantine. Und von allerhöchster Stelle war Anweisung an die Mitarbeiter ergangen, gebrauchte Briefumschläge, überhaupt Papier, auch auf der Rückseite zu beschriften.

Es gab Versuche, bei Firmenlastern das abgefahrene Reifenprofil nachzuschnitzen, um einen Neukauf so lange wie möglich hinauszuschieben. Nasenkegel an der LKW-Front sollten Luftwiderstand mindern und damit Spritkosten. Und bis zu seiner Entführung fuhr Theo selbst, ohne Chauffeur: E-Klasse übrigens, nicht S.

Nicht nur Läden und Sortiment sind aufs Wesentliche beschränkt, Enthaltsamkeit gilt naturgemäß auch für die Zentrale: Es gibt keine Presse- oder PR-Abteilung, keinen Firmensprecher, kein Marketing, kein Controlling, keine Stabsfunktionen. Es gibt keine Kundenbefragungen, keine Verkaufspsychologie, keine Jahresplanung, keine Managementmoden. Keine Bankkredite. Keinen Zukauf von Konkurrenten im Inland. Theo dazu: »Es ist immer die Politik der Aldi-Gruppe gewesen, von innen zu wachsen.« Keine Lobbyarbeit, keine Firmenjubiläen, lückenlose Rückgabe von Werbegeschenken … Dafür interne Maßregeln. Unbestechlich, untadelig, nüchtern und bescheiden gibt man sich. Auch für Unternehmensberater, externe Marktforschung oder eine klassische Werbeagentur wurde bislang noch nicht ein Cent ausgegeben. Auch kein Pfennig.

Karl junior übrigens scheint schon mit sicherem Schritt in den Fußstapfen seines Onkels zu wandeln: Zum Essen verabredet mit ihm, kann man schon mal auf einer Parkplatzbank landen, mit Nahrhaftem aus dem Picknickkorb versorgt. Eben, warum immer öde Restaurants?

Theo wiederum, der Reichsgründer, war bekannt dafür, dass er in einem Raum, den er betrat, sogleich das Licht löschte, war er der Auffassung, dass es auch ohne hell genug sei.

Das sei knickrig, wird gemäkelt? Zumal man doch mehr als genug habe. So können eben nur knausrige Krämerseelen handeln?

Nein, andersherum wird ein Schuh draus. Denn das ist noch Glaubwürdigkeit, weil vollkommene Übereinstimmung von Reden und Handeln, unabhängig vom prallgefüllten Portemonnaie. Man lebt seine Geschäftstugenden – wo gibt es das sonst noch? Und ökologisch korrekt ist's obendrein, weil ressourcenschonend. Recht so, Theo! Nur kein Licht nicht und keinen alten Umschlag verkommen lassen.

So viel zur Pfennigfuchserei von Milliardären.

»Wären sie sonst welche worden?«

Jablonski, wenn er schon keine Antworten weiß – die richtigen Fragen zumindest, die weiß er, die stellt er.

Auf nach Essen. Via Ruhrschnellweg – »dem längsten Parkplatz der Republik«. »Was Krupp in Essen sind wir im Trinken« – auch auf diesen altbekannten Spruch verzichten wir. Aber die Villa Hügel – die muss sein.

Eine knappe Runde durch eine vorbildliche Zwanziger-Jahre-Siedlung in Gartenstadt-Bauweise unweit des protzigen, neoklassizistischen Krupp-»Mausoleums« verdeutlicht die menschlichen Maße der Ersteren: beispielhaft die Wohnanlage der kleinen Leute, welche die großen einst bedienten oder in deren Werk sie schufteten. Und beliebt – auch heute noch. Unübersichtlich allerdings die Sträßchen hier. Jo, reaktionsschnell, muss hart auf die Bremse treten: Kommt doch plötzlich einer aus 'ner Einmündung wie nix auf uns zugeschossen.

Wir parken auf dem dafür vorgesehenen Platz und nähern uns fußläufig der Villa Hügel. Ein Privatmuseum – leider hat das Haupthaus, einer Veranstaltung wegen, nicht geöffnet – und eher einsilbig, was die Nazizeit, die vielen Führer-Visiten in Essen und die Verstrickung der Stahlkocherdynastie in die mörderische Diktatur betrifft. Dennoch nicht uninformativ. Nach beispiellosem Aufstieg der Krupps beziehungsweise von-Bohlen-und-Halbachs irgendwann das Ende: Der letzte Erbe der einst so mächtigen Familie bleibt ohne Nachkommen. Was Wunder, war dieser doch dem Geschlecht, das Nachwuchs auf die Welt setzt, nicht wirklich zugetan.

»Die erste Generation baut auf, die zweite erhält, die dritte zerstört«, resümiert Jo.

Irgendwann ist halt für jeden mal, und sei er der stahlharte Herrscher des Stahls, Sense. Irgendwie beruhigend auch. Nach Hoesch-Vereinnahmung und anschließender rücksichtsloser Hoesch-Vernichtung läuft der Laden jetzt unter dem Label »ThyssenKrupp«.

Unter welcher Namenskombination Aldi wohl einmal daherkommen wird? Li-a-dl-i? Penn-Alt-y? Normaldi?

Die Thyssen-Villa übrigens – weitaus bescheidener, nebenbei bemerkt, als das Krupp-Trumm hier –, sie steht in Mülheim. Die Stahlbarone, sie waren Nachbarn. Wie die Supermarkt-Konzerne heute: in Essen die Aldi-Nord-Zentrale, in Mülheim die von Kaiser's Tengelmann und von Aldi Süd.

Was jenseits des Gedöns um den Industriellen-Clan besonders gefesselt hat: Ein Film, in einem kleinen Nebenraum zu sehen, der Stahlarbeiter beim Abstich, bei der Fertigung riesiger Röhren zeigt. Hitze und Schweiß, Knochenarbeit. Kohle und Stahl, Ingenieure und Stahlkocher – sie haben die Welt aufgebaut, die unserer heutigen Hightech-Welt zugrunde liegt. Monströs, diese fast vergessene Welt, eisenhart – und überaus eindrucksvoll.

Ein Park mit weiter Terrasse, altem Baumbestand und unverbaubarem Blick über den Baldeneysee umgibt das Kruppsche Anwesen, das mit seinen 269 Zimmern auch einem König durchaus konvenieren könnte. Residieren – gewusst wie.

Die Aldis und die Krupps

Sie liegen nicht weit auseinander, die Domizile der Aldi-Brüder und die herrschaftliche Fluchtburg der Krupps. Im Süden von Essen, dort, wo das Ruhrgebiet sein Festtagsgesicht zeigt, dort, wo die grünen Hänge steil zum idyllischen Flusstal abfallen, dort lässt sich Geld seit jeher gerne nieder. Ist es Zufall, oder liegt es an dem speziellen Humus, dass in Essen Unternehmensgründungen so gut gedeihen? Obwohl ihre Produkte nicht unterschiedlicher gedacht werden können, zeigt sich bei den Essener Vorzeige-Unternehmern doch so manche Gemeinsamkeit. Wie die Krupps es machten, so führen auch die Aldi-Brüder ihre Geschäfte: nach bester Gutsherrenart nämlich. Der alte Krupp drückte die Beziehungen zu seinen Arbeitern in einer Ansprache so aus: »Ihr wisst, was ihr an eurem Herrn habt, und wenn derselbe sich mit warnenden und mahnenden Worten an euch wendet, dann fühlt ihr alle, dass nicht ein stolzer Besitzer zu euch spricht. Wie ein Vater zu seinen Kindern redet, so klingen euch meine Worte, und weil sie von Herzen kommen, finden sie bei euch auch offene Herzen.«

Keineswegs sind den Krupps und den Aldis ihre Angestellten

gleichgültig, o nein, sie sollen durchaus anständig bezahlt und behandelt werden. Wehe aber, die Arbeiter – Kinder! – kommen auf die Idee, sich zu verbünden und zu organisieren, Forderungen zu stellen oder gar einen Streik zu planen – das käme einer Majestätsbeleidigung gleich! Sorgt nicht der Vater stets für alle? Kümmert er sich nicht unermüdlich darum, dass es genug Arbeit gibt? Macht er sich nicht Tag und Nacht Gedanken, was man im Betrieb noch verbessern könnte? Garantiert er nicht jedem, der sich fleißig müht, einen sicheren Arbeitsplatz? Wie kann man da auf so gemeine Dinge verfallen wie Betriebsräte, Gewerkschaften oder Arbeitskampf? Kinder sollen ihre Eltern ehren, dann werden die Eltern stets weiter für sie sorgen. Die Krupps und die Aldis, Patriarchen, wie sie im Buche stehen – alte Schule eben!

Immerhin, Berthold Beitz, seines Zeichens Chef der Krupp-Stiftung, tut was für Kunstfreunde: 50 Millionen hat er springen lassen für den neuen Anbau des Essener Folkwang-Museums.

Und die Aldi-Brüder, wie engagieren sie sich? Auf ihren Willen hin ist das Unternehmensvermögen in unauflösbaren Familienstiftungen gebunden. Gemeinnützig oder karitativ sind diese Stiftungen jedenfalls nicht – sie sollen den Laden lediglich zusammenhalten. So ist garantiert, dass die beiden Unternehmensgruppen nicht unter den Erben aufgeteilt werden können, sondern weiterhin Bestand haben.

Aldi und die milden Gaben

Auf der Homepage von Aldi Süd heißt es zum Thema Sponsoring lapidar: »Uns erreichen täglich zahlreiche Schreiben und Telefonanrufe mit der Bitte um finanzielle Unterstützung. Aufgrund der Vielzahl dieser Anfragen ist es uns leider nicht möglich, jedes Anliegen mit der gebotenen Sorgfalt zu prüfen und zu beurteilen. Daher haben wir die Entscheidung getroffen, grundsätzlich nicht als Sponsor oder Spendengeber aufzutreten.« Also daran liegt es. Von Gebeunwilligkeit keine Spur. Die gebotene Sorgfalt kann nicht garantiert werden. Na, das versteht man doch.

Dennoch, so hartherzig, wie man sich den Anschein gibt, ist man gar nicht. Recherchen zufolge gibt es einen Aldi, der mit Waren eine Armentafel unterstützt. Der *Spiegel* führt weitere Spendenempfänger auf: eine pflegebedürftige Frau in der Heimatgemeinde, die bis zu ihrem Lebensende mit tausend Mark unterstützt wurde; eine Doktorarbeit über den Nationalsozialismus in Mülheim; die Krebsforschung; mehrere Schulen – und das Projekt Kulturhauptstadt 2010. »Tue Gutes und rede darüber«, heißt es gemeinhin. Aldi schert das nicht. Wer von Aldi Geld bekommt, hat darüber zu schweigen – oder die Quelle versiegt. Hier scheint man nach der Devise zu verfahren: »Wenn du schon meinst, Gutes tun zu müssen, dann halt wenigstens die Klappe!«

Gar nicht einmal unsympathisch, solch eine Haltung, und erfrischend unzeitgemäß – in Zeiten allumfassender Selbstbeweihräucherung und alles und jedes überziehenden Sponsorings und Marketings »mit guten Werken«.

Den Rest von Essen-Bredeney, in dem sich die Brüder, als ihre Läden immer mehr abwarfen, angesiedelt haben, schenken wir uns. Ein sogenanntes »besseres Viertel«. Nachkriegsresidenzen von Neureichen. Aufsteigern. Wirtschaftswundervillen. Bonzenbauten. Nicht unser Geschmack. In den fünfziger Jahren zog Theo in die Westerwaldstraße. Seit 1957 hockt Karl am Hackenberghang, an einer Privatstraße. Eine *gated community*, wie man sie aus den USA kennt, und wie sie auch bei uns immer häufiger die Bewegungsfreiheit einschränken. Viel gäb's vor lauter Nadelgehölz und Hartlaubgewächsen um die Grundstücke herum eh nicht zu sehen. Dazu namenlose Klingelschilder …

Vom Navi werden wir – wir können es uns nicht recht erklären – nach Essen-Werden gelotst, zur St. Ludgerus-Kirche, einem wundervollen Ziegelbauwerk mit Hausteinrahmungen an Laibungen und Ecken. So etwas Beschauliches in Essen, dem einstigen Inbegriff von Kohle und Stahl – doch nicht von Kultur und Christentum, wie Ulf nicht müde wird, sich zu wundern.

»Kopf ab zum Gebet.«

Klosterkirche Werden
In dieser stimmungsvollen Abteikirche, im romanisch-gotischen Übergangsstil trutzig anzuschauen, liegt der zweite große Missionar des Aldi-Äquators und wartet auf seine Auferstehung. Liudger wurde um 742 bei Utrecht geboren. Seine Eltern waren mit Bonifatius befreundet gewesen, eine der wenigen bedeutenden christlichen Familien im heidnischen Friesland. Liudger war ein ungewöhnlich friedlicher Missionar. Er ließ keine Bäume umhauen und erst recht keine Menschen, sondern versuchte durch Worte zu wirken, was ihm auch vorzüglich gelang. Er gründete das Bistum Münster, wo man ihn zum Bischof ernannte. Mit besonderer Liebe aber hing er an Werden, wo er sich ein eigenes Kloster bauen und sich darin auch begraben ließ. Heute noch wird er in der Region sehr verehrt. Wer einem Menschen begegnet, der Ludger heißt, kann mit ziemlicher Sicherheit davon ausgehen, dass es sich um einen Westfalen handelt, meistens um einen Herrn deutlich jenseits der fünfzig. Bewundernswert Liudgers aufwendig gestalteter Schrein. Mit großer Sorgfalt hat

ihn 1984 ein moderner Künstler geschaffen. Er stellt die Werdener Basilika dar, eine Kirche in der Kirche (wie die Puppe in der Puppe).

Nebenan auf dem Gelände eine öffentliche Bedürfnisanstalt. Ich, der ich – leicht erkältet und von unvorsichtigerweise gelutschten Salbeibonbons getrieben, deren Wirkung mir neu, ja die ich vollkommen unterschätzt hab – ich also, der ich beim Verlassen des stillen Örtchens zwei Zehner und den Rest in Kupfer auf den Teller des Toilettenmanns – eines weißhaarigen, knorrigen Einheimischen – lege, werde von diesem beschieden:

»Danke, bin Schrotthändler.«

»Bitte sehr, Schrottverteiler.«

»Vergiss, bei fröhlichem Gepinkel,
den Wärter nicht in seinem Winkel«,
schickt er mir hinterher.
Machma schon nich.

Vom Sakralen und Banalen weiter zum Profanen. Einchecken im Hotel. Gründerzeit, renoviert und knallbunt angemalt, mit neugestalteten Zimmern drin und drei jungen Damen: eine schöner als die andere, am Empfang. Blond, brünett, dunkel, wie im Märchen – als hätten sie sich abgesprochen. Abgesprochen, uns mit den entscheidenden Varianten weiblichen Charmes aufzuwarten, zu bestricken. Hätten wir einen *Hotel*-Beauty-Contest durchgeführt, anstatt einen mit Aldi-Einkaufsmärkten – diese Traumbesetzung an der Rezeption, diese wohlgeratene Dreierkombination hätte unangefochten das Siegertreppchen befüllt: also Platz 1, 2 und 3 …

»Wir sind ein junges Team«, vermeldet die eine.

Schön für euch. Wir sind dafür ein altes – hätten wir fast retourniert.

»So viel Landebahn – aber keine Starterlaubnis …« – so unser Kommentar hinsichtlich der reizenden Check-in-Ladys.

Da waren die drei Hübschen und nicht minder hübsch Proportionierten natürlich längst außer Hörweite. Check-in? Mehr Versprechen war nie.

»Aber ohne Käpt'n is nich.«

»Say Captain – say what,
say what you want …«

Wo alles anfing. Aufsuchen des Ur-Aldis vom Anfang der Sechziger, in Essen-Schonnebeck gelegen, nahe der Zeche Zollverein. Unscheinbare zweistöckige Arbeitermietskasernen – Jahrhundertwende, neuer Putz dran, neue Flächenfenster drin – in 'ner Straße, die 'nen Hang rauffführt. (Oder runter – ganz, von

Ur-Aldi

wo man kommt.) Ein stinknormaler Aldi, um die Schaufenster rum verklinkert, in einer unscheinbaren Häuserzeile. Eine Aldi-Lage, wie man sie von früher her kennt – bevor die Aldis an die Peripherie der Städte zogen und zu Hütten wurden. Natürlich keine Plakette oder dergleichen dran an der Fassade – dafür hat die Stadt Essen dem Laden eine neugepflasterte Fußgängerbucht spendiert: So können mit Einkäufen bepackte Aldi-Geher ungefährdet vom Verkehr übersetzen.

»Steht 'n Vierzigtonner vor der Tür, ist die Straße für 'ne Stunde dicht«, erfahren wir von einem alten Kunden.

Das der Grund, warum Aldi sich an den Rand der Städte verzogen hat und damit dorthin, wo ausreichend Platz ist – ein Sattelschlepper soll bequem die Paletten mit Produkten drauf entladen können.

Für die, die's genau wissen wollen: Beim Ur-Aldi handelt sich's um einen Rechtsdreher. Mit Drehkreuz. (Während die Süd-Aldis sich öffnende Flügel aufweisen.)

Jo erkundigt sich bei hinten im Laden rumräumender Aldi-Verkäuferin: »Ist das hier der Ur-Aldi?«

»Warum fragen Sie, wenn Sie's schon wissen?«

»Interessiert mich halt.«

»Das können Sie alles nachgoogeln.«

Unfreundlich, die Frau. Verschwiegen. Wie die Brüder.

Das bekommen auch Ulf und ich mit, als wir nach Plastikbesteck fragen.

»Hamma nich.«

Die Esswerkzeuge wollten wir für die immer noch nicht ausgelöffelte Aldi-Haselnusscreme – oder ist die längst nicht mehr genießbar? Wahrscheinlich … Ulf jedenfalls hat sie später irgendwann unbesehen weggeschmissen. (Soll man ja eigentlich nicht, Lebensmittel wegwerfen, wissen wir schon, schon gar nicht Nusspaste … Aber ist manchmal eben doch, auf Reisen zumal, unumgänglich. Und leben wir nicht überhaupt in einer Wegwerfgesellschaft? Eben.)

Aldi und seine Angestellten

Was die Aldi-Verkäuferinnen – und natürlich auch die Verkäufer – angeht, so ist zu berücksichtigen, dass die Filialen durchweg unterbesetzt sind. Im Schnitt drei Mitarbeiterinnen gleichzeitig sind »Mädchen für alles«: müssen Pappe schneiden, einräumen, kassieren, putzen, wegwerfen. Die Belastung ist oft hoch. Die Beschäftigten erhalten zusätzlich zum Tariflohn eine umsatz- und anwesenheitsbezogene Provision. Überstunden allerdings sind – Unterbesetzung! – häufig und unentgeltlich zu leisten. Das ist nicht illegal. Dennoch, es gibt keine Stempeluhren, keine objektive Erfassung der Arbeitszeiten. Es herrscht, wie die *Stuttgarter Zeitung* berichtet, ein System mit filialbezogenen Produktivitätskennziffern – monatlicher Umsatz dividiert durch angefallene Arbeitsstunden –, nach denen die Gehälter berechnet werden. Würde eine ihre Überstunden ins System einfließen lassen, würde sich damit die variable Zusatzvergütung zu Ungunsten aller vermindern. Will eine Überstunden vermeiden, muss sie also schneller arbeiten – aber auch dem sind natürlich Grenzen gesetzt. Die Prämie wiederum, sie wiegt den entgangenen Stundenlohn keinesfalls auf. Und: Das System führt zu gegenseitiger Kontrolle der Kollegen. Dann kann es schon mal heißen, dass eine die »Leistung« kaputtmache. Die Belegschaft an der Basis jedenfalls steht unter ständigem Stress. Auch die Bezirksleiter, in Konkurrenz zueinander, versuchen, das Letzte aus ihren Mitarbeitern herauszuholen. Von ihnen wird Führungsstärke verlangt. Lediglich eine Verbrämung für die Fähigkeit, Druck aufzubauen?

Und noch höher in der Hierarchie? »Geschäftsführer«, so ein Ex-

Aldi-Mann,»arbeiten sich nicht tot.« Weil für sie sich die ganz unten krummlegen?

Interne Aufstiegsmöglichkeiten – Filial-, Bezirks- / Bereichs-, Regionalleitung – motivieren die Mitarbeiter zusätzlich zum Prämiengerüst. Beschäftigte, die, ab entsprechender Hierarchieebene, zudem auf Fortbildungsreisen ins Ausland hoffen, am besten in die USA oder nach Australien (auch in Melbourne beispielsweise kennt man Aldi – im Gedächtnis geblieben: die 3-Kilo-Familienpackungen dort).

Bei Aldi gibt es praktisch keine innerbetrieblichen Veranstaltungen. Sind die Mitarbeiter also lediglich eine – wenn auch unverzichtbare – Rechengröße?

Theo jedenfalls sei, im Unterschied zu Karl, im Umgang etwas schwierig gewesen, berichtet die schon erwähnte Aldi-Mitarbeiterin der ersten Stunde, Helga Schimanski. Sie, die in der unmittelbaren Nachkriegszeit aufstieg zur Filialleiterin eines kleinen Albrecht-Ladens in der Saatbruchstraße, nur wenige Gehminuten von ebenjenem Hauptgeschäft in der Huestraße, in dem wir uns gerade befinden, entfernt, hatte zwar ein Öfchen, doch im Winter keine Kohlen. »Ziehen Sie sich dick an«, habe Theo gesagt. Ein andermal hätten sie Zahnschmerzen geplagt – doch habe sie, auf Theos Weisung, trotzdem weiterarbeiten müssen. Man habe schon »auf den Pfennig gesehen«.

Der Ur-Aldi also. Die üblichen Regale, gelbliche Kacheln am Boden dieses Uralt-Aldis. Fliesen, die wirken wie aus ’nem Toilettenvorraum, um nicht deutlicher zu werden, aber früher überall in den City-Lagen der Aldis zu finden waren. Weißlichvergilbt die langen Plastikpaneele, abgehängt von der Decke. Pressholzregale, Paletten, Kartons. Ein klassischer Aldi. Abgewetzt und uneitel bis zur Selbstverleugnung – beziehungsweise macht die Schlichtheit, das leicht Schäbige, Angestoßene, das Gefühl von Ungemütlichkeit, von Trostlosigkeit, das einen überkommt und aus dem Laden treibt, ja gerade dessen Daseinsform aus. Als wären Unlust und Unwohlbefinden beabsichtigt. Bloß den Einkauf nicht genießen. Wo kämen wir denn da hin? Wareneinsammeln ist lediglich leidige Notwendigkeit – soll die »Not wenden«, nicht mehr. Grad, dass man nicht verhungert. Mehr – mehr gibt's nicht. Mehr ist nicht drin, mehr nicht im Angebot. Mehr wäre zu viel verlangt, des Guten zu viel.

Deutsche Nachkriegsmentalität – hier umgibt sie einen, wie kaum sonst wo noch. Es ist, als stünde die Zeit still. Verkauf ohne Schnörkel. Während all die anderen Geschäfte und »Budiken«, Kaufhäuser und Malls sich unablässig erneuern, sich immer wieder Mode und Modischem unterwerfend, ständigem Umräumen und Aufbrezeln, steter Umgestaltung und Veränderung im Sinne immer wieder aufregend und überraschend zu leistender Hin- und Verführung zu Leckerem und Lustvollen …

Nicht so hier, im Ur-Aldi, diesem lebenden Museum früher deutscher Selbstbedienungskultur. »Supermarkt«, dieses superlativische, hochtrabende Wort – es trifft den Aldi nicht, nein: diese Bezeichnung bleibt besser der Konkurrenz vorbehalten, »super« ist beim Aldi nichts, rein gar nichts. Ist Aldi doch Understatement total, wäre nicht auch diese Bezeichnung bereits zu britisch, zu cool, zu weltläufig. Das reduzierte Ladenkonzept: auch ein Spiegel deutscher Seele – nach einem Krieg, wie ein Krieg verheerender, verstörender, entwurzelnder nie war?

Produkte direkt aus dem Transportkarton verscherbeln, freudloses Einsacken des Ewiggleichen fern jeglicher konsumistischer Erotik beziehungsweise Überredungskommunikation nach dem, indes erst Jahrzehnte später, im Spätkapitalismus, aufgekommenen Motto »Geiz ist geil« – so wollten es die Brüder, so und nicht anders. Und so wirkt es auch nach fünfzig Jahren noch. Theo und Karl, es ist euch gelungen. Ihr habt es –

Theo noch weit mehr als Karl – über die Zeit gerettet, euer Konzept. Und das ist, jenseits eurer Milliarden und jenseits all der Millionen, deren Hunger ihr gestillt habt – das ist doch auch schon was, und gar nicht wenig. Und, seltsam genug: euer Konzept geht bis heute auf.

Ein paar von uns kaufen Souvenirs ein: Aldi-Plunder. Andre verzichten.

»Gibt doch den gleichen Ramsch hier wie bei mir zu Hause ...«

Aldi – die Vorgeschichte

Der grandiose Erfolg ist den Aldi-Brüdern nicht in die Wiege gelegt worden. Um nachzuvollziehen, wie das Imperium wurde, was es ist, werfen wir einen Blick zurück.

Essen, nach dem Ersten Weltkrieg. Karl Albrecht senior schuftet in einer Brotfabrik, derweil seine Frau Anna einen kleinen Kolonialwarenladen führt. Als Karl, 1920 geboren, und Theo, geboren 1922, kleine Kinder sind, sehen sie französische und belgische Soldaten einmarschieren, das Ruhrgebiet wird besetzt, um Reparationsleistungen zu erzwingen. Die wirtschaftliche Situation im Lande spitzt sich zu. Bald tragen die Menschen haufenweise Papiergeld in den Laden, nur, um ein paar Eier oder ein Pfund Butter zu bekommen: Die Hyperinflation hat eingesetzt, jede Woche finden sich mehr Nullen auf den Geldscheinen. Nach zwischenzeitlicher Erholung erreicht die Weltwirtschaftskrise 1932 ihren Höhepunkt, der Absatz von Kohle und Stahl bricht ein, jeder dritte Essener wird arbeitslos. In den Straßen und Wirtshäusern toben die politischen Kämpfe, Rot gegen Braun, ein Jahr später kommen die Nazis an die Macht. Karl macht eine Lehre bei einem Essener Feinkosthändler, Theo, der eigentlich Architekt werden will, absolviert eine Ausbildung im Laden der Mutter. Die Essener Synagoge wird in Brand gesteckt. Die verkohlten Mauern wagt man nicht zu sprengen, Nachbarhäuser hätten Schaden nehmen können.

Der Zweite Weltkrieg. Die Albrecht-Brüder werden Soldaten, Karl muss an die Ostfront, wird dort verwundet, Theo verschlägt es zu einer Nachschubeinheit nach Afrika, dann nach Italien. Er gerät in amerikanische Kriegsgefangenschaft.

Schließlich kehren beide Brüder nach Hause zurück, übernehmen 1946 das elterliche Hundert-Quadratmeter-Lebensmittelgeschäft. Aufkaufen von Waren aus Brand- und Versicherungsschäden; überhaupt wird jede Gelegenheit ergriffen, günstig an Produkte zu kommen. Man beschränkt sich auf 250 gängige Konsumartikel, anfangs eine Folge knapper Finanzen. Noch hat man keine Kühleinrichtungen. Verderbliche Ware wie Butter muss des Morgens aus dem Keller ins Ladenlokal und nach Feierabend wieder zurück nach unten geschafft werden.

Doch wie, wenn schon nicht durchs Sortiment, die Kunden binden? Nun, ganz einfach, denken sich die Brüder: Dadurch, dass man billiger ist als die anderen. Größter Konkurrent der Albrechts sind die von der Gewerkschaft betriebenen Konsumläden. Die mit einem Rabattsystem als Treueprämie arbeiten: Drei Prozent Gutschrift gibt's am Jahresende. Rührt daher die Gewerkschaftsfeindlichkeit der Brüder?

Bei den Albrechts jedenfalls gibt's den Preisabschlag sofort. Lockangebot: billige Butter! Zum Selbstkostenpreis wird die verhökert, manchmal auch darunter. Den Käufern entgeht der Preisvorteil nicht, auf den Pfennig achten müssen die meisten in diesen Zeiten. Mundpropaganda führt den Albrechts mehr und mehr Kunden zu. Als die Brüder bereits mehrere kleine, sogenannte »Stubenläden« ihr Eigen nennen, »erkannten wir, dass wir auch mit unserem kleinen Warensortiment ein gutes Geschäft machen konnten«, erinnert sich Karl. 1948 stirbt der Vater.

Das Wirtschaftswunder erfasst den Kohlenpott. Schwer zerstört und in den Jahren direkt nach dem Krieg darüber hinaus demontiert, müssen die Industrieanlagen neu wiederaufgebaut werden. Arbeiter strömen an die Ruhr, unter Tage und auch darüber brummt der Betrieb, der Pott raucht, ächzt und dampft bald über alle Maßen. Die Brüder mieten in schlechten Lagen Läden, auch in Mülheim und Gelsenkirchen. 1950 hat sich die Zahl der Albrecht-Niederlassungen bereits auf 13 erhöht. Je mehr Filialen, umso stärker wird die Einkaufsmacht der Eigner. Größere Mengen können geordert werden und mit den Lieferanten zunehmend günstigere Preise und Konditionen ausgehandelt. Die Grundlagen für den späteren Erfolg, bereits hier sind sie zu finden: knappe Preiskalkulation; äußerste Anspruchslosigkeit in den Verkaufsstellen; Vertrauen beim Kunden schaffen durch gute, geprüfte Produkte; Mut zur Expansion.

Die Aufgabenteilung des Gespanns: Karl, im Innendienst, ist für den Einkauf zuständig, Theo für Verwaltung, Buchhaltung, Verkaufsstellen: Außendienst. Karl ist Impulsgeber, ungeduldig, beredt, rastlos – Theo, einen Kopf größer, ist abwägend, reserviert.

Das Zweigstellennetz wächst und wächst. 1953 werden mit zwanzig Filialen sechs Millionen Mark Umsatz gemacht, 1955 existieren bereits 100 Albrecht-Niederlassungen übers gesamte Ruhrgebiet verstreut. 1958: 170 Verkaufsstellen, 1960: 340 bei 100 Millionen Mark Jahresumsatz. Werden die Kunden auch noch von den Angestellten bedient, so herrscht in den Albrecht-Läden doch schon eine Art Massenabfertigung. Dann kommt das entscheidende Jahr 1961. Kurz bevor in Berlin die Mauer gezogen wird und die Teilung Deutschlands in Ost und West damit besiegelt scheint, teilen Karl und Theo Albrecht Deutschland auf in Nord und Süd: Das ist die Geburtsstunde des Aldi-Äquators.

Wir wieder zurück in unsre Absteige, Päuschen einlegen. Leicht schiefe Treppen und Gänge – sackt das Gebäude wegen der Kohleschächte darunter? Wahrscheinlich – ist ja im Ruhrgebiet gang und gäbe und kaum der Rede wert. Jedenfalls, wie Theo haben wir's nicht gemacht, der in Hotels als Erstes die Fluchtwege ausgekundschaftet haben soll …

In dieser Herberge werden die Zimmertüren ver- und entriegelt mit einem Magic Pin – *why not*, öfter mal was Neues. Neben den knapp bemessenen Bettenstellplätzen enge Nasszellen, bei denen die Dusche nicht separiert und kaum zu vermeiden ist, dass das Klopapier bewässert wird; überdies müffelt das Bad (Grund: siphonloser Abfluss im Boden). Da können die Rezeptionistinnen noch so nett anzuschauen sein und noch so nett lächeln – die Zimmer samt Bad in diesem Etablissement sind nicht gerade das Gelbe vom Ei.

Hotellyrik II – im Treppenhaus, neben dem Porträt eines Kumpels; Kohlezeichnung, passenderweise, Zeichner und Autor unbekannt:

Bergmannsgesicht
Wechselschicht
grub Falten hinein
Narben vom Stein
die Haut fahl
entbehrte den Strahl
der Sonne zu lang
täglicher Zwang
Staub Hitze Gedinge
gab dunkle Ringe
der Augenpartie
Melancholie
manchmal im Blick
weil Missgeschick
und Gefahren
oft Sieger waren

die Lippen geschlossen
nicht verdrossen
von der Nacht
schweigsam gemacht
in den Falten
den Augenspalten
wohnt das Lachen
leicht zu entfachen
Bergmannsgesicht
gutes Gesicht
ehrlich Gesicht

Rüberrauschen in die Rüttenscheider Straße, ins dortige Lokal »Ampütte«. Konserven-Jazz, später Rockiges aus den Boxen. Tresen um die Ecke geführt, Laden locker bestuhlt, Leutchen in unsrem Alter. Grau-schwarzer Linoleum-Kachel-Boden. Klotüren, deren Schließer, zu stark eingestellt, einem in die Hacken krachen. Pommes rot-weiß mit Currywurst, Bier. Oder Heringsschwarzbrot – direkt ausm Wasser gehopst.

Politisieren. Es muss sich was ändern in unserem Land. Der eine findet, mehr, der andere wär auch mit weniger schon zufrieden. Diverse Ansätze sind durchaus bereits angedacht, ausbaldowert.

So die uneingeschränkte Bürgerbeteiligung bei Entscheidungen und Gesetzesinitiativen, und mehr direkte Demokratie: eine ausgeloste Anzahl von Menschen diskutiert Ansätze und treibt sie bis zur Gesetzesreife voran – über diese Gesetzesvorschläge stimmt dann die Gesamtheit der Bevölkerung ab; überhaupt transparente und offene Entwicklung von Ideen und Erarbeitung von Themen durch viele via Internet (à la Wikipedia), Stichwort: Schwarmintelligenz – also mehr »flüssige« Demokratieverfahren wider die heutige Stellvertreterdemokratie (»Vertreterdemokratie!«) beziehungsweise den

»repräsentativen Absolutismus« mit seinen Auswüchsen wie Lobbyismus, pyramidale Hierarchien und undurchschaubare Kanzler- beziehungsweise wie derzeit »Herrinnenherrschaft« (»Ich habe keine Stimme abzugeben, an niemanden – ich kann für mich selbst sprechen und entscheiden«); bedingungsloses Grundeinkommen, um der entwürdigenden Bettelei von Menschen vor Ämtern ein für alle Mal ein Ende zu bereiten und jeder und jedem – und nicht nur Erben oder sonstigen »Privilegos« – die Vorteile des wissenschaftlich-technischen Fortschritts beziehungsweise all der Erfindungen der letzten Jahrhunderte zuteil werden zu lassen, allen ein selbstbestimmtes Leben zu ermöglichen (»Jeder soll sein Potential entfalten können«); gleichzeitig bereits von Kindesbeinen an Förderung von Tätigsein, Ermutigen dazu, etwas zu schaffen, zu finden und zu erfinden – sonst, klar, trägt sich das bedingungslose Existenzsicherungssystem auf Dauer nicht; damit einhergehend eine Neudefinition von Arbeit – also nicht mehr nur sogenannte Erwerbsarbeit umfassend (»*Work is the curse of the drinking class*«), sondern alle wichtigen Bereiche sinnvoller Aktivität: auch Kinder- oder Altenpflege, Hausarbeit oder Ehrenamt; Neuverteilung des unvermehrbaren Bodens »an alle Lebenden, die was damit anfangen«, Stichwort: Gemeineigentum oder »Allmende« – rührt doch Privateigentum letztlich her von Usurpation: schlichter Besetzung des Grund und Bodens nämlich, der ursprünglich niemandem gehört hat (»Eigenstahl ist Diebstum«); Abschaffung der Mittelschule in der derzeitigen, vollkommen runtergewirtschafteten Form, in welcher Neugier und Begeisterung systematisch vor die Hunde gehen (»Nur die Grundschule kann, wegen mir, bleiben – anschließend geht jeder frei zu dem, bei dem er was lernen kann«); Abschaffung des Militärs (»Einer muss ja mal anfangen, und Deutschland, als

›Anfänger‹ zweier Weltkriege, stünde das gut zu Gesicht«); »Casino schließen«: strikte Regulierung des Finanzmarktsystems inklusive aller Schattenbanken und Hedgefonds sowie Zerschlagung von »Too-big-to-fail-Banken«, damit diese die Allgemeinheit nicht mehr erpressen können (»Rette mich!«); Besteuerung von Finanztransaktionen und Untersagung von schädlichen, gemeingefährlichen Parasitenbetätigungen der »Bankster« – jener Finanzmarktspekulanten, die Kohle mit Kohle zu machen versuchen und eine ungeheure Intelligenzvergeudung sind, weil lediglich »Fantastilliarden« (Donald Duck) erzeugend und rein gar nichts zum produktiven Fortschritt, zu Innovationen oder zu verbesserten Lebensbedingungen beitragend, im Gegenteil; Förderung von Regionalgeld (»Antizins- beziehungsweise Antispekulations- beziehungsweise Schwundgeld bringt die Wirtschaft in Schwung«) –, um rechtzeitig Alternativen parat zu haben, wenn das globale Wirtschafts- und Finanzsystem einmal zusammenbricht; höhere Abgaben auf leistungsloses Einkommen (Kapitalerträge), Heranziehung von Reichen und Superreichen zur Schuldenbegleichung der Staaten und Zurückführung riesiger Erbmassen an die Gemeinschaft (»Was haben Millionenerben schon geleistet – außer Glück gehabt zu haben?«); Förderung genossenschaftlicher Geldinstitute (»Sozialisierte Gewinne – statt privatisierte!«) beziehungsweise generell Übergang zu einer mitarbeiter- und kundenorientierten Gemeinwohlökonomie – gegen rein Eigner orientierte Ausbeuterveranstaltungen, die alle stressen, auch die Kapitalisten selber.

Klingt ziemlich vernünftig? Eben.

»Alles Menschenwerk, das kollektive Sein.«

»Es lebe die Freihei …!«

»Aufstand, komm!«

Einer rollt die Augen und bleibt skeptisch. Und muss still lächeln. Vor Jahrzehnten hätte er über ein analoges Stammtischgerede ähnlicher Graubären wohl nur den Kopf geschüttelt – und nun scheinen wir selbst zu Stammtischbrüdern mutiert. Mit jedem Glas Bier, das man leert, entwickelt man wildere Weltverbesserungsphantasien …

»Die Menschen, sie wollen nicht nur frei, sie wollen auch abgesichert sein …«, protestiert Jo schwach.

»Die Freiheit, das zu tun oder zu lassen, was man will, schafft das bedingungslose Grundeinkommen …«

»… und sichern tut dich letztlich nur die Gemeinschaft«, schallt ihm entgegen.

»Und nicht die Ellbogen geldgeiler Gordon Geckos!«

»Und wie sicher der Kapitalismus auf die Schnauze fällt, haste ja grad wieder gesehn, immer wieder voll auf die Fresse …«

»Kapitalismus …?«

Jo will darauf hinweisen, dass wir in Deutschland die soziale Marktwirtschaft haben, da erscheint der Kellner zum Abräumen der Teller:

»Hat's geschmeckt?«

»Noch 'n Bier.«

»Is auch 'ne Antwort.«

Wer brät die beste Currywurst?

Die Berliner reklamieren sie für sich, die Hamburger ebenso, die Currywurst. Und wer weiß, wo wer noch. Genüsslich lassen Jablonski und Jo sie sich schmecken: »Lass sie nur reden, die Hamburger und die Berliner, wir jedenfalls sind uns sicher, die Currywurst kann nur ein Kind des Ruhrgebiets sein …« Hier am Aldi-Äquator, in irgendeiner der zahlreichen Frittenschmieden, mitten im zerbombten und notdürftig geflickten Pott hat eine westfälische Trümmerfrau diese deftige Spezialität erfunden, die beste Currywurst von allen. Jo – er weiß es. Er kennt auch die Berliner Currywurst, sie ist nicht schlecht, gewiss nicht, aber doch niemals mit der Original-Ruhrpott-Currywurst vergleichbar. Doch, doch, es gibt da große Unterschiede! Während man sich in Berlin ordinärer Bockwürste oder wollwurstähnlicher Wurstimitate als Grundsubstanz bedient, kommt als Ruhrgebietscurrywurstrohling ausschließlich eine ausgewachsene Bratwurst in Frage, professionell zerkleinert durch den im nahen Radevormwald von Friedhelm Selbach erfundenen elektrischen Currywurstschneider.

Wer lacht da? Wer sagt, so ein Gerät sei keine Erfindung? Bloß weil der bescheidene Westfale nicht gleich eine Messingtafel an die Wand nagelt oder ein Wurst-Museum eröffnet wie in Berlin! Herta Heuwer, die Berliner Imbissdame, sie war bestimmt eine geniale Soßenmischerin, zumal bei dem Namen Herta jede Wurstkritik natürlich im Ansatz verstummt. Dennoch – wäre Frau Heuwer einmal ins Ruhrgebiet gekommen und hätte sich am Aldi-Äquator eine Currywurst schmecken lassen, sie hätte das Rezept sogleich an die Spree rübergeschmuggelt.

Alles hat ein Ende, nur die Wurst hat zwei. Aber jetzt – jetzt erst mal Ende mit Wurst, egal ob eine oder zwei, oder eines oder zwei.

Wir rübergewedelt zur Kunst im Museum Folkwang unweit vom »Ampütte«. Neubau – »zurückhaltend« ist fast schon eine Übertreibung. Entwurf zeichnete der britische Architekt Chipperfield – was wir natürlich sofort und unvermeidlich in »Chippendale« verulken. Mit Gras bewachsene und wenigen Bäumen bestandene, verglaste Innenhöfe. Die Kunst der Reduktion, die Schönheit der Einfachheit, der Klarheit – hier ist sie. Wie sagte Antoine de Saint-Exupéry: »Vollkommenheit entsteht nicht, wenn man nichts mehr hinzufügen, sondern dann, wenn man nichts mehr weglassen kann.«

Das Aldi-Prinzip
Auch bei Aldi wissen sie sich zurückzunehmen. Kern des Unternehmenskonzepts ist ja gerade das Weglassen von Unwesentlichem: Minimalismus also. Absolute Komplexitätsreduktion. Schmucklosigkeit.

Eine Entwicklung, wie man sie auch im Bereich der modernen Kunst beobachten kann: Reduktion der Formen, Reduktion der Farben. Von der gegenständlichen Malerei hin zur Abstraktion, zur Verselbstständigung von Form und Farbe bis hin zu völlig monochromen Bildern. Das Aldi-Prinzip. Wie sagte schon Schiller: »Einfachheit ist das Resultat der Reife.«

Unglückseligerweise spiegelt die Bauart der neuen Aldi-Märkte auf der grünen Wiese diese Kunst der Zurückhaltung und der Transparenz, die gewisse Künstler, aber auch Architekten wie »Chipp« beherrschen, nicht wider. Dafür aber kann man über Hütten als Lebensmittelmärkte schön ablästern.

»Ist das vielleicht nix?«

»Doch, schon.«

Fotos, Tafelmalerei, Installationen harren im zeitgenössischen Bereich des Folkwang-Museums der Betrachtung. Mit am eindrücklichsten ein Bild von Hitler als Glatzkopf mit Rotzbremse und Verwechslungen ausschließendem, ungeschminkt fäkalem www-Verweis.

Ansonsten hat gefallen: August Mackes Frau vorm – farblich phantastischen – Hutladen. Drei van Goghs. Nolde.

Erstaunlich die Plastiken aus Ozeanien: Da trägt so eine

Holzfigur eine Schlange auf dem Kopf, die gerade ein anderes Tier frisst; der Typ wiederum hat die Arme ausgebreitet. Klar, geht halt um die Balance der Welt, nichts weniger. Und die Schlange, die verschlingt – ist sie nicht ein Reptil, eine Echse, ein Alligator gar, eine, die den Äquator symbolisiert, wie er uns verschlingt, uns bald verschlungen haben wird zur Gänze?

Das neue Folkwang wird schon – auch ohne die Sonderausstellung – zum Magneten werden, hundertpro.

Kunst bei Aldi

Und wo bleibt Aldis Einsatz für die Kunst? Nun, auch der Discounter hat sich, jenseits von Fruhtrunks Nord-Tüte, durchaus Verdienste um Kunsterzeugnisse erworben. Aldi Süd bat sieben renommierte Künstler darum, je eine Grafik zu entwerfen. Von diesen wurden Tausende von Originalabzügen hergestellt. Im Passepartout hinter Glas mit einem Holzrähmchen drum herum hat man die Kunstprodukte für gerade mal 12,99 Euro als Aktionsware angeboten. Der Clou: Jede Druckgraphik wurde nummeriert, datiert und von den Künstlern handsigniert. Der Erfolg war unglaublich. Die Menschen haben die Aldi-Filialen gestürmt, nach wenigen Stunden gab's keine Kunstdrucke mehr. Ausverkauft!

Über die genaue Anzahl der unters Volk gebrachten Exemplare hüllt Aldi sich in Schweigen. Der Documenta-Künstler Felix Droese, mit einer abstrakten Farbkomposition vertreten gewesen, hat angegeben, anstrengende neun Tage für die zwanzigtausend Unterschriften benötigt zu haben. Wo hat es das je zuvor gegeben, einen solchen Ansturm auf zeitgenössische Kunst? Damit sei, so wird behauptet, Aldi die Demokratisierung der Kunst gelungen, und das sei letztlich wertvoller als alle elitären Musentempel dieser Welt.

Retour zu unsrer Bettenburg. Rumgeistern um die Blocks auf ein letztes Bier. Keine geöffneten Kneipen. Was ist bloß los im Pott? Ist doch 'n Arbeiter-Quartier hier!

»War zumindest mal eins.«

Schließlich eine schwacherleuchtete Gaststätte namens »Klostereck« – darin zwei Mann »Besatzung«: Wirt und Stammgast. Ein gefühltes Dutzend Deutschlandfahnen vor den Fenstern, an der Wand, dazu im Raum schwebende WM-Bälle. Das lässt lächeln. So soll es sein. Im Nebenraum Leere, gähnende. Wir hocken uns an einen Tisch.

Die Rede kommt auf Kohle, Zechen – und der Gast am Tresen erweist sich als Kumpel, der tatsächlich noch einfährt: in die Zeche Kamp-Lintfort.

Storys erzählt der Mann uns dann, wie's früher auf dem »Pütt«, der Zeche Zollverein zum Beispiel, wo er angefangen hat, zugegangen ist. Alle oft hackedicht »wie die Düsenjäger«. Einer, der konnte nur schweißen, wenn er sturzbesoffen war. Sonst Tatterich. Alkoholexzesse noch und nöcher.

»Fast die gesamte Belegschaft hatte zeitweise keinen Führerschein mehr. Dafür dann mit 'm Moped Wettrennen – wer die nächste Runde zahlt – durch die Waschkaue. Nackend. Dann die Treppe runter – und sämtliche Gräten gebrochen. Oder durchgemacht inne Zeche – dann Jacke aufhängen wollen – und runtergesegelt in' Schacht, fünfzehnhundert Meter tief. Hat's immer wieder gegeben, so 'ne Sachen, Tote. Wurde alles vertuscht natürlich. Die Kasse hat die Witwen ausbezahlt.«

Einmal wollte ein »Meister« unseres angehenden Bergmanns ein Fahrrad stibitzen und befahl dem Jungen, eine Weiche zu stellen, dass der Alte mit einer Lore – oder war's ein anderes Schienenfahrzeug? – auch in die richtige Richtung rollt. Doch der Junge mochte den Alten nicht, die Weiche wurde nicht gestellt, der Mann kracht auf ein Hindernis, Folge: zwei blaue Augen, gebrochene Nase, Kiefer »im Arsch«. Der Alte immer noch im SPD-Ortsverein aktiv.

»Sehn wa uns ma inne Straße, sagt er imma: ›Mein lieber Scholli, da haste mich damals aber ganz schön drangekriegt …‹«

Zur Lohntütenzeit standen die Frauen der Bergleute, wenn zweimal im Monat Geld kam, immer direkt am Zechenausgang. Sonst war die Kohle weg. Versoffen. Oder für den »Deckel« vom Vormonat draufgegangen.

Deputatkohle gibt's immer noch. Unser Mann heizt tatsächlich selber ein, von seinem Keller aus, mit bester Schmiedekohle. Via Rutsche und Zentralheizung. Wärmt besser als Gas. Sieben Tonnen Kohle kriegt jeder Bergmann im Jahr gratis – im Wert von vielleicht siebenhundert Euro.

Stauder Pils – selten dämlicher Werbeslogan: »Die kleine Persönlichkeit« – fuhr früher übrigens jeden Tag drei LKW-Ladungen Bier auf die Zeche. Dazu »Maria« gesoffen: Mariakron. Beziehungsweise ansonsten.

Die Maloche war und ist natürlich nicht leicht. Die Vorgesetzten halten es unter Tage nicht aus. Kippen reihenweise um – früher hatte man nicht gewusst: wegen der Verhältnisse unten oder wegen des Alkoholpegels. Auf fünfzehnhundert Meter Sohle 40 Grad heiß, bei 90 Prozent Luftfeuchtigkeit.

»Ich muss mich, nach 'm Urlaub, auch immer erst wieder dran gewöhnen«, so unser Kumpel.

Heute sei natürlich alles anders: alles abgesichert, alles brav, alles alkoholfrei. In den paar Zechen, die hier überhaupt noch gefahren werden.

Der Wirt übrigens, obwohl »eng« mit seinem Gast, findet den »Kohlepfennig« gar nicht gut. Was beider Freundschaft aber keinen Abbruch tut. Das zur Toleranz im Pott.

Erwähnung von Willi »Ente« Lippens, jenem legendären Rot-Weiß-Essen-Stürmer mit dem Watschelgang, der die tollsten Gags auf dem Platz brachte wie Sich-auf-den-Ball-Setzen und sagen: »Jetz komma!«, oder Willi nimmt den Ball mit dem Hintern an. Oder die bekannte Kiste, wo der Schiedsrichter dem Willi die Gelbe Karte zeigte mit der Bemerkung: »Ich verwarne Ihnen.« Darauf Willi: »Ich danke Sie.« Und prompt stellte der Schiri den Willi vom Platz. Humorlose Pfeife! Dazu passt natürlich auch Willis das Leder fordernde »Gib mich die Kirsche!« Der Willi sei genauso wie auf'm Platz auch sonst gewesen: immer lustig, immer trickreich. Inzwischen übrigens betreibt Lippens ein Lokal, daran angeschlossen Fremdenzimmer und Biergarten, in Bottrop.

Zum Fußballstadion in Essen hätten die Engländer, die die Stadt einst bombardiert hatten, gesagt: »Was ist das denn – warum habt ihr den Schutt denn da nicht weggeräumt?« Zwei Flutlichter reichen aus – »weil die halbe Zeit sowieso nur ›Scheiße‹ gespielt wird.« Eine Tribüne sei weg. Und an einer Seite verkaufe ein Inder Gebrauchtwagen. Der Spielstand an der Anzeigetafel werde noch per Hand gewechselt.

Otto Rehagel, den mag der Wirt nicht. Weil er ein »Scheiß-Spieler« war – ein Treter. Und sich anbiedere, hochnäsig sei als Trainer.

Und die Aldi-Jungs?

»Wenn de da inne Straße, den Schauinslandweg, wo der eine wohnt, fährst und dich zwei Minuten zu lang da aufhältst, fragt dich schon die Bullerei, wat de da willst. Und die Brüder haben noch nicht *einen* Cent für RWE (Rot-Weiß Essen) gespendet … Nee, da bleib mir mal wech von mit.«

Kneipen gab's früher im Viertel auch mehr: mehr als zwei Dutzend nämlich.

»Jetzt noch acht – davon drei Restaurants. So sieht's aus.«

Wie lautet ein Ruhrgebiets-Roman-Titel? »Woanders is auch Scheiße«. Woanders ist erst recht Scheiße.

Der auskunftsfreudige Bergmann, honorig, spendiert uns vieren zum Abschluss des Tages noch vier Bier. (Eigentlich hätten wir ihm was ausgeben sollen, alles, was recht ist – aber vielleicht können wir das ja irgendwann nachholen.) Verabschiedung von Wirt und Stammgast per Handschlag.

Letzter Absacker dann an der Hotelbar. Leider war von den entzückenden Empfangsdamen kein Rockzipfelchen mehr zu sehen.

»Schicht im Schacht.«

Dafür junge Franzosen, Touristen. Das Ruhrgebiet trug 2010 schließlich den Titel »europäische Kulturhauptstadt«. So was hätt's früher nicht gegeben – dass die französische Jugend in' Pütt kommt. Hoffentlich kriegen die auch alle die richtige Kultur mit. Wie wir grad.

»Das, um was' geht.«

Abgefüllt und rechtschaffen müde, wanken wir durchs leicht schiefe, absackende Treppenhaus über den abgeteuften Kohleflözen – schreiben wir die Schräge, unser Halt-Suchen und An-der-Wand-Abstützen jetzt uns selber, unsrem Zustand: den vertilgten Bierchen samt Absacker zu?

Egal, wir stolpern weiter durch den ein wenig geneigten, abschüssigen Korridor auf unsre Zimmer zu, um bald darauf ins Bette zu sinken, zu schlafen einen traumlosen Schlaf, oder, wahlweise, zu träumen von drei Grazien, drei Märchenfeen, gutgerundet, wunderschön, wundersam anzusehn …

Tag 6

Essen – Oberhausen – Raesfeld – Bocholt – Borken – Oeding – Deutsch-niederländische Grenze – Burlo – Borken

Jedes Mal, wenn ich den tiefen Sinn der Welt
zu erfahren glaubte, war es seine Einfachheit,
die mich packte.
Albert Camus

Beim Frühstück akuter Mangel an Brötchen und Brotaufstrich – das Hotelpersonal scheint phasenweise völlig überlastet durch zu viele Gäste gleichzeitig, die Happen zu schnappen suchen.

Anschließend erst einmal rauf zur kleinen romanisch-romantischen Kirche »Maria in der Not« auf einer unvermutet stillen Hügelkuppe: dem Stoppenberg. Äbtissin Schwanhilde die Gründerin. Draußen am Eingang das uns schon vom heiligen Liudger in Werden her bekannte Schild »Spirituelle Kulturtankstelle«.

Kulturtanke? Na, wenn Sie meinen, Herr Präses.

In der Kirche drinnen dann Nonnen am Deklamieren, von oben und hinten sind sie zu hören – der Nonnenempore. Kaum zu glauben, aber wahr: Das alles gibt's in Essen …

Wer mehr mag – auch das Essener Münster bietet Uraltes und Ungewöhnliches: ein oktogonales, zentralbauartiges Westwerk und eine Krypta, beides noch aus ottonischer Zeit, daran angebaut eine gotische Hallenkirche, dazu Kreuzgang und Atrium.

Rüber zur Zeche Zollverein. Jetzt alles unter Denkmalschutz. Ruhrmuseum untergebracht in ehemaliger Kohlewäsche. Ja, die Kohle musste erst mal gewaschen werden … (Nicht zu verwechseln mit der Waschkaue, wo die Bergleute sich umgezogen und geduscht haben.) Imposante Anlage, die Zeche, aus der Zeit der neuen Sachlichkeit: der zwanziger Jahre. Doppelförderturm.

Wie lautete ein Zungenbrecher von dazumal: Zehn zahme Ziegen zogen zehn Zentner Ziegel zur Zeche Zollverein. Zuzüglich zig Zossen.

»Die Zyklen, wo was museumsreif wird, werden immer kürzer.«

Soll wohl sein. Riesenrolltreppe nach oben. Dann durchs Museum – von oben nach unten. Von unten nach oben geht's auch.

Wie sagt Helge Schneider im Museumsvideo, zum Ruhrgebiet befragt: »War 'ne gute Idee von meinen Eltern, dass ich hier geboren bin.« Der Pott sei nicht das Allgäu oder die Lüneburger Heide, auch nicht New York. »Der Ruhrgebietler ist nicht arrogant – aber stolz.« Hier leben Loser. Und die rette der Humor. »Ich stelle mich der Öffentlichkeit. Ich gehe raus.« Ganz im Gegentum zu den Aldi-Brüdern.

Unser Kumpel von gestern Abend war natürlich mit keiner Video-Botschaft vertreten. Warum nur nicht? Der Alkoholexzess im Museum besteht denn auch lediglich aus ein paar einsamen Bierpullen in 'ner Vitrine.

»Wohl noch nie 'ne Orgie gefeiert, oder was?«

Stillleben Zeche

Wir haben nichts anderes erwartet. Im Rückblick werden die Dinge glattgebügelt. Bergleute, die sich bei der Maloche zuknallen bis zum Gehtnichtmehr, bis der Bestatter kommt – so was wird natürlich schamhaft verschwiegen. Fürchtete man, die Kumpel im Nachhinein schlechtzumachen? So 'n Quatsch! Verdammten Mut haben die Kumpel gehabt! Sich zuknallen und arbeiten – macht das erst mal! Und überhaupt, wenn einer säuft, deswegen geht ihm doch nichts ab von seiner Würde. Wie denn das? Im Gegenteil, menschlicher wird er. War doch das ganze Ruhrgebietsleben ohne regelmäßig »besoffenen Kopp« womöglich gar nicht zu ertragen. Kann sich ja keiner mehr vorstellen heute: Schinderei, Gestank, Staublunge, alles. Hätten sich die Leut lieber umbringen sollen? Anstatt sich Löcher ins Hirn zu saufen?

Wie kann man als Museumsmacher nur so befangen sein, wahrnehmungsmäßig? Warum nur eine solche Beschönigung der Verhältnisse? Warum nur diese »geschönte Scheiße«?

»Ich nenn so was Geschichtsklitterung.«

War halt 'ne wilde Männergesellschaft, damals, verdammt noch eins, das Malocherleben! Ging nicht anders. Und ging auch nicht immer alles glatt, im Einzelfall. Mal ganz abgesehen von den großen Grubenunglücken.

Aber warum das ungezügelte Leben von damals untern Tisch fallen lassen? Untern Teppich kehren, sang- und klanglos? Als hätte es das alles nie gegeben?

Liegt's daran, dass so ein Museum von Akademikern gemacht wird, und nicht von »echten Leuten mit Eiern und Arsch in der Hose«? Von Kuratoren und Direktoren, die nie »arschkant im Dreck gesteckt« in ihrem Leben, die nicht erfahren haben, was harte körperliche Arbeit ist, noch dazu unter Tage, Sonne nur am Wochenende, jahrelang das alles … Echte Bergleute von damals dürfen heute bestenfalls Führungen machen. Denn wären sie ins Museumskonzept eingebunden worden, hätten sie die Wahrheit verschwiegen? Ich kann es mir nicht vorstellen.

Eigentlich dürfte so ein Museum nur machen, wer mal 'n Jahr mit den Kumpeln eingefahren wär, mindestens, Kohle gekloppt hätte und auch sonst alles geteilt … Ja, alles. Andernfalls kapiert man nämlich nichts.

Würde so jemand tatsächlich alles teilen, dann wüsste er,

was wirklich im Leben zählt: der Mann neben dir. Und dann wüsste er um die »unvergleichliche Wirkung des Alkohols«.

»Unvergleichlich befreiend …«

Und dann würde er den Leuten nichts mehr vormachen, vorlügen, museumsmäßig. Denn auch, was einem wissentlich vorenthalten wird, kann den Effekt einer Lüge haben.

»Einer Verarsche.«

Eben, kennt man. Nicht das ganze Bild zeigen. Politisch korrekt sein wollen auf Deubel komm raus. Die Kumpel jedenfalls wussten, auf wen sie sich verlassen konnten. Auf die oben jedenfalls nicht. Aber auf Freund Alk immer.

»Fabrikdirektor, Museumsdirektor – am Ende stehen immer nur Direktoren, ganz simple Direktoren, die dich drankriegen …«

»Da sagst was.«

Der Kumpel neben einem, er hatte es auch nicht besser, hatte das gleiche beschissene Leben. Da gab's kein Entkommen. Aber wenigstens konnte man Spaß mit ihm haben.

»Mal Scheiß machen.«

»Sowieso.«

Na ja, fromme Wünsche das alles, dass so ein Museumsgestalter mal das Leben derjenigen lebt, deren Leben er im Museum gestaltet. Vielleicht müsste er heute nach China fahren ins Bergwerk, in den Schacht, um heute dort die Dinge so zu erleben, wie sie damals im Revier waren … Wer, der's anders haben kann, besser – wer von den Museumsplanern aber tut sich solch ein Stressleben schon an? Freiwillig. Um ein besseres Museum zu machen vielleicht. Ein ehrlicheres.

»Bloß das nicht!«

»Die hätten ja Angst um ihr bisschen Gesundheit …«

»Gesundheit am Arsch. Am Ende.«

So ist's wohl. Na, wer's richtig machen will, der weiß, was er zu tun hat. Der suche eine der übriggebliebenen, stinknormalen Kneipen auf und lasse sich das, was mal war, von 'nem Veteran erzählen. So wie uns der Bergmann gestern Abend mit seinen Geschichten beschenkt hat. Im Museum erfährt man, wenn's hochkommt, nur den offiziösen Teil dessen, was war. Die Realität, die sieht und sah verdammt anders aus.

Immerhin UNESCO-Weltkulturerbe – nicht das Museum, i wo, die Zeche Zollverein insgesamt natürlich mit ihrem riesigen, kilometergroßen Areal. Fahrrad ist nicht das Schlechteste – »für von A nach B zu kommen«.

Ulf wackelt die Treppe hinunter – wie es so seine Art ist. Jeder von uns latscht durchs Museum nach Gusto. Vor Urzeiten übrigens – im Karbon (= Kohle) – lag das Ruhrgebiet noch tatsächlich auf dem Äquator – auf dem Urkontinent Pangäa nämlich …

Wie der Äquator zum Aldi-Äquator wurde

Im untersten Stockwerk des Ruhrmuseums wird demonstriert, wie alles anfing, wie die Kohle entstand. Hinter einer riesigen Glasscheibe erhebt sich ein Urwald, mächtige Bäume wachsen in einer feuchten Sumpflandschaft, sinken verrottend zu Boden, das Ursubstrat der Kohle. Uns aber elektrisiert das Schild mit den Erläuterungen. Unglaublich, aber wahr: Das Ruhrgebiet, es lag tatsächlich einmal am Äquator! 300 Millionen Jahre ist's her, dass dort unter Luftabschluss und Druck die Vegetation zu Kohlenschichten gepresst wurde. Mit der Kontinentaldrift dann löste sich Laurasia, Europas geologischer Vorfahr, vom Urkontinent und schwamm nach Norden und mit ihm die Kohleflöze, jedes Jahr nur wenige Zentimeter, über Jahrmillionen kam dabei jedoch eine hübsche Strecke zusammen. Wieder und wieder betrachten wir auf einem kleinen Bildschirm die Bewegungen der Kontinente im Zeitraffer. Logische Schlussfolgerung: Der Aldi-Äquator ist identisch mit dem Äquator der Karbonzeit! Diese Vorstellung lässt uns atemlos innehalten. Ulf rechnet vor sich hin murmelnd und spricht dann aus, was uns noch mehr verblüfft: Wenn die Wanderung der Kontinente sich fortsetzt – und alle Messungen sprechen dafür –, dann wird eines fernen Tages der Aldi-Äquator um die Erde herumgewandert sein und erneut auf dem geographischen Äquator zu liegen kommen. Wie klein ist doch die Welt!

Was für eine Perspektive – Aldi-Shoppen im tropischen Regenwald.

»Nicht mit mir«, trötet Jablonski.

»Nicht mit uns«, stimmen wir andren ein.

Unverhofft – wir befinden uns inzwischen auf dem Weg zum Stadion – taucht ein bekanntes Firmenlogo auf: Medion!

Hier also sitzen die, mitten in Essen, mitten auf dem Aldi-Äquator. Medion, das ist nicht irgend'ne Klitsche, die Speicher verdrahtet, in Gehäuse packt und das Ganze dann als Computer auf den Markt schmeißt – Medion, das ist der Hauptlieferant der elektronischen Produkte, die Aldi feilbietet! Handys, Festplatten, was nicht alles – alles von Medion. (Inzwischen übrigens vom chinesischen Konzern »Lenovo« geschluckt – die Globalisierung lässt grüßen.)

Auch die ersten Versionen dieses Textes sind auf einem Aldi-Notebook gehackt worden. Das seinerzeit nach frühmorgendlichem Ansturm auf eine Aldi-Filiale als eines von lediglich zehn zum Verkauf stehenden ergattert werden konnte; dank eines Kunden in der meiner benachbarten zweiten Schlange vor den zwei Aldi-Kassen nämlich: eines Computer-Käufers, der ewig brauchte, bis er sein Bargeld in kleinen Scheinen der Kassiererin vorgezählt hatte – mein Glück, denn darob kamen ihm nachfolgende Interessenten nicht mehr rechtzeitig und ich in die Lage, einen Medion für mich zu beanspruchen und käuflich zu erwerben. Das waren noch Zeiten – man rafft's ja überhaupt nicht mehr, fast wie in 'ner Mangelgesellschaft, fast wie im schlangestehenden Sozialismus –, als man für 'nen Aldi-Rechner bereits 'ne Stunde vor Ladenöffnung vor der Eingangstür rumlungern musste. Und alles nur, um sich eine optimale, eine Pole-Position beim Ansturm auf die Volxelektronik zu erstehen …

Aldi – ein Modell schlüpft aus dem Ei

War der Verkauf von Billigcomputern vielleicht einer der größten Schlager von Aldi, so gerät leicht aus dem Blick, dass die Brüder und ihre Ladenkette durchaus einmal in einer veritablen Krise steckten.

Wie das? Nun, Ende der fünfziger Jahre halten in Westdeutschland mehr und mehr Supermärkte Einzug und damit das Prinzip Selbstbedienung. Ab 1960 experimentieren auch die Albrechts mit dem Vertriebstyp »Supermarkt«, welcher eine weitaus größere Verkaufsfläche aufweist als die herkömmlichen Lädchen mit Bedienung, die die Brüder bis dahin betreiben. Doch die Albrechtschen Supermarkt-Neugründungen kommen nicht an, schreiben Verlust – sie haben der Sortimentsvielfalt sowie der Größe der bereits etablierten Supermarkt-Konkurrenz nichts entgegenzusetzen.

Aus dieser Krise wird die Lebensmittel-Discount-Idee geboren. Die Brüder besinnen sich ihrer Wurzeln, kommen auf ihr in den frühen Nachkriegsjahren entwickeltes Erfolgsrezept zurück und perfektionieren »die Kunst des Weglassens«. Viele der üblichen Dienstleistungsfunktionen des Lebensmitteleinzelhandels werden einfach gestrichen: Es gibt keine Frischware und damit keine teuren Kühlregale, keine Marken, keine Doubletten, keine Preisauszeichnung, kein Warenauspacken, keine kostspielige Ladeneinrichtung, keinen Kreditverkauf, keine Werbung … Das, was übrigbleibt, die Grundfunktionen: sie werden standardisiert. So kann man billiger sein, die anderen unterbieten.

»Aldi« – das ist eine Zusammenziehung von »Albrecht Discount«, wie die Geschäfte zeitweilig hießen. Hier braucht keiner Rabattmarken zu sammeln, der »Discount«, der Preisnachlass, ist schon im Endpreis enthalten. Nach ersten Tests 1961 im östlichen Ruhrgebiet gehen die simplen Läden mit dem niedlich wirkenden Kürzel an der Fassade bald auch im Süden in Serie. Die Kunden nehmen das neue Modell rasch an. In Räumlichkeiten mit dem Charme neonbeleuchteter Lagerhallen bedient man sich fortan ausnahmslos selbst. Die Rendite stimmt – und ab 1962 schießen im Wochenrhythmus neue Aldi-Discountmärkte aus dem Boden …

Langsam gleiten wir am Essener Stadion vorbei, in dem gerade ein Spiel läuft, 4. Liga – es sieht da in etwa so aus, wie's uns gestern im »Klostereck« beschrieben wurde. Na ja, ganz so wüst vielleicht nicht. Man macht sich ja immer andere Vorstellungen, hört man die Leute so reden. Die übertreiben ja immer – auf 'n Gag abzielend, 'ne Pointe.

Die Aldisierung

Die zunehmende »Aldisierung«, der Erfolg der Discounter also, sei ein Alarmzeichen, meinen nicht wenige. Dem Verbraucher werde der Gang zum Discounter aufgenötigt, weil er sonst seinen Lebensstandard nicht halten könne. Die Aldisierung – der Untergang des Abendlands?

Interessanterweise bestreiten renommierte Wissenschaftler diese These. Wolfgang Fritz, Professor in Braunschweig, hat sich intensiv mit modernem Konsumverhalten beschäftigt. Er stellte fest, dass die Kunden, die bei Aldi & Co billig einkaufen, die gleichen sind, die sich an anderer Stelle Teures, Luxus gönnen. Fritz nennt dieses Phänomen »hybrides Käuferverhalten«. Einen preiswerten Aldi-Keks genüsslich im Maserati zu zerbröseln, sei beileibe kein Widerspruch. Statt die Aldisierung zu beklagen und Aldi hinterherzuhecheln, solle der Einzelhandel, der seine Umsatzrückgänge beklage, vielmehr schauen, wo die Schwächen von Aldi liegen. Um konkurrenzfähig zu bleiben, müsse man eben bieten, was Aldi nicht zu bieten habe, und das seien an erster Stelle Bequemlichkeit und Erlebnis. Rund um die Uhr geöffnete Tankstellen-Shops, Bringdienste für Berufstätige, Abholservice bei Reparaturen, und, *last, but not least*, moderne Erlebniscenter führt der Professor an und nennt das Oberhausener CentrO als Flaggschiff dieser Einkaufskultur.

Einkaufskultur? Wolln doch mal sehn.

Sogleich also weiter nach Oberhausen (Aldi Nord), zu *dem* Anziehungspunkt freizeitelnder Massen: ebenjenem CentrO am Rande der Stadt. Ein riesig hingepflanztes Einkaufszentrum mit Läden, die man schon kennt, aber womöglich noch nicht derart geballt an einem Fleck gesehen hat. Die Gutehoffnungshütte – einst der größte Maschinen- und Anlagenbauer Europas – stand einmal hier, die Wiege der Ruhrindustrie. Vermisst die irgendjemand?

Autoparkhausparkplatz beim CentrO kost' übrigens nix. Wenn das nicht prima ist …

Wir marschieren rein in die Mall und gleich durch zur sogenannten »Cola-Oase«. Das Rondell mit flacher Glaskuppel und Las-Vegas-Pappmaché-Architektur aus aller Herren Länder rundrum wirkt irgendwie »Malle«-mäßig, »det Janze«. Enormer Ausstoß an Fastfood, rekordverdächtig.

Auf dem Weg zur Cola-Oase

»Tolle Wurst.«

»Rituale des Spätkapitalismus.«

»Des zu spät gekommenen Kapitalismus …«

»Zu spät zu was?«

»Zu seiner Beerdigung.«

Nach Mallorca übrigens konnte man mit Aldi auch schon fliegen.

»Mit Aldi-Sonnencreme bestrichen – war mal die beste von allen …«

Und ist's vielleicht noch.

Wieder draußen, nachdem wir uns mit »Futter und Flüssig« versorgt hatten, dachten wir, draußen »wär besser gewesen«. Da war nämlich »Sonne direkt«, ohne Dach dazwischen – und eine Art Kanal, sprich: Wasser. Und biergartenähnliche Restaurants.

Wir spazieren zum Gasometer Oberhausen rüber. Eindrucksvolle Ausstellung beziehungsweise Fotodarbietung zu den Planeten unseres Sonnensystems darin. Oben in dem 117 Meter hohen Raum ein Mond-Modell: 25 Meter Durchmesser hat die Kugel. Irre. Total spacig. Für rauf aufs Rund keine Zeit mehr – wie auch schon nicht bei der Kohlenwäsche, dem Aussichtspunkt der Zeche Zollverein … Der Äquator, er ruft!

Aufbruch. Ulf meint, das Wetter wäre doch so schön, könne man nicht zum Rhein rüberfahren, sei doch eh nicht weit? Ich protestiere – der Äquator müsse eingehalten werden.

Oder steckt was andres dahinter? Ist's wieder der Verzicht, den ich nicht nur mir, den ich auch anderen verordne?

Wie meine Mutter ihrerseits hatte verzichten müssen, auf vieles, eine glückliche Jugend beispielsweise, eine Jugend ohne Schläge – wie meine Mutter also, so ich? Verzicht, seit frühester Kindheit eingeübt, seit die Mutter, in ihrem zweiten – nun selbstgewählten – Krankenschwesternberuf Nachtschicht schiebend, damit Geld hereinkam, immer drei Wochen an einem Stück –, seit also meine Mutter mich, das Neugeborene, gerade auf der Welt, nächtens gleich wieder allein gelassen … Ungestillt allein.

Wenigstens war mein Vater da. Auch mal eine Tante. Nicht jede Nacht allerdings. War mein Vater doch jung, hatte er Freunde, ging er schon mal aus.

Und war er auch da, so gab mein Vater doch keine Milch. Auch meine Mutter nicht, war sie mal eine ganze Woche nächtens zugegen. Man ließ mich schreien. Und heulen. Kinder, hieß es, sollen von sieben bis sieben schlafen. Und wenn sie das nicht taten, wenn sie weinten und jammerten, Nahrung herbeirufend, Beachtung, sollte man sie, so eine Erziehungsfibel, einfach schreien lassen. Hören schon wieder auf. Nur nicht in den Arm nehmen. Sonst wollen sie mehr. Werden noch verzärtelt. Und so ließ man mich. Nahm mich nicht. Tränen vertrockneten unabgewischt. Sollen halt lernen, die Würmer, die Zeiten einzuhalten. Nächtens galt Nachtruhe. Nachts gab's nix.

Und so schrie ich irgendwann nicht mehr. Sondern verstummte. Verlangte nichts mehr. Hatte ja keinen Sinn. Kam ja keiner. Besser nichts verlangen – erspart Enttäuschungen.

Kriegt man das je wieder raus? Entbehrung, Abhärtung, erzwungene, Selbstkasteiung? Brauch ich deswegen noch heute täglich meinen Liter Milch? Wenn nicht mehr … Weil's als Säugling nicht immer welche gab?

Später dann, ich konnte längst laufen, hab ich meine Milch selber beim Milchladen um die Ecke geholt. Stets vollkommen wortlos. Der Milchladenbesitzer – genauso ein Trotzkopf wie ich? – soll mich deswegen besonders gemocht haben. Weil ich nie ein Wort über die Lippen brachte. Begrüßung, Verabschiedung – nicht mit mir. »Danke« schon gleich gar nicht.

Wem hätte ich auch danken sollen? Ist Milch nicht eine Selbstverständlichkeit? Warum danken dafür? Hab ich leben wollen? Wem schulde ich Dank?

Waren nicht nur der Milchmann und ich – waren vielleicht auch die Brüder so? Alle vom selben Stamm? Vom Stamme »Nix« und »Lass mich in Ruh« …?

Die sämigste Milch übrigens, die ich je gekriegt, war die, als ich auf dem Dorf gelebt hab, leben hab müssen, als Jugendlicher. Wurde immer von einer benachbarten Bäuerin im Kuhstall in eine rote, weißgepunktete Blechkanne geschüttet; ein Behältnis, emailliert, schon leicht abgeplatzt, die Beschichtung, das ich am Abend zuvor hingebracht hatte, Münzen im umgedrehten Deckel deponiert – um die Kanne dann an der Stalltür morgens, gefüllt, wieder abzuholen. Milch fürs Müsli. Dicke Rahmschicht obendrauf. Superfett. Hin und wieder lag 'ne Fliege obendrin, im Schmand, ersoffen, oder 'n Strohfitzel …

Ich find, die Inder machen's richtig. Sie halten ihre Kühe in Ehren. Die dürfen rumlaufen und rumstehen in den Städten, wie sie wollen. Keiner tut ihnen was. Niemand verscheucht sie. Niemand schlachtet sie. Wie sagte mal ein Inder zu mir: »Die Kuh ist die Mutter Indiens.« Eben – wer schlachtet schon seine Mutter?

Man hat gelernt, sich anzupassen, einzuschränken. Diszipliniert zu sein. Und ist nicht ein Band wie der Äquator immer auch eine Beschränkung? Über die nicht hinausgegangen werden darf?

Eingefräst jedenfalls die Verschwendungsfurcht. Nur sich nichts gönnen. Andern schon, normalerweise. Mein Vater, immerhin, er gab – Milch beiseite – ein großzügiges Vorbild ab. Auch diesen Einfluss also gab's.

Warum also gönn ich Ulf seinen Rhein nicht? Was ist denn schon der Aldi-Äquator? Gegen den Rhein?

Ein Wort noch zur Milch. Bei der H-Milch von Aldi, von der ich gemeinhin trinke, seit zig Jahren schon, stört mich, dass, ist der Umpackkarton noch gesteckt voll, die erste Milchpackung immer so schwer rauszukriegen ist. Die Finger haben keinerlei Ansatzpunkt für einen Griff, um den ersten Liter rauszuzerren. Mit den weiteren Tetra-Paks dann ist's leicht.

Aber es gibt einen Trick, wär ja auch gelacht. Der besteht darin, ein Päckchen aus der Mitte zu greifen, denn dort ist die Umverpackung ein wenig biegsamer, dehnbarer: Dort kann man den Rand besser wegdrücken und die erste Milchpackung packen.

Vorbei an »Glabotki« – einem einst geplanten, dann doch nicht zustande gekommenen Stadtzusammenschluss von Gladbeck, Bottrop und Kirchhellen (für Filmfreunde vielleicht von Interesse: der Movie-Park dort) – sausen wir erst über die Autobahn, dann über niedere Straßen zum Renaissance-Wasserschloss Raesfeld (gesprochen: Raasfeld).

Gelbe und rote Dreiecke auf den hölzernen Klappläden an den Steinstabfenstern. Ziegelmauerwerk, Haustein an den Ecken. Turm mit Blendbalustrade. All das mitten im bretternen Münsterland. Im Schlosshof Hochzeitsfeierlichkeiten.

»Kernrituale des Bürgertums.«

Die Braut, bodenständig, süffelt ungeniert direkt aus einer Bierflasche. Wohl bekomm's!

Wir lassen uns vor einem »Griechen« nieder mit Blick auf die Schlossbauten. Am nächsten Tag werde der Wirt wegziehen, wie uns mitgeteilt wird – nach Korfu. Für uns gab's aber noch was zu schnabbeln.

Ein Motorradpärchen, wie schon zu Beginn unsrer Expedition, behelmt und beledert, kommt angefahren, stoppt, steigt ab. Klar, ist ja wieder Wochenende, auch das Wetter spielt mit – warum sich also nicht eine Ausfahrt gönnen?

»Eben«, grinst Jablo.

Genug gerastet – hoch die mürben Knochen und vom bequemen Stuhlwerk erhoben! Schluss mit Erfrischungsgetränken sonder Zahl, Küchlein und Fresschen! Frisch zum Auto gestiebelt. Auf zum letzten Aldi Süd: dem in Bocholt.

Die Erstbezwingung des Äquators, bald wird sie Geschichte sein. Nicht lange mehr – und Ruhm und Ehre sind unser!

Doch dann fällt uns ein – und lässt uns erstarren, eiskalt rieselt's uns den Rücken lang: Was, wenn Theo höchstselbst den Äquator schon einmal runter wäre, oder rauf – natürlich in 'ner hochklassigen Limousine und nicht in 'nem betagten Ford wie wir? Auf einem seiner Inspektionstrips vielleicht, denen Theo ja immer wieder frönte?

Safety first

In der Tat: Die schwarzblaue Limousine, in der Theo Albrecht sich nach seiner Entführung herumkutschieren ließ, sie war sicher wie die Bank von England. In dem S-Klasse-Mercedes, vollgestopft mit *Gadgets*, hätte sich auch ein James Bond pudelwohl und ganz wie zu Hause fühlen können.

Gegeizt wurde, wie der *stern* schreibt, nur bei den Sitzbezügen und dem Radio mit Kassettenfach. Luxus! Der Rest: Sonderanfertigung. Aber was für eine! Sicherheit, und noch einmal Sicherheit – das war das oberste Prinzip.

6,5 Zentimeter dick die abgedunkelten Scheiben, die sogar Panzerfaust-Beschuss hätten abwehren können, und die so schwer waren, dass jeweils eine eigene Hydraulik eingebaut werden musste; Sprengsätze in den Türen sorgten dafür, dass diese auf Knopfdruck von innen absprengbar waren; die Bodenplatte: härtester Stahl, absolut »unkaputtbar« – Präsidentenklasse; die Spezialreifen sollten auch nach Maschinengewehrfeuer weiterrollen; im Falle eines Giftanschlags gab's eine eigene Sauerstoffversorgung; eine Wechselsprechanlage ermöglichte Kommunikation aus und in die Panzerzelle; mit Mikrophonen konnte jedes Gespräch im Umkreis von 30 Metern belauscht werden; im Kofferraum war ein Telefon versteckt – falls Entführer ihre Geisel dort einsperren sollten; und auch der Kofferraumdeckel konnte von innen weggesprengt werden.

Sicherheits-Features, bei denen vor allem eines sicher ist: Theo Albrecht wollte sichergehen. Sichergehen, nicht noch einmal das durchmachen zu müssen, was man ihn einmal gezwungen hatte durchzumachen. »Er hat offenbar sehr viel Angst gehabt«, so der Anbieter des Unikums, ein Autohändler.

Kostenpunkt des Safety Cars: 1,5 Millionen Mark. Bei einer eBay-Auktion ging das knapp fünfzehn Jahre alte, inzwischen abgemeldete Schwergewicht für einen Bruchteil der ursprünglichen Summe weg: für 86 150 Euro. An einen Käufer, der anonym bleiben wollte – wen wundert's.

Wäre also Theo mit seinem fahrbaren Tresor den Äquator lang, dann – dann wären wir ja keinesfalls die Ersten gewesen …

Wenn wir ihn auch locker hätten überholen können, denn mit seinen 278 PS und seinem 4,2 Liter-Motor – da hat ja der *small block* von meinem Chevy mehr als 'nen Liter mehr – war Theos Panzerschrank lahm wie 'ne Ente, fuhr er sich schwerfällig wie ein beladener Aldi-Laster. Das vielleicht – »aber hätte Theo den Trip bereits Jahre vor uns runtergerissen, wir wären geleimt«.

»Voll angeschissen!«

»Kannste sagen.«

»Und die Silbermedaille – die ist doch so was für 'n Arsch.«

»Brauchste nich mit zu kommen.«

Nur der Erste zählt in dieser Welt. So viel hat uns das Leben gelernt. Silber – »Silber is arschkant für die Tonne.«

Bestürzt schweigen wir.

Indes, Ulf, der Blicker – er weist auf einen entscheidenden Punkt hin, einen Punkt, den auch er zunächst übersehen habe, wie er uns flüstert, den rettenden Punkt.

Eine solche Inspektionsreise entspräche ja nun keinesfalls dem Verlauf unsrer Äquator-Tour. Denn Theo – oder auch Karl – sie wären ja auf ihrer Seite des »Limes« geblieben. Und wären nie und nimmer, wie wir, im Zickzack von Aldi Süd nach Nord, dann wieder nach Süd, dann wieder nach Nord gefahren … Und auch nicht in der Mitte. Sie wären ja in jeweils ihrem Reich geblieben, ihrem eigenen, die Brüder.

»Nur wir – wir haben ja sozusagen die ›Mittelspur‹ genommen. Den echten Äquator.«

Die mögliche, denkbare Fahrt der Brüder also: keine direkte Konkurrenz für uns, unser Unternehmen.

Man stelle sich unsre Erleichterung vor! Wir Dussel auch! Ein Denkfeler, ein schlichter, doch womöglich verhängnisvoller Denkfeeler ist uns unterlaufen, ein Denkfehler, demzufolge die Geschichte der Äquatorumrundung womöglich hätte umgeschrieben werden müssen. Wenn wir nicht aufgepasst hätten in letzter Sekunde. Beziehungsweise einer von uns.

Kommando zurück also! Man nehme einen Bleistift, streiche einfach die letzten Absätze und denke immerfort daran, diese tunlichst zu vergessen …

Mit videoüberwachter Schranke vor dem Parkplatz, einem Schlagbaum wie an einem Bahnübergang, genauestens definierter Gebührenordnung: erste Stunde frei, ab dann kostet's, konsequentem Flachdach sowie gesondert angelegtem, satteldachüberdachtem und voll transparentem Einkaufswagenstandplatz ist der Bocholter Aldi sozusagen voll der Wahnsinn.

Aldi-»Bahnschranke«; hinten: Fahrradanbindestange

Praktisch die Ösen an der Mauer vor dem Ladenfenster, an der Hundebesitzer ihre kläffenden Lieblinge festmachen können. (Das allerdings haben wir auch schon woanders gesehen.) Davor, kaum weniger praktisch, eine lange Stange – wohl um Fahrräder dran festzubinden, damit die sich nicht losreißen. Denn auch Zweiräder, nicht nur unsere treuen Vierbeiner, »müssen draußen bleiben«.

Im Bocholter Zentrum dann behindert unser Fortkommen ein Stadtfest mit Schlagermusi vor dem prächtigen, doch

Leitplankengesäumt: Aldi-Einkaufswägelchenunterstand

mit Ständen, Zeltlingen und Zelten ziemlich zugestellten rotgrauen Rathaus: Renaissance, Ziegel und behauener Sandstein in schmuckem Wechsel, reich ornamentierter, asymmetrisch angebrachter Prunkerker, obeliskenverziertes Zwerchhaus. Noch Wünsche offen?

Sonst der Ort weniger schön. Viel zu viel neuer und unansehnlicher Krempel steht hier kreuz und quer rum. Was soll das? Was, zum Teufel, hat man sich dabei gedacht?

Wir weiter. Hinter Bocholt ein Schild, das aufmerken lässt – und sogleich wieder vergessen wird: »Großes Hahnenwettkrähen«. Und wenn die Hähne nicht krähen?

»Man muss sie reizen …«

»Aber wie?«

»Kannst ’ne künstliche Sonne aufgehen lassen.«

Nun denn. Sodann Fasan erblickt. Können auch krähen – wie man hört.

Ein Großplakat am Straßenrand wirbt mit »Mehr Kunden als Aldi. Trotzdem kennen wir jeden Einzelnen mit Namen. Das Handwerk«. Stimmt – namentlich kennt Aldi uns Aldi-Gänger natürlich nicht. Ist ja auch gut und richtig so.

Aber was ist denn das eigentlich für ein Vorteil, den wir Kunden davon haben, kennt uns der Handwerker mit Namen? Schlampt und pfuscht er deswegen weniger? Und dass das Handwerk insgesamt mehr Kunden als Aldi hat – geschenkt. Der einzelne Handwerker jedenfalls hat weniger. Überhaupt sagt ja Menge allein, und da wären wir wieder beim ersten Punkt, noch gar nichts aus über Qualität …

In Borken angekommen, sichern wir in der erstbesten Herberge, die uns über den Weg läuft, Zimmer für uns vier. Die Wirtin in den besten Jahren – tief ausgeschnittenes schwarzes Kleid, wohlgeformte Knie unter knappem Saum – scheint ob der Ankunft von vier mehr oder weniger stattlichen, aufgeräumten Herren durchaus angetan und kann eine gewisse Nervosität nicht ganz verbergen.

»Die mal gepflegt netnih nov …«

Wird angemerkt, da sind wir natürlich längst wieder draußen, auf dem Weg zum Wagen, der auf dem Parkplatz steht, am Gasthaus hinten.

Nächster Stopp: Oeding. Auf dem Weg dahin tut uns Ulf seine Lebensphilosophie kund, sie soll hier nicht verschwiegen werden.

»Der zwölfteilige Pfad zur Erlösung«, ließ er verlauten.

»Oder der achtteilige …«

Schob er nach einer Bedenkminute hinterher.

Alles klar? Na denne.

Ankommen in Oeding, wir machen den letzten Aldi Nord dort. Eine kurze Begegnung. Die Hütte irritiert irgendwie: mit zweifachem Giebel nebeneinander, zwiefachem Aldi-Logo sowie mittig dazwischen ein weit zurückgesetztes Fußwalmdach. Asymmetrisch der Laubengang als Wägelchenparke, dahinter die Ladenfenster, der Eingang. Leblos wirkt alles. Ach so, klar, Aldi schon zu. Aber innen hell erleuchtet … Damit auch keiner was klaut? Beziehungsweise ein Dieb, ein potentieller, sogleich gesehen wird – und verhaftet?

Hey Theo – komm und knips das Licht aus! Bloß keine Verschwendung nicht.

Aldi Oeding

Auf den zweiten Blick erkennen wir eine Putzfrau bei der Arbeit – deshalb also die Festbeleuchtung. Theo – ein Vergeuder und Verprasser, ein gemeiner Licht-zum-Fenster-Rauswerfer etwa? Nicht doch. Nicht Theo.

»Eher die Welt untergeht.«

Aldi-Öffnungszeiten

Die Öffnungszeiten haben sich über die Jahre, einer zunehmenden Liberalisierung folgend, auch bei Aldi immer weiter aufgebläht. In Erinnerung ist noch anderes. In den siebziger Jahren herangewachsen, musste man sich sputen, um, kurz vor sechs noch in den Plattenladen geschlüpft, mit seinem mühsam zusammengesparten Taschengeld eine neue LP zu erstehen. Und wehe, der Ladenbesitzer sperrte nicht pünktlich ab! In der Heimatstadt von Jo gab's einen Rentner, der im Fenster seines Hauses lag, Telefon neben sich, und bereit, sogleich die Polizei zu informieren, wenn der kleine Plattenladen gegenüber einem verspäteten Kunden noch die neueste Scheibe von AC/DC auflegen wollte. Heute haben fast alle Läden bis 20:00 Uhr geöffnet, so auch Aldi. Und zwar von Montag bis Samstag.

Nicht unbedingt ein Freund übertrieben langer Öffnungszeiten ist Jo einem speziellen Aldi doch sehr dankbar, dass er sogar über diese Regelung hinaus eine Sonderöffnungszeit anbietet. Um welchen Aldi es sich handelt? Um den nördlichsten deutschen Aldi überhaupt. Dieser befindet sich, kaum zu glauben, auf Sylt! Auch dort hat sich Aldi durchgesetzt, zwischen all den Strandburgen der Schönen und Reichen. Weder reich noch besonders schön, fährt Jo mit Frau und Kindern seit Jahren gern dorthin, und zwar stets im Monat November, wenn die grauen Inselnebel die Schickeria endgültig vertrieben haben. Nichts Schöneres, als Sylt im Spätherbst! Da er aus dem Süden anreist und mit der Bahn, zudem als Ferienhausbewohner Selbstversorger ist, steht er am Samstagabend vor einem gähnend leeren Kühlschrank. Was um alles in der Welt soll er am nächsten Morgen den hungrigen Mäulern zum Frühstück servieren? Aber da kommt der Aldi ins Spiel. Er hat nämlich auf Sylt auch am Sonntag geöffnet! Allerdings erst um elf, und das hat einen Grund: Man will nicht mit der Kirche konkurrieren. Erst wird gebetet, dann die Einkaufstasche gefüllt. Ordnung muss sein. Jo schwört drauf: so ein dunkles Vollkornbrot mit Butter, belegt mit Rührei und, als Krönung, frischen Krabben – einfach himmlisch!

Einsam lag der Aldi da, der Oedinger, einsam und Edgar-Hopper-mäßig fast gar. Romantisch cool irgendwie. Die milde Abendstimmung, versöhnt sie uns mit der seltsam verhockten Formensprache dieses letzten Aldis auf unsrer Tour …?

Wir kehrtgemacht – und ab ins Venn (Moor). Direkt zur niederländischen Grenze. War da ein Autodurchfahrverbot? Wenn ja, dann haben wir's übersehen. Für Radfahrer jedenfalls ist alles frei, und vier Räder haben wir ja. Lediglich eine Wegsperre versperrt schließlich den Weg nach Holland, nach Winterswijk (Aldi Nord). Viele Bremsen. Ein Stich. Jablonski zudem von bösen Brennnesseln in Mitleidenschaft gezogen. Brutale Natur. Zu viel Natur. Rascher Aufbruch.

Regenwürmerfarm auf dem Weg nach Burlo. Kurzer Rundgang dort über den Klosterhof Mariengarden – Mönche: Oblaten. Das ehemalige Torhaus an der Zufahrt zum Kloster ist schon seit Generationen ein Gasthof – von Heinz, einem Cousin von Jo und mir, geführt. Datumsstein von 1727. Vermutlich Ende des 18. Jahrhunderts in der noch heute existierenden Form erstellt. Denkmalgeschützt, das Anwesen – »leider durch bauliche Zutaten und Änderungen im Denkmalwert gemin-

Holländisch-deutsche grüne Grenze

dert«, wie eine Tafel an der Ziegelmauer mäkelt. Wieso – ist modern nicht schön? Seit 1810 Ausschanklizenz.

Heinz sitzt mit seinem einzigen Gast zusammen auf der überdachten Terrasse. Verhältnis Wirt Gast 1:1 – wie schon abends zuvor in Essen im »Klostereck«. Wir vier kommen hinter der Kastanie vorm Haus hervor, nähern uns – und sogleich schnuppert Heinz »Verwandtschaft«. Auch wenn er die seit Jahren, Jahrzehnten gar, nicht mehr gesehen …

Früher war die Gaststätte ein Lokal, in dem schon mal Schmuggler Zöllner besoffen gemacht haben – um dann in aller Ruhe Waren, Zigarettchen, Kaffee et cetera, heimlich über die Grenze zu verbringen. Heinz erzählt uns eine Schote, wie sie in neuerer Zeit mal den Zöllnern die Hunde gestohlen haben – um die dann in der Zöllner-Zentrale abzugeben.

»Hunde gefunden …«

Kastanie und Stühlchen vor Gaststättenidyll

Dass Heinz' Etablissemang – mit Nebenräumen für Hochzeiten und Kegelbahn (zumindest gab's die früher mal) – direkt auf dem Aldi-Äquator liegt, war dem Koch und Gastwirt bislang nicht bewusst gewesen. Jetzt weiß er's. Dennoch – den Unterschied zwischen Aldi Nord und Aldi Süd hat auch die Bevölkerung hier schon mitgekriegt. Wollte doch einmal einer ein Aktionsangebot wahrnehmen in Oeding, wo es sogleich hieß:

»Gib's nich. Musste nach Aldi Süd.«

Das Geschäft, lässt Heinz uns wissen, könnte besser laufen. Trotz freundlicher, nett aussehender und nett lächelnder Blondine hinterm Zapfhahn. Und trotz gleichsam aus der Zeit gefallener Innenausstattung – kein Spielautomat beispielsweise, kein Bildschirm ist zu sehen. Manche finden das ja schon wieder gut. Viele sind's wohl nicht. Erstaunlich: Der Kamin in der Gaststube und ein paar alte Kacheln drum herum haben alle

Erneuerungsorgien – die allerdings auch schon wieder Jahrzehnte zurückliegen – überstanden. Im Rauchfang übrigens wurde früher der berühmte westfälische Schinken geschmacklich verfeinert. So ein Trumm Schinken war meinem Vater, auf dem Töpfchen sitzend, dann auch tatsächlich einmal aufs Köpfchen gefallen. Daher der westfälische Breitschädel.

Heinz: »Wir sind am Arsch der Welt – alle fahren vorbei.«

Das Konkurrenzlokal schräg gegenüber hat wenigstens ein Transparent »Biker-Treff« an der Fassade hängen. Biker, wenn welche kommen, kriege auch er ein paar ab, so der Gastronom.

Mit Kaffeefahrten, die sein Lokal zum Ziel haben, will Heinz die Konjunktur jedenfalls nicht ankurbeln. Zwei solche Veranstaltungen, vor vielen Jahren bereits, deren Verlauf er uns schildert – das soll's gewesen sein.

»Da wird keiner mit glücklich …«

Zumindest wirft der Kiosk-Anbau »noch 'n bissken was ab«. Aber bei 400 Prozent Hebesatz (Multiplikator, um die Gewerbesteuer festzulegen) und dergleichen happigen Abgaben mehr … Zustände wie im Kapitalismus.

Klagen, heißt es, ist das Lied der Kaufleute. Aber ist ein Gastwirt ein Kaufmann? Wie immer – Heinz überlegt zu verpachten. (Er hat es inzwischen, wie zu hören ist, getan.) Ihn plagen »Malessen«. So ganz ein junger Hupfer ist er ja nun auch nicht mehr. Soll er's halt ruhig angehen lassen. Geld ist ja eigentlich nicht so wichtig. Hauptsache, man hat's. Für uns war bei »chez Heinz« jedenfalls, kein Zweifel, ein passender Abschluss der Reise, eine Abrundung, wie man sie sich trauter, ruhiger und gemütlicher nicht hätte wünschen können. Prost, Heinz!

»Mach et jut.«

Nach ein paar Bierchen erst draußen, dann drinnen an der Theke Fahrt nach Borken zurück zur Bleibe unsrer Wahl.

Dort in der Gaststube noch ein paar gut abgehangene Pilsken, dazu Käse- und Salamibrötchen, die zu schmieren Heinz nicht gekommen war. Beziehungsweise: Der Kneipier hatte uns belegte Brote angeboten, wir aber hatten abgelehnt, wollten den Armen nicht unnötig belasten »mit so was«.

»Essen ist der Sex des Alters«, lacht Ulf uns an; sein Standardspruch.

»Na, wenn das so ist, dann ist das hier aber mieser Sex, oder was …«

Aber nein, nur 'n kleiner Scherz, das – schmecken doch die Semmeln uns allen. Jedenfalls verputzen wir viele, ja putzen wir alle sofort weg, auf dass sogleich ein neuer Teller voll Geschmiertem geordert werden muss.

Der Song-Contest im Fernseher hoch im Eck wird gerade von deutscher Sängerin gewonnen. Name entfallen. Boxer gewann ebenfalls. Klitschko, »die Klatsche«, geheißen. Lied irgendwie ungewohnt. Muss man mehrmals hören. Ist das gut – oder schlecht?

Egal – Hauptsache gewonnen. Wie wir unsren Äquator. Wenn auch nicht, wie vorgesehen, striktemang von Aldi Süd nach Nord und wieder zurück wechselnd, sondern eher unordentlich und irgendwie. Wurscht – Hauptsache durchgekommen. Wird sich Amundsen mit seinem Südpol auch gesagt haben.

Die mit Zierleisten verunzierte Kitschtheke ist rundum mit Gästen besetzt, und mehrmals dringt beziehungsweise drängt – ist's ja doch Samstagabend – ein Schwall Biersuchender beziehungsweise Vergnügungssüchtiger ins Lokal. Unsre sexy Wirtin kommt aus dem Zapfen und Gläser-auf-den-Tresen-Stellen gar nicht mehr raus. Wir trinken aus.

»Wir sind jetzt alle müde. Und gehen jetzt alle ins Bett«, wendet sich Jo, ganz jovialer Herbergsvater, an die Gemeinde.

Kein Wunder, dass er geschafft ist – nach dem dichten Programm, all der Fahrerei. Ulf, auch er erhebt sich ächzend vom Stammtisch. (Ja, wir sitzen tatsächlich an einem solchen – und keiner der Einheimischen hat was dagegen gehabt.)

Aufforderungen, das Bettchen aufzusuchen – und seien sie auch noch so ironisch vorgebracht und gemeint –, sind für Jablonski natürlich kein Anlass, seinen Platz an der Sonne zu verlassen. Beziehungsweise den Platz an der Quelle. Auch ich bleibe noch. Und so stapfen sie ab, die Jungs, die zwei, nach oben, aufs rustikal möblierte Zimmer.

Jablo und ich, wir ordern – gestisch, über die Barhocker hinweg – zwei neue Pils und lassen die Höhepunkte der Tour noch einmal an uns vorbeiziehen.

Beziehungsweise das Ausgelassene. Schenklengsfeld, meint der Freund, Schenklengsfeld hätte er schon gern gesehen, die über tausend Jahre alte Linde dort. Und habe sich zurückgesetzt gefühlt, als er mit seinem Wunsch auf taube Ohren gestoßen. Schenklengsfeld wäre von »Point Alpha«, diesem unsäglichen Grenzmuseum, nicht weit gewesen.

»Warum sind wir überhaupt rein in dieses saudumme Museum?«

Sind wir Jo einfach hinterhergedackelt? Warum ein zweites »Kalte-Kriegs-Museum« – hatten wir doch schon in Mödlareuth eins gesehen?

»Wahrscheinlich, weil Jo uns den Eintritt ausgelegt hat, wie immer«, grinst Jablo. Jo sei ja überhaupt mehr so der Museumsmensch.

»Während wir mehr so die Kneipentierchen sind, meinst du …«

Lachen.

Die Wirtin kommt, stellt uns unsre Pilschen, adrett kostümiert mit Halskrause, vor die Plauze. Wir grinsen. Glaubt die Wirtin, sie sei der Grund? Wir schauen ihr freundlich ins vornübergeneigte Dekolleté, heben den Kopf, lächeln ihr ins Angesicht. Sie lächelt kurz, abwesend zurück, entfernt sich wieder. Klapp, Klapp, machen ihre Holzpantinen …

Gerstengebräu rinnt unsre Kehlen runter.

»Aber ist ja alles kein Beinbruch«, fasst Jablo zusammen.

Eben. Ist ja nix passiert.

Und dafür, dass wir nicht nach Schenklengsfeld seien, sei Jo doch schließlich auf seinen, Jablos, Vorschlag hin nach Kettwig an die Ruhr und zu »Hähnchen Becker« nach Mülheim, gebe ich zu bedenken.

»Und zur Cola-Oase!«

»Genau, zur Cola-Oase auch.«

Lachfältchen an den Augenkanten, trinken wir einander zu.

»Letztlich ist Ulf der große Verlierer …«

Jablo schluckt und schaut mich fragend an: Ulf?

»Ja, hat die Arschkarte erwischt, absolut. Hat nach Marburg wollen und zum Rhein – und nichts davon ist eingetreten.«

Jablonski setzt sein Glas ab, wischt sich den Schaum von den Lippen.

»Aber er nimmt's gelassen …«

»Er ist eben Buddhist«, stimme ich zu. »Ist Leiden gewöhnt.«

Grinsen, einvernehmliches.

»Na ja. Sind schon ziemlich verrückt, wir …«, sinniert Jablo, Finger am Fuß des Glases, des fast leeren.

»Muss man ja, wie soll man sonst durchkommen?«

Die Lady am Ausschank hat alle Hände voll zu tun, ihre sämtlichen Gäste – nicht nur uns – zufriedenzustellen. Die beschweren sich nun, dass, als der Wirtin Tochter ausgepowert hereingeschlappt kommt und sich sogleich verzieht, diese keine

Worte der Begrüßung geäußert habe. Die Mutter verteidigt ihr Kind. Richtig so. Was mischen sich die Leute auch in alles ein – nur um die Aufmerksamkeit der einzigen Frau im Laden zu erheischen …

»Was is – trinken wir noch eins?«

Ich nicke. Jablo bestellt.

Der Wirtin geht schließlich, bei unsrer letzten Runde, ein – leeres – Pilsglas beim Abräumen entzwei: Sie war damit an den eisernen Aufbau unsres »Stammtisch«-Aschenbechers gestoßen. Ob sie von uns so gebannt war? Wir wollen es gern glauben. Vielleicht war sie aber auch nur selber ausgepowert, die Gute, ausgelaugt und müde – wie ihr klein Töchterlein.

Scherben bringen Glück, sagt man. Soll 'n sie mal.

»Könnt ma gebrauchen, allesamt.«

Womit unsre Roadstory am Ende angekommen wär. Was haben wir nicht alles gesehen, wo sind wir nicht überall drüber, Landstraßen, Stadtstraßen, auch mal Autobahn – übrigens ebenfalls, wie der Brüder Billigmärkte, eine deutsche Erfindung, wie das dazugehörige Auto ja auch: Kommt eben doch nicht alles aus Amerika!

Jedenfalls sind wir keinesfalls im »Konsumpf« stecken geblieben, vielmehr schlanken Fußes heil angekommen an der Grenze, der gegenüberliegenden. Deutschlands letzte Paradiese – es gibt sie. Noch. Mitten in unserm Land liegen sie, wie Perlen aufgereiht an der Schnur: dem Äquator.

Der Aldi-Äquator – ist er der vielbeschworene dritte Weg? Der »Jakobsweg« gleichsam zu Zeiten des angebrochnen dritten Jahrtausends?

Meister Eckhart, der alte Mystiker, meinte: »Je weiser und mächtiger ein Meister ist, umso unmittelbarer geschieht auch sein Werk und umso einfacher ist es.« Vielleicht kann man das von Aldi lernen: die Welt einfacher machen. Wo sie doch immer komplizierter wird. Unaufhaltsam immer komplexer.

Karl und Theo Albrecht, die Discounterfinder und Einzelhandelsrevolutionäre, sie sind die zwei reichsten Deutschen. Ganz ohne Klatsch, ohne Skandale, ganz ohne mondänen Lifestyle.

Wie viel sie genau haben, die zwei? Einer jedenfalls hat mehr als der andere. Mit bald 20 Milliarden Euro ist Karl der reichste Deutsche. Und sein Bruder? Die Zahlen variieren. Auf jeden Fall: Mit ein paar Zerquetschten weniger ist Theo ärmer vielleicht, aber keinesfalls wirklich bedürftig.

Damit sind die beiden Bescheidenen aus dem Bergarbeiterviertel die wohl wohlhabendsten Brüder des Globus. Ein einmaliger Aufstieg. Auf der Forbes-Liste der Reichsten weltweit, der Multimilliardäre, belegte Karl 2010 Platz 10 und Theo Platz 31.

Ob Theo je auf Karle neidisch war? Gab es Grund dazu? Hätten ein paar hundert Millionen oder ein paar Milliarden weniger der Grund sein können?

»Hunderte von Millionen, Milliarden ...«

»Dat kannste nie ausgeben.«

»Nich im Aldi jedenfalls.«

»Beim.«

Ein Makel allerdings bleibt. Denn Rot-Weiß-Essen hätten die Brüder, hätten sie nur gewollt, aus der Portokasse finanzieren und in die erste Liga katapultieren können. Haben sie aber nicht getan. Mochten vielleicht Ente Lippens nicht, dessen Gewatschel. Haben ja, die Brüder, lieber kleine Bälle eingeschoben: lieber sich auf dem Golfplatz rumgetrieben.

Wie hat ein chinesischer Politiker mal gesagt: »Alle werden

reich. Nur nicht alle gleichzeitig.« Spar dich reich – beim Aldi? Zwei haben sich in der Tat reichgespart, doch nicht beim, vielmehr mit Aldi. Ist's nicht überhaupt ein Treppenwitz der Geschichte, voll die Ironie: mit 'nem Billigladen ohne Schnickschnack stinkreich wie Otto zu werden?

»Große Reiche soll man regieren, wie man kleine Fische brät«, empfahl Laotse. Haben die Brüder das etwa beherzigt? Haben ihre Reiche deswegen Bestand?

»Wie brät man denn kleine Fische?«, will Jablo wissen.

Gute Frage.

»So wenig wie geht. Sind halt schnell durch.« Ulf, er weiß es.

Kohle anhäufen, Kohle ohne Ende – gibt's eigentlich noch was anderes? Macht Reichsein nicht einsam? Isoliert zu viel Knete nicht? Weil man dann ja keine Hilfe mehr braucht, weil einem dann ja stets Zaster aus der Klemme hilft?

Mangel schließt zusammen. Und sei es, dass man gemeinsam auf Schnäppchenjagd geht. Beim Aldi beispielsweise. Um dort Volkssport zu betreiben, deutschen Volkssport Nummer eins. (Auch wenn die verführerische Schnäppchenmasse, bei Licht besehen, kaum einer braucht …)

Geld dagegen: Geld hält auf Distanz, entsolidarisiert. Und mag sich auch der Reiche alles kaufen können, alles, was er will – auch der Reichste, er hat nur ein Leben. Wie der ärmste Schlucker.

Über den Tod hinaus …

Stadtverwaltung Essen. Das Jahr 1997 hat gerade begonnen, als Karl Albrecht für die Summe von 69984 Mark acht Grabstellen im Feld 15 des städtischen Friedhofs Bredeney erwirbt. Zwei Monate später zieht Theo Albrecht nach. Ist er der, zumindest auf diesem Felde, cleverere Kaufmann? Für vierzehn Gräber im Feld eins zahlt er nur 65 912. Jahre kommen und gehen. Niemand nutzt das Graberwartungsland, munter wächst Unkraut darüber. Die Essener Friedhofsgärtner sehen's mit Sorge, man schickt den Großgrabbesitzern eine Mahnung ins Haus. Auch ein unbewohntes Grab bedarf der Pflege. Daraufhin fährt ein Aldi-Laster vor und lädt Eiben, Rhododendren und Zypressen ab. Wo sich Theos und wo sich Karls Grabstätten befinden? Na, wo schon! Auch hier verläuft er, der Aldi-Äquator, mitten über den Bredeneyer Friedhof. Im Norden die Gräber von Theo, im Süden die Grabstätten von Karl.

Was hienieden entschieden,
gelte auch für drüben.

Inzwischen, es dürfte sich rumgesprochen haben, ist eine der Grabstellen belegt. Ist doch während der Erstabfassung dieser Schrift im Sommer 2010 Reichsgründer Theo gestorben, mit achtundachtzig, in seinem Geburtsort Essen. Möge dein Werk, Theo, möge es blühen und gedeihen!

Und möge die gemeinsam mit Karl gezogene Demarkationslinie, der Äquator, möge er noch lange da rumliegen, wo er rumliegt. Auf jeden Fall ist er jetzt durch uns, vier Freunde, seine Befahrer, kein weißer Fleck beziehungsweise keine weiße Linie auf der Landkarte mehr.

Einfache Zutaten – einfache Küche?

Kann man eigentlich mit Aldi-Produkten eine vielseitige, abwechslungsreiche, eine ambitionierte Küche betreiben? Ist es möglich, bei der doch sehr begrenzten Auswahl an Nahrungsmitteln, seine Lieben aldimäßig zu verwöhnen?

Es mag unwahrscheinlich klingen, aber die Antwort ist ein klares Ja! Uns will sogar scheinen, als liege in dieser Begrenzung der eigentliche Charme, als sei es den wirklichen Delikatessen eigen, aus einfachsten Grundsubstanzen hergestellt werden zu können. Auf der anderen Seite aber gilt auch: Je einfacher die Substanzen, desto höher der Aufwand und das Können.

Ein Beispiel? Die Schwiegermutter von Jo ist eine ausgezeichnete Köchin. Läge es ihr, ein Wirtshaus zu betreiben, die Leute würden weite Wege auf sich nehmen, um sich von ihr etwas kredenzen zu lassen. Eine ihrer Spezialitäten sind Maultaschen. Nicht die schwäbischen, sondern die niederbayerischen. Oma Katrins Maultaschen sind legendär. Oft schon kam es vor, dass sich Freunde der Enkelkinder erkundigten, wann denn mal wieder die Oma zu Gast wäre. Dann legten sie sich auf die Lauer, um rechtzeitig zuschlagen zu können, wenn die Taschen auf dem Blech dampften. So viele Kinder können nicht irren. Hier die Zutaten und das Rezept:

Oma Katrins niederbayerische Apfelmaultaschen

Zutaten:

6–8 mehlige Kartoffeln

4–5 Äpfel

Mehl

Butter

Crème fraîche

Salz

Zucker

Butterschmalz

Vanillesoße

Zubereitung:

Die Kartoffeln kochen, schälen und noch heiß durch die Presse drücken, ausbreiten und mindestens eine Stunde auskühlen lassen. Die erkalteten Kartoffeln salzen, mit sechs bis sieben Esslöffeln

Mehl bestreuen und zu einem geschmeidigen Teig kneten. Eine fünf bis sechs Zentimeter dicke Rolle formen und diese in vier bis fünf Zentimeter dicke Scheiben schneiden. Diese mit dem Nudelholz auf bemehlter Platte auswalken, mit flüssiger Butter und Crème fraîche bestreichen. Vier bis fünf Äpfel (je nach Größe) raspeln oder fein hobeln, damit den Teig belegen, leicht mit Zucker bestreuen und vorsichtig zusammenrollen. Zwei Esslöffel Butterschmalz in einer Auflaufform auslassen, die Maultaschen hineinlegen und bei 200 Grad circa 45 bis 50 Minuten im Ofen backen, nach 25 Minuten mit etwas flüssiger Butter bestreichen. Lauwarm mit Vanillesoße genießen. Eine Köstlichkeit!

Das, scheint's, macht die eigentliche Kochkunst aus – nicht aus Dorsch und Gänseleberpastete, nein, aus den gewöhnlichsten Zutaten Ungewöhnliches zu kreieren.

Interessiert eigentlich irgendwen, was aus unsrer Pulle Aquavit geworden ist? Jenem Fläschchen, das, man erinnert sich, wir uns gleich am ersten Tag in Hof besorgt hatten? Haben wir uns einen zünftigen Rausch zusammengetrunken?

Nein, die Sache verhält sich viel dümmer: Wir haben die Bottle, die ja, je öfter man den Äquator quert, besser und besser schmecken soll, schlicht im Auto vergessen. Wie das passieren konnte?

Keine Ahnung. Wahrscheinlich zu viel anderweitig gesoffen und plötzlich zu sehr vergesslich worden … Jo immerhin, dessen Wagen es ja ist, er wird höchstpersönlich das Vergnügen haben, die zu voller Blüte ausgereifte Flasche gänzlich ungehindert von andren durstigen Mäulern bis zum letzten Tropfen auszulutschen.

Was also bleibt?

Vielleicht das: einfach machen, die Dinge. Was kochen. Auskochen. Wie die Brüder. Wie wir. Loslegen. Ablegen. Dann – dann wird man schon sehen …

Der Aldi-Äquator – er verbindet, indem er trennt. Das ist vielleicht sein eigentlichstes, tiefstes Geheimnis. Er hat die Brüder und ihre Lebensmittelreiche geschieden und damit zusammengehalten. Uns vieren ist er ein roter Faden gewesen. Nicht mehr – aber auch nicht weniger. Alsdann: *Bon voyage!*

Oder wie sagt Meister Huang-Po: »Auch wird die Vollendung die Gleiche sein, ob du dein Ziel in einer einzigen blitzartigen Erleuchtung oder nach Durchschreiten der Zehn Stufen der Bodhisattva-Entfaltung erreichst.«

Meinte Ulf das, als er vor Oeding von Erlösung sprach?

Danksagung

Ein großes, dickes und ewiges Danke den beiden Freunden, die das Abenteuer mitgemacht haben, für ihre unschätzbaren Beiträge dazu und natürlich für ihre Zustimmung, das Reiseextrakt publizieren zu dürfen; ein dickes Dankeschön sodann unserem Agenten, seiner Entschlossenheit und optimalen Arbeit im Vorfeld sowie seiner Hilfestellung im weiteren Verlauf; tief empfundener Dank auch allen Freunden und Freundinnen sowie unseren engsten Verwandten beziehungsweise Angehörigen, die das Projekt in allen Höhen und Tiefen begleitet und unterstützt haben; ein herzliches Dankeschön unserer engagierten, stets ansprechbaren Lektorin und ihren wertvollen Anregungen; schließlich und nicht zuletzt gebührt besonderer Dank allen weiteren Verlagsmitarbeitern, die wir nicht kennengelernt haben, aber die das ihre zum Gelingen des Buchs beigetragen haben.

Philipp Scharri

Der Klügere gibt Nachhilfe

Sprachakrobatik für alle Lebenslagen

Band 19077

Sprache ist in unserem Alltag das A und O – doch wir schöpfen längst nicht all ihre Möglichkeiten aus. Wir spielen mit Holzbauklötzen, obwohl im Regal ein Zauberkasten steht.

Philipp Scharri, preisgekrönter Kabarettist und Poetry Slammer, weckt mit seinem ersten Buch spielerisch und wortgewandt die Lust auf Sprache. Ein großer Spaß für Wortklauber, Silbenjongleure, Buchstabenverdreher und Sprachrevoluzzer – und alle, die es werden wollen!

»Hätte Philipp Scharri seine Texte schon vor 150 Jahren geschrieben, hätte Wilhelm Busch wohl aufgegeben.«
Badische Zeitung

Fischer Taschenbuch Verlag

fi 19077 / 1